小学館文庫

DASPA 吉良大介

榎本憲男

小学館

目次

登場人物

DASPA

〈姓　名〉	〈現　所　属〉	〈DASPAでの所属予定班〉
吉良大介	内閣情報調査室付	インテリジェンス班
三波寛	内閣情報調査室 情報補佐官	インテリジェンス班
涼森幹生	防衛省 自衛隊 サイバー防衛隊	サイバーテロ対策班
蒼井文則	防衛省 自衛隊 指揮通信システム隊司令	サイバーテロ対策班
秋山	警視庁 公安部公安総務課	インテリジェンス班
田井中	法務省 公安調査庁	インテリジェンス班
三浦	法務省 公安調査庁	インテリジェンス班
平沢	外務省 国際情報統括官組織	インテリジェンス班
矢作	外務省 国際情報統括官組織	インテリジェンス班
都築瑠璃	厚生労働省 医療技官	科学兵器開発班

北島圭吾　内閣情報調査室 情報官

警察庁・警視庁

水野玲子　警視庁 刑事部捜査第一課 課長
真行寺弘道　警視庁 刑事部捜査第一課 巡査長
温井　警察庁 警備局国際テロリズム対策課 課長
曽我部　警察庁 警備局国際テロリズム対策課

＊

アンナ・ノヴァコフスカヤ　ヴァイオリニスト
アルバート・ノーヴ　アメリカ人プログラマー
後藤先生　ヴァイオリン教室

DASPA(国家防衛安全保障会議)組織図

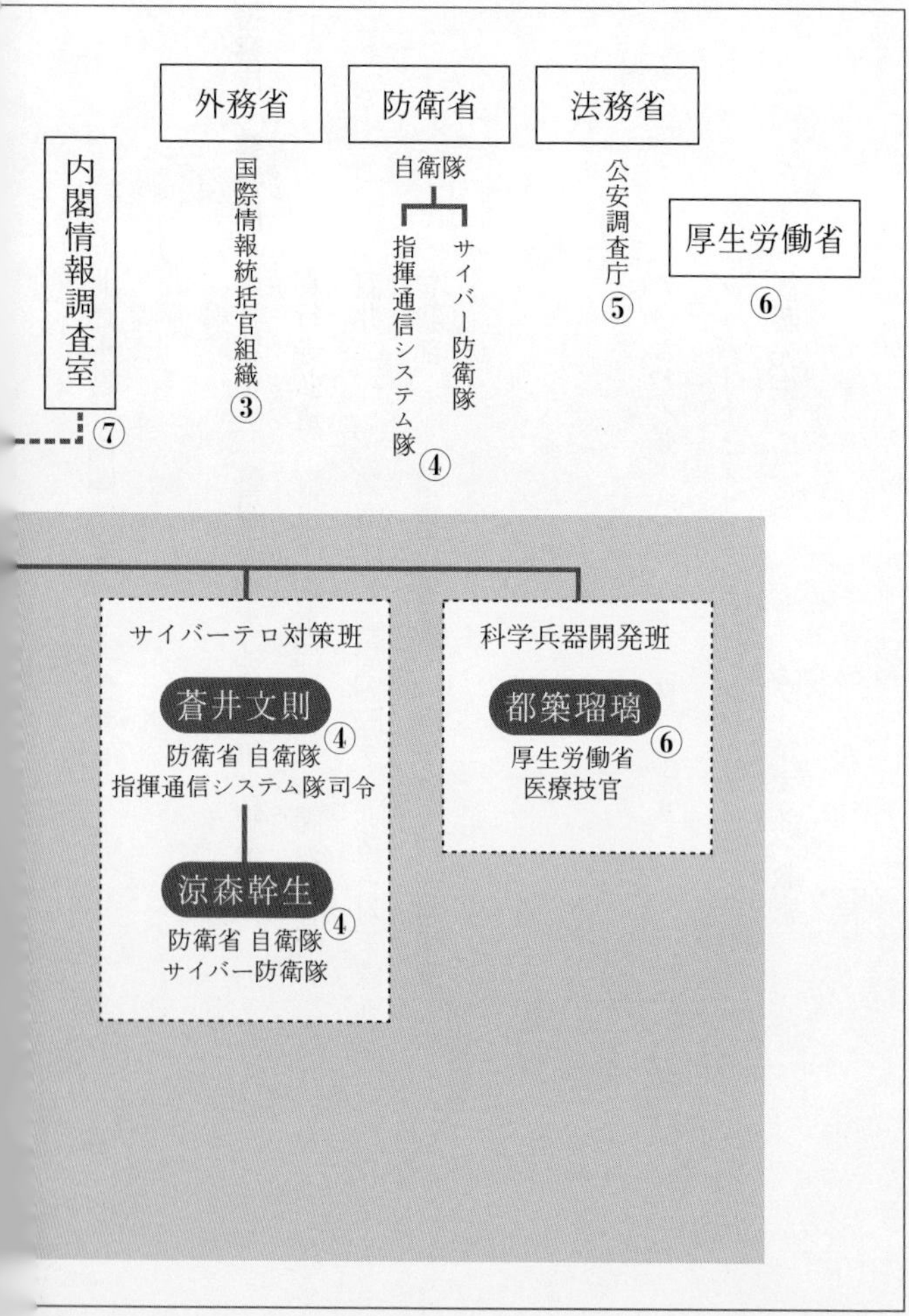

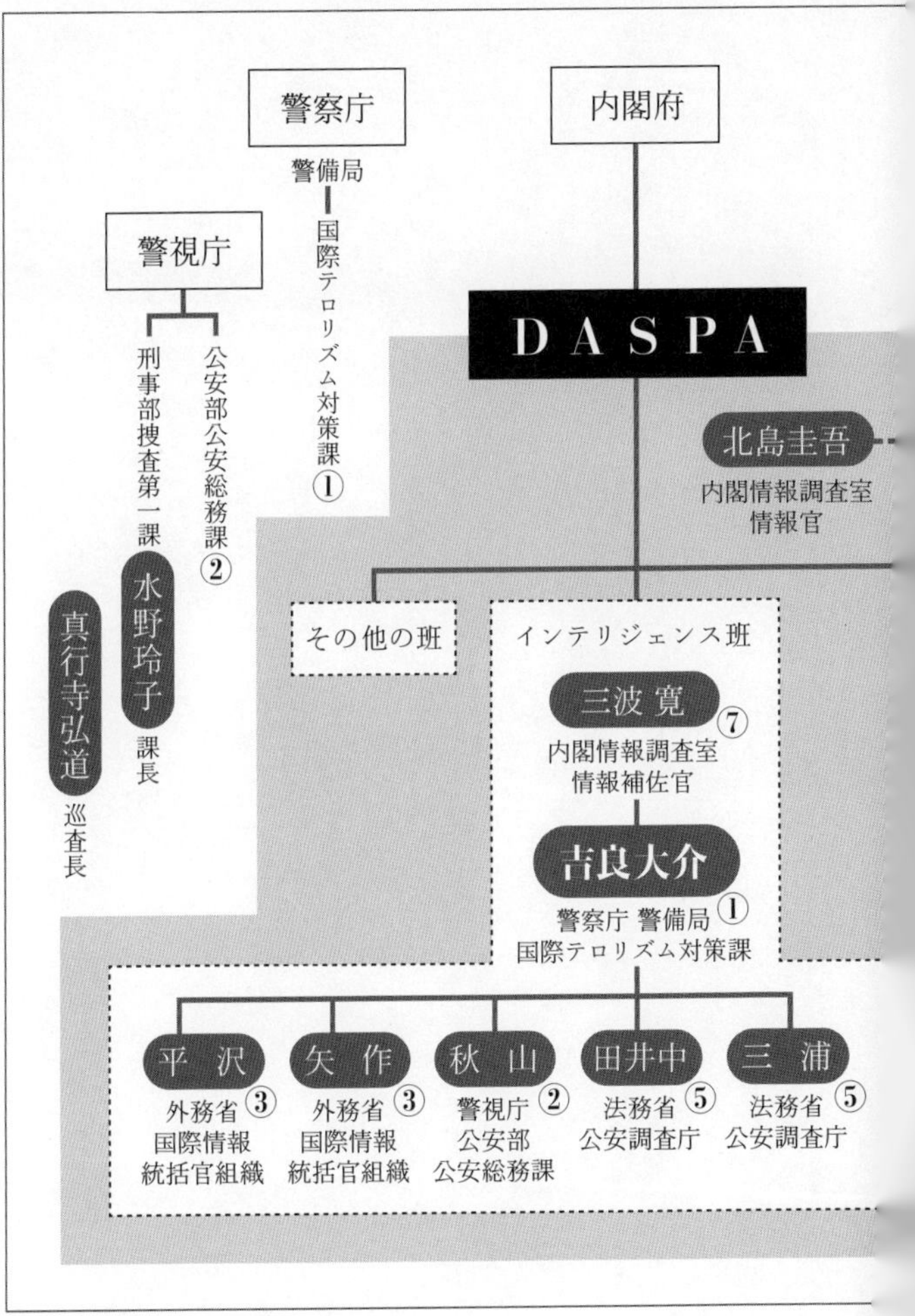
警察庁
警備局
国際テロリズム対策課①
内閣府
DASPA
警視庁
刑事部捜査第一課
公安部公安総務課②
水野玲子
課長
真行寺弘道
巡査長
北島圭吾
内閣情報調査室
情報官
その他の班
インテリジェンス班
三波 寛⑦
内閣情報調査室
情報補佐官
吉良大介①
警察庁 警備局
国際テロリズム対策課
平 沢③
外務省
国際情報
統括官組織
矢 作③
外務省
国際情報
統括官組織
秋 山②
警視庁
公安部
公安総務課
田井中⑤
法務省
公安調査庁
三 浦⑤
法務省
公安調査庁

DASPA 吉良大介

0　明日《あす》なき明日《あした》

青空。その下には巨大な駅舎。威容を誇るかのように聳《そび》える駅ビル。これを背に、若い女が通りに立っている。目の前を絶え間なく行きから人々に向かい、明るく声を張る。

「アンケートのご協力をお願いします」

「五分もかかりません。簡単なアンケートです」

「粗品をプレゼントさせていただいておりますので」

メイド服を着た若い女だからか、ここ秋葉原《あきはばら》の駅前では、足を止め、これに応じる若い男たちが少なくない。立ち止まってくれた男に、手元のクリップボードを見ながら、女は質問を投げかけていく。

――一日の睡眠時間は？

――映画は月に何本くらいご覧になりますか？　それは映画館で、それともレンタルで？　配信は利用されていますか？

――アウトドアには興味はおありでしょうか？

――ソロキャンプの経験は？

――行ってみたい外国はどこでしょう？

たわいもない質問に、男たちは思いつくまま気軽に答えていく。

――月に二本くらいかな、映画館で。

――最近はネットで見る本数が多くなってる。でも、映画よりもむしろ海外の連続ドラマが多いね。

――ソロキャンプはこないだ行ったんだけど、夜は思った以上にさびしくて参っちゃった。山の中で裸火を見ながらひとりで飲んでると涙が出てきてさ。おまけに雨に降られちゃって。やっぱり山よりアキバのほうがいいと思った俺はヘタレでした。

――断然ヨーロッパ。エストニアとか？　辺境って感じがしてよくない？　暗くてじめっとしたイメージを勝手に膨らましてるけど、ちがう？

――俺はね海外ってどこも行ったことないんだよね。でも、行くんだったらアフリカとかがいいかな。

やっぱりネットは便利ですよねえ。孤独を求めていったのに？　エストニアってヨーロッパなんですか？　お目当てはピラミッド？　それともライオン？　などと応じて女はクリップボードの上でボールペンを走らせてはいるが、そのペン先は回答をほとんど文字にしていない。最後はにっこり笑って、ありがとうございました。

では、ご職業を簡単にお伺いしてもいいですか？　量販店で販売やってます。医療機器メーカーの営業で泣かされてる。不動産屋かな、ざっくり言うと。塾の講師で馬鹿相手に大声張り上げている。科目？　数学。電気屋さん。いやあ、下請けだよ。メンテナンスやってる、一日中、変電所回ってさ。

女は、クリップボードの下の欄にある□に✓を入れて、こちら、アンケートにご協力いただいたお礼の粗品です。おっ、ありがとう。すごいね、32ギガもあるんだ。最近は安くなったよな、こういうの。メイド・イン・チャイナか。さんきゅ。で、これってなんのアンケートなの？

若い男は、その返答にはさほど関心を示さず、もらったUSBメモリーをジーンズのポケットにねじ込むとその場を去る。そして、地下アイドルのイベントを覗《のぞ》き、メイド喫茶でパフェを食べ、武蔵境《むさしさかい》の駅前のスーパーでから揚げ弁当を買ってから、家路につく。

ワンルームマンションの部屋の灯《あか》りをつけ、ジーンズのポケットの中身を机の上に投げ出した時、財布や鍵やスマホといっしょに昼間もらったUSBメモリーがここに混じる。男は、そのちいさな記憶媒体をつまみ上げると鼻先に持っていく。外被にはメイド服姿の少女のイラスト。これをいったん机の上に戻し、財布や鍵やスマホといっしょに隅に追いやると、空いた場所に弁当を広げて、YouTubeで地下アイドルのライブを眺めながら平らげたあと、もう一度USBメモリーを掴《つか》んで、机の下の据え置き型PCに挿《さ》し込む。ダブルクリックして中を覗けば、〔インタビューを受けてくれた方への特典〕というファイルがひとつ。またカチカチすると、アイドルっぽい少女が微笑《ほほえ》む写真が現れ、それはどことなく秋葉原でアンケート調査をしていたあの少女にもすこし似ていて、その横には「ありがとうございました。お仕事頑張ってくださいね」という台詞《せりふ》が、吹き出しに囲まれ、添えられている。

「頑張りたくありませーん」

男はそうつぶやいて、デスクトップのメールソフトを立ち上げ、アカウントをプライベートから会社用に切り替えると、受信トレイを覗く。

「またいろいろ入ってるなあ」

そう言いながら、タイトルが太文字になっている未読メールを読んでいくと、視線が中のひとつで留まる。〔江戸川《えどがわ》区地域のメンテの報告書の一部が未提出。たとえ現場から直帰する場合でも、報告書だけは必ず出すように〕。「はいはいわかりましたよ」。青年は、〔関電テック〕とプリントされたバッグを引き上げ、「クソ重いノートだな」とぼやきながら、もはやノートパソコンとは言えないくらいにごついPCを取り出して立ち上げる。この業務用パソコンに秋葉原でもらったUSBメモリーを挿し込んで、報告書のファイルをここにドラッグしてから引っこ抜き、こんどは自分のPCに装着して、中のファイルをデスクトップに引きずり出す。

「やっぱ、でかい画面のほうがはかどるからさ」

などと弁解しつつ、私物のPCで報告書を仕上げ、メールソフトを再度開いて、会社のアカウントであることを確かめてから、ファイルを添付して送信。そして、軽く安堵《あんど》のため息をつき、冷蔵庫からアルコール度数9％の缶酎ハイを取り出して、タブを引く。


街は一面に濡《ぬ》れている。落ちてくる雨粒がコンクリートの地面で跳ねている。その手前の、かろうじて雨を逃れている構内の軒下に、USBメモリーが落ちている。その〔JR東日本〕のロゴがプリントされていた緑色のボディを細い指が挟む。中年女性は不思議そうにそれを見つめ、JR新宿駅構内の事務所に持っていく。彼女は自分のパソコンにUSBメモリーを挿すと、

「持ち主を確認するために、一応ね」とつぶやいて、クリック。

中には「全従業員査定表」というファイル。さてどうしようか、と一瞬迷うが、興味も手伝ってこれも開く。しかし、現れたのは文字化けした夥《おびただ》しい記号の群れだ。なーんだ。そうつぶやいて、女性はファイルを閉じる。フロアの向こうのほうから、

「昨日の総武《そうぶ》線の保守点検が手間取ってスケジュールずれてるから、確認しておいて」

という声が聞こえる。

はーいと返事して、こんどは自分のパソコンのデスクトップにある「保守点検日報」のアイコンをクリック。画面が開き、パスワードの入力画面が現れる。そこにカーソルを当て、16回キーボードを叩《たた》くと、浮かび上がるのは〝接続中〟の文字。

峰と峰が連なる山間《やまあい》。そこを縫うように細い山道が延び、それはやがて、小さな集会所に達する。その集会所の前、砂利《じゃり》を敷き詰めただけの駐車場にバンが一台停《と》まっている。その黒い車体の横腹には「東和《とうわ》メンテナンス」という文字が白く抜かれている。ドアは開かれたまま、そこから十数歩ほど離れたところで、作業服を着た男が集会所の玄関横に据え付けられた百葉箱のような白い箱を開けている。中には計器のような機器が覗く。その上部に「気象庁 地震波計測装置」というプレート。持ってきたノートパソコンをここにつないで、ディスプレイを眺めていた男は、ふと頭上を見上げる。真っ青な空に黒くついたシミのようにポツンと浮かんでいるのは、ホバリングしているドローンの機影だ。男はディスプレイに視線を戻し、キーボードを何回か叩いてから、接続していたコードを抜いて、ノートを抱え運転席へ戻る。エンジンをかけると、サイドウィンドウから首を出し、もういちど空を見上げる。四つのプロペラを持ったヒトデのような黒い機影は、尾根の向こうへ遠ざかっている。

ドローンは、尾根を越えるとしだいに高度を下げ、眼下に生い茂る木々の梢《こずえ》へとその機体を近づけていく。すると、緑の間から見えてきたのは黒い屋根瓦だ。小さな神社の境内《けいだい》にドローンは着地する。すぐそこへ、ひとりの男が駆け寄ってきて、これを拾い上げるとまた駆け出す。その先には黒いバンがハッチドアを開けて待っている。ドローンを荷台に積み込むと、自分は運転席へ。

助手席には四十がらみの男が膝の上でノートパソコンを開いている。ディスプレイを見つめたまま、乗り込んできた男に向かってサムアップ。ハンドルを握った男は満足げにうなずいてエンジンをかける。

広い壁一面に、映像モニターや計器が並び、モニターとメーターの灯りだけが薄暗い大きな部屋で光っている。これに向かって、スライドボリュームや操作レバーが具《そな》えつけられた卓に女性を含む十数名が座り、モニターの中の女性アナウンサーがニュースを読み上げる声は、壁に埋め込まれたスピーカーから放射されている。テレビ放送局の副調整室である。スタッフのひとりが、緊張した面持ちで、

「緊急速報が入ります」と告げる。

ヘッドセットを装着したADが一枚の用紙を手に急ぎ足で部屋を出て、スタジオに向から。

「埼玉だ」と誰かがつぶやいたと同時に、モニターにテロップが流れる。

「埼玉県で地震　強い揺れに警戒」

スタジオの中では、受け取った用紙から顔を上げた女性アナウンサーが、緊張した面持ちで読み上げる。

「ただいま入ったニュースです。埼玉県で震度六を記録する強い地震が観測されました。充分な警戒が必要です」

ごった返す東京メトロ赤坂見附《あかさかみつけ》駅構内のホームでは、人々がアナウンスに耳を傾けている。

「強い地震が発生したため、ただいま全線で運転を見合わせております」

おいマジかよ、と舌打ちしながら携帯電話を取りだし、待ち合わせの相手に連絡する声。ごめん、いま地下鉄止まっちゃってさぁ。駅員から聞いたんだけど運転再開のメドってわかんないんだって。え、JRは徐行運転なんだ。そんな声が重なって、構内がざわつく。

しだいに、群声《むらごえ》は高まり、駅構内が沸々《ふつふつ》と沸き立っていく。

都内および近郊の路線図を示す電子掲示板がはめ込まれた大きな壁の、その最上部で

〝徐行運転〟のサインが点滅している。ＪＲ東日本 東京総合指令室。

「確認取れたか」と職員のひとりが叫ぶ。

「うちの地震計では感知していません」

「おかしいな。震度六だぞ。埼京線のほうは⁉」

「いえ、まったく振れてません」

「けれど、気象庁の警報は無視できない。停止させるしかないな」

「首都圏全域で？」

「やむを得ん」

「だけど、もうすぐ帰宅時のラッシュアワーだぞ」

　ごった返す新宿駅構内では駅員が声を張り上げている。

「ただいま運転を見合わせております。確認が取れ次第、発車いたしますので、いましばらくお待ちください！」

　乗客の群れからひとり、

「うち埼玉の浦和《うらわ》だけど、家に電話したら揺れなんか感じてないって言ってるぞ！」と叫ぶ。

　しかし、あちこちの携帯やスマートフォンがいっせいに鳴り出す。それは気象庁から、強い地震に対して警戒を促《うなが》す緊急速報の着信音だ。

当の気象庁では、すべての電話がわめき散らすように鳴っている。この騒音の中、気象庁の職員がひとり首をかしげる。

「どう考えてもおかしいぞ、千代田《ちよだ》区では感知していない。埼玉で震度六なのに都心がゼロなのはあまりにも不自然だ」

「埼玉のどこだ。とにかく現状確認を急いでくれ」

「わかったぞ、ここだ。——秩父《ちちぶ》だ！」

電話は鳴り続ける。

埼玉県所沢《ところざわ》市の市役所では、ほぼすべての職員が受話器を耳に当てている。

「ええ、揺れは感じられてはいないのですが、気象庁から警報が出てることは確かなので、引き続き警戒をお願いします。はい、避難するかどうかは、各自の判断におまかせ………いや、そう言われても……はい、いまのところ地震の被害は届けられていません。ええ、気象庁に問い合わせてはいるんですが、つながらないんです。——あ」

闇《やみ》がすべてを包む。

窓だけがぐるりと来客を取り囲む展望台。その真広《まびろ》き窓の向こうで、煌々《こうこう》とした東京の夜の煌《きらめ》きが、あれよあれよという間《ま》に消えていく。この様子を目撃する若い男女のカップル。え、どういうこと？　ひょっとして停電？　と女がつぶやくと同時に、アナウンスが流れる。

「ただいま大規模な停電が発生した模様です。東京タワーの展望台は自家発電で給電をおこなっておりますのでご安心ください」

「ご安心くださいたって、３６０度真っ暗になっちゃったじゃん、大丈夫かな」と男は不安を隠せないでいる。

「ところどころ、明かりが残っているのは？」

「駅とか大きな施設なんだろうな、ここと同じように自家発電で電気を賄《まかな》えている……」

やがて、東京タワーの足元には、明かりを求める人々が集まりだす。

自家発電で照明を灯《とも》すターミナル駅の周辺、高級マンションや大きな商業施設にも人々が、まるで街頭の明かりを求めて飛んでくる羽虫のように、群がってゆく。

「どうなっているんだ！」

　ＪＲ東日本の東京圏輸送管理システムでは、モニターを前に、職員が叫んでいる。

「なんでどこもかしこも作業中なんだよ！　デタラメだろうこんなの」

　男が見つめるディスプレイには、あちこちに赤いランプが点《つ》いている。これは、都内路線でおこなわれている、保守点検に際して、信号機が赤く点灯していることを示しているのだ。

「これじゃ完全に麻痺《まひ》してしまう。各駅に指示を出して、確認した上で、運行させよういいだろう」

　しかし、そう言った男の表情が凍りつく。

「おい、なんだこれ。卓が言うこと聞かないぞ！　操作不能だ」


　地下鉄構内では、職員が拡声器を口に当てて叫んでいる。

「お急ぎください！　お急ぎください！　間もなく、この駅の構内の予備電源が切れます。地下は真っ暗になりますので、地上にお戻りください。くり返します、ここ地下鉄構内は真っ暗に――」

　人々がいっせいに出口に向かう。改札の遮断機を飛び越え、先を急ぐ人々。しかし老人がまごつき、流れが止まり、重い淀《よど》みが膨らんでいく。

「払い戻しはどうなっているんだ！」

数名の乗客が係員を取り巻いている。

「とにかく、いますぐ地上にお戻りください」

職員が言った時、構内は暗転する。漆黒《しっこく》の闇の中で、怒号が飛び交い、悲鳴がほとばしる。

靖国《やすくに》通りを、甲州《こうしゅう》街道を、外苑東《がいえんひがし》通りを、青山《あおやま》通りを、皇居の堀端を、帰宅困難者となった人々が徒歩で家路を辿《たど》る。疲れた顔つきで歩いている男がスマホを取り出し、耳に当てるが、驚いたように、そして半ば諦《あきら》めたように、ポケットに戻してつぶやく。

「やばい、ネットの電話もつながらなくなってる。プロバイダのシステムが落ちたのかな」

「まだ、スマホが生きてるだけマシだ。俺のバッテリーはさっき逝《い》っちまった。充電できるところがどこにもないっていうのに」

堀端近くを行く男は、ため息をついて、近くの巨大なビルを見上げる。

「さすが大新聞社だなあ。まだ灯りがついてるよ」

その社屋の会議室では社員たち十数名が緊迫した面持ちで、楕円《だえん》形のテーブルを囲んでいる。

「ギガバイト規模のアクセスを受けていて、このままだとシステムがダウンします。大量のジャンクメールもあって、社内ネットワークは崩壊寸前です」

「ウェブサイトもパンク。すでに使えません」

「昨日まではまったく問題なかったんだな」

「ええ、停電とほぼ同時に起こってます」

「停電とサイバー攻撃は関係があると考えるべきだろうか」

全員が重苦しく押し黙る。

「疑ってみるべきかな」誰かが口を開く。「サイバー攻撃をしかけている一味が停電させてると」

「インフラを破壊するほどのサイバー攻撃をする連中って」

「連中……」と誰かが言う。「これほどのことをやるのは連中ではないだろう」

その言葉が会議室の空気をいっそう重たくする。

総理大臣官邸内の危機管理センターの扉には、「緊急情報連絡室」とマジックで書かれた紙。その文字の乱雑さや、すこし傾いたまま貼り付けられていることから、そんなことに頓着《とんちゃく》する暇《いとま》もないほど、逼迫《ひっぱく》しているのが窺《うかが》える。

この扉を開けて、役人がひとり慌ただしく出てくる。入れ違いに中に入ろうとする男が、どうだと声をかける。

「駄目だ。どの省庁にも大量のデータが送りつけられている。このままだとダウンするのは時間の問題だ」

「首相はなんと？」

「まかせると言われた」

「まかせる……。で、どうするんだ」

「ことが落ち着くまで省庁のネットワークへのアクセスは禁止だ」

「喫緊の課題は？」

「停電と鉄道がまったく動かないことだな」

男はそう言い残して走り去る。

JRの総合指令室では、

「くそ、メンテの会社はいつ来るんだ！」と担当職員が声を張り上げれば、
電力会社でもシステム担当者が、

「ついこの間メンテしたばかりなのにどうして！」と怒鳴っているだけで、対策は遅々として進まない。

すると、ひとりの若い社員が、

「あの、まちがっていたらすいませんが」と口を挟む。

「なんだ言ってみろ」

「ひょっとしたら、マルウェアを仕込まれたのでは。だとしたらその筋の専門家を呼んで調べてもらわないと、復旧までには相当な時間がかかることになります」

「マルウェア？　誰がそんなものを？」

「誰と言われても……」若い社員はその鋭い舌鋒《ぜっぽう》にたじろぎながら、「鉄道が停まり、電話もつながらないってことは……」と言ってその先を濁《にご》す。

「だから」と苛立《いらだ》つ先輩社員が詰問口調で迫る。「どんな連中だって言いたいんだ」

「おそらく連中というよりは……」

「いったいなんだ」

「もし停電も電話回線も鉄道の停止もマルウェアのせいだとすると」

「――せいだとすると」

「仕掛けてきているのは個人や団体ではなく、国ではないかと」

「国？　どこだ」

「どこと言われても、日本を敵対視して、さらにこんな大それたことをやって反撃されてもそれなりに対応できる自信のある国ですよ」

「お前の言うことが正しいのなら」と先輩社員はにがりきった表情で、「これはもう戦争だ」と禁断の一語を吐き出す。

出動要請を受けた自衛隊のトラックや電源車が、月明かりの下を動き出す。しかし、隊を見送る幕僚長の表情は冴《さ》えない。

「いいんですか」後ろに控えていた部下が言う。

「しかたないだろう」

「しかし、ここまで隊を動員しては、肝心の防衛が手薄になりますが」

「総理の判断だ」

しらじらと夜が明け、太陽が昇る。

皮肉なくらい美しい紺碧《こんぺき》の空にポツンと黒い斑点が現れる。それは少しずつ膨張し、迫りくる。そして、高度を下げて急降下すると、あっという間に、すさまじい地響きとともに炸裂《さくれつ》し、巨大な噴煙を立ち上げる。

飛翔体《ひしょうたい》は次から次へと現れ、それが弾道ミサイルだということを、誰もが目の当たりにする。

徹底的に粉砕されているのは、沖縄の米軍基地だ。
文字がせり上がる。

監督　渋谷洋平
脚本　いまいずみしんじ
CG　ソフト・マシーン
サウンド　クラフトワーク
映像制作　ドアーズ

そして、さまざまなスタッフの名前が画面の下から上にローリングし、最後に中央でぴたりと静止したのは、
製作　防衛省
という文字だった。
やがて、その文字が淡くなり、消えて、灯りがついた。

1　DASPA前夜

　スクリーンが上がると、軍服を着た男が壇上に現れ、演台の上のマイクを指先でコツコツ叩いた。目鼻立ちからすると五十を過ぎたばかりだが、髪のほうはいさぎよく禿《は》げ上がっている。

「ご鑑賞ありがとうございました。防衛省自衛隊指揮通信システム隊司令の蒼井《あおい》でございます。DASPA《ダスパ》ではサイバーテロ対策班のチェアマンを務めさせていただく予定となっております。ただいまご覧いただいたのは、防衛省が製作いたしました短編映画『明日《あす》なき明日《あした》』でございました。国家主体のサイバー攻撃に一刻も早く備えなければならない、という認識を広めるべく作らせていただいた小品であります。まあ、終わりはやたらと派手なことになっておりましたが、こうでもしないと映画というものはきちんと終われないものなのだそうです。さてそれはともかく、サイバー攻撃やサイバー犯罪というと、コンピュータおたくの個人や集団によるものと我々は思いがちですが、――などとこれからDASPAの職員となるべく各省庁から選抜された賢明なる皆様に申し上げるのは僭越《せんえつ》かもしれませんが――」

そう言って蒼井は、五〇〇人ほどが席を占める大会議室を見渡した。スーツ姿の三十代から五十代の男女が並ぶ中に、防衛省の制服組が点在している。冗談めかした口調にも、口元を緩める者はいない。そんな中、素っ頓狂な笑い声を立てたのがひとり。蒼井はかすかに顔をしかめ、再び口を開いた。

「あえて申し上げると、国家によってこのような攻撃が加えられた場合には、実質的には戦争状態となります。しかし、そう認定するまでにはどうしても時間がかかるわけでありまして――。なぜというに、この手の攻撃は、ミサイルやロケット弾によるものとはかなり勝手がちがう。まずその攻撃が国家によってなされたと確認できるまで、相当な時間を要します。のみならず、法整備も遅れており、法に沿って事を進めることが現状ではかなり難しいということもございます。また、ピング送信などの攻撃はさまざまな中継地点を経由しておこなわれることが多く、その攻撃の出本《でもと》を瞬時に見極めることはほぼ不可能であるという技術的な問題も併存し、加えて、それが個人や集団ではなく国家によってなされたものかどうかを見極めるのも大変に難しい。よしんば、出処《でどころ》を突き止め、まずまちがいなくあの国によるしわざだと認定できたとしても、例えば『中国からの攻撃だ』と断定し、対外的に声明を出し、報復するとなると、政治的な判断が複雑にからみあう問題となることは避けられず、これもやはり慎重に対処せざるを得ません」

　会場の中から制服を着た若い男がすっと立って、壇上へと歩み出た。

「しかし、これらのサイバー攻撃について、対策を講じなければ日本の安全保障がままならないこともまた自明であります。この対策を早急に検討ならびに立案し、実行に移していくことが、DASPAのサイバーテロ対策班の使命である。こう肝に銘じて汗を流していきたいと存じます。では、私の話はこれくらいにして、いまご覧になった映画について、みなさまがたも色々とご質問があろうかと思われますので、これにつきましては、サイバー防衛隊の涼森幹生《すずもりみきお》二級陸佐のほうからお答えさせていただきます」

　武官らしく体格のいい涼森が蒼井と入れちがいにマイクの前に立った。

「ご覧いただいた短編映画『明日《あす》なき明日《あした》』のクリエイティブ・アドバイザーを務めました防衛省サイバー防衛隊の涼森でございます。本作について、私のほうから解説を加えるよりも皆さんの質問にお答えさせていただいたほうが意義のある時間になると存じます。では、質問のある方は挙手を。その際には、ご質問の前に、お名前をフルネームで、そして現在の所属とDASPAでの所属予定班をお添えください」

　会場は静まり返った。この空白を埋めるかのように、さきほど失笑気味に声を立てて笑った男が手を挙げた。すると、数名の手が追うようにこれに続いた。涼森は最初に挙がった手の主《ぬし》ではなく、上手《かみて》前方の太った男を指して、いまマイクが回りますので、と断った。

「えーっと、農林水産省の間宮和彦《まみやかずひこ》です。DASPAでは食糧安全保障班に配属予定です。——いま見せてもらった映画では、電気や鉄道や気象庁の地震計測のネットワークがマルウェアによって汚染され、機能不全に陥って大災害が引き起こされたわけですよね」

「はいそうです」

「しかし、これらのシステムは外につながるインターネットと切り離されているはずでは」

「ええ、それをエアギャップといいます」

「そのエアギャップを飛び越えるためにUSBメモリーを適当にばらまいて、それを使って、閉ざされたシステム内への侵入を試みたってことですよね、いま観た映画では」

「そのとおりです」

「しかし、そんなにうまくいくものなのでしょうか。つまり、システム内に押し入ることを狙ってUSBメモリーをばらまき、そこからマルウェアに感染させるなんて手口は、映画などのフィクションではいざ知らず、現実には不確実性が高すぎるのではありませんか」

「たしかに時間がかかります。今日ばらまいて明日感染させ、そのあとすぐに情報を抜き取ったりシステムをダウンさせたりするのは不可能です。けれど、実際、二〇一〇年に、アメリカが、イスラエルと手を組んで、スタックスネットというマルウェアをイランの核燃料精製施設に仕込み、遠心分離機を完全に破壊させました。これはUSBメモリーを撒《ま》いて、それを拾った職員が自分のパソコンに挿したことが原因です」

「いや、その事件のおおよそは存じております。が、であればこそ、それ以降は、拾ったUSBメモリーは使っちゃいけないってことくらい、周知されているのでは」

「ある程度は。しかし、このような防御は完璧《かんぺき》でないとほとんど意味がありません。実際、我々は各省庁の総務部に了解を得た上で、約一〇〇個のUSBメモリーを密《ひそ》かにばらまきました。この実験では、約半数がPCに挿されたことが確認されており、挿した者のほぼすべてが中のファイルを開いていることがモニターされています。農林水産省でも四つがPCに接続され、中のファイルは四つとも開かれ、そのあと個人のPCで使われているようですよ」

質問した農水省の間宮は唖然《あぜん》としていた。

「もちろん、実際にUSBメモリーを撒いておけばどの程度が使用されるのかという実験なので、悪質なものは入れておりません。そのまま使っていただいて結構です。防衛省からのプレゼントとしてお受け取りください」

軍人らしからぬ諧謔《かいぎゃく》に、会場からふやけた笑いが煙のようにあがった。

「ほかになにか」と涼森が言った。

また数名の手が挙がった。

「厚生労働省の飯島孝一《いいじまこういち》です。DASPAでは群衆研究班に配属予定となっております。

――国家がサイバー攻撃によって他国のインフラを徹底的に破壊する。これはどれ程に現実味のある話なのでしょうか。やってしまえば、相手国に甚大《じんだい》な被害をもたらすことができる一方、国連安保理などから猛烈なバッシングを受けることを覚悟しなければならないのでは。これをしかける敵国にとっては、ミサイルを我が国の領土内に撃ち込むのと比べ、どの程度ハードルが低い、または高いと考えられますか？」

「貴重なご質問ありがとうございます。この映画では、潜在する問題を明らかにするために、最終段階までエスカレートした攻撃を描いていますが、この手前で終わることもありえます。いや、その可能性のほうが高いでしょう。先程、スタックスネットを例にアメリカがイスラエルと手を組んでイランをアタックした例をご紹介しましたが、アメリカもまた攻撃されています。アメリカ議会は、多くのインフラ企業がフィッシングやマルウェア感染といったサイバー攻撃を毎日のように受けている、と報告しています。実際、アフガニスタンの首都カブールで押収されたアルカイダのコンピュータからは、アメリカのダムの図形とそれを操作するソフトウェアが発見されました。そのコンピュータには、鉄筋やコンクリートの強度などを分析したり、土壌を識別するツールもインストールされていました。アメリカが標的にされているならば、アメリカの同盟国である我が国が狙われないという保証はないでしょう」

「いま現実にアメリカも日々攻撃されている、とおっしゃいましたが、具体的にそれはどの程度のものなのでしょうか」

「大規模なものをあげれば、二〇〇一年にカリフォルニアで起きた大停電ですね。四〇万人が被害に遭ったと言われています」

「サイバー攻撃がその停電を引き起こしたことは明確なのでしょうか」

「はい。カリフォルニア州全域の電力供給網を管理しているシステムに、その痕跡が確認されています。また、トルコでは、二〇〇八年にアゼルバイジャンからジョージアを経てトルコに達するパイプラインが爆発しました。これも何者かが不正アクセスによってシステムに侵入し、制御装置を操作して、パイプラインの圧力を異常値にした結果起こったようです。――さて、ほかになにかございますか？　では右前方の女性のかた」

「文部科学省の嘉川翠《かがわみどり》と申します。DASPAでの配属予定は金融防衛班です。USBメモリーを不用意に挿すと感染するというのは理解できるんです。システムを守るために外界を遮断しているのに、USBメモリーを挿入することによって接点ができて、そこからウイルスを注入されてしまうってことですよね」

「その通りです」

「けれど、いま見せてもらった映画の中では、秩父山中の地震感知機がメンテナンス中にハッキングされていました。これは上空に滞空していたドローンから侵入されたってことなのでしょうか」

「はいそういうことです」

「つまり、物理的な接点を経由することなく感染してしまったわけですよね」

「そうです」

「ああいうことはもうすでに可能なのですか。それとも、映画なので少し大げさに表現しているのでしょうか」

「いや、あのハッキング方法はナイトスタンドと呼ばれるもので、すでに実用化されています。アメリカに、アドバンスト・ネットワーク・テクノロジー、略称ANTという組織があります。さまざまなハッキングや盗聴といったサイバー攻撃の武器開発をおこなう組織として知られているのですが、そのANTのカタログにこのナイトスタンドが掲載されているんです」

会場がすこしざわついた。

「だけど、可能なんだとしたら、いくら接点を持たないように注意していてもハッキングされちゃうってことですよね」

「はい。たしかに衝撃的な手法です。このテクニックを使われてしまえば、接触しないように注意していても、ワイヤレスによってマルウェアを埋め込まれてしまいます。しかもこいつは、大した装備も必要なく、コンピュータとアタッシュケースほどの大きさの発信機さえあれば、エアギャップを飛び越えて、相手に絡みつき、汚染するというのですから厄介です。この映画でドローンに載せて上空からハッキングしたのは、実は私のアイディアによる創作です。大型ドローンであれば積めなくはないなと判断したわけです。上空から狙うことによって、複数のターゲットをいちどに感染させることが可能になります。この映画では、予算の都合上、そこまでは描けなかったのですが、あるエリアを一斉に〝発病〟させたければこの方法がもっとも有効でしょう。誰もわからないうちにその一帯がマルウェアに汚染されるということになります」

会場からはため息が漏れた。

「昔は、マルウェアに感染させて、ディスプレイ上に花火のアニメーションを出して驚かせるなど、いま思えば牧歌的な愉快犯がもっぱらでした。次に現れたのは、個人や集団による金品目的の犯罪です。そして、これから我々が覚悟しなければならないのは、もはや犯罪というレベルを超えて、軍事攻撃と呼ぶほうがふさわしいものなのです」

会場から声が上がった。

「しかし、その攻撃がどこの国によってなされたのかということは、どの段階でわかるのでしょう」

「これも重要な質問です。サイバー攻撃においては犯行声明や宣戦布告がおこなわれることはほとんどありません。となると、ほぼまちがいなく中国、十中八九《じっちゅうはっく》北朝鮮、とまでは言えますが、１００％の確定はできないことになります。確定できないまま、どこそこに攻撃されたと声明を出し、報復することは不可能です」

壇上の涼森はここでひとつ咳払《せきばら》いして、また口を開いた。

「そして、技術的には、サイバー戦争というものは、攻撃よりも防御のほうがはるかに難しい点も強調しておかなければなりません。であれば、攻撃されないようにすることが肝心です。それはどのように可能となるのでしょうか。端的に申し上げて、攻撃力を持つことしかありません。なぜならば、破壊力のあるマルウェアは核兵器と同じ意味を持つからであります。相手がこちらにマルウェアを仕込んでいると想定された場合は、我々もマルウェアを仕込んでおかなければなりません。そうすることによって、はじめて均衡が保たれ、平和が実現されるのです。法整備が遅れていることで、我々が動きやすくなる面もあります。我が国は憲法によって武力を持たないことが謳《うた》われておりますが、サイバー攻撃については、ここだけの話ですが、いまはまだ『武力ではない』と強弁することが可能です。国際的な法整備については、中国やロシアなどの足並みが西側諸国と揃《そろ》わず、制定がなかなか難しい状況にあります。それゆえ、いま既成事実を積み上げておくことが後年重みを増していくことになるでしょう。つまり、サイバー攻撃・

サイバー防衛についての対策はいま死活的に重要なのであります。このような認識に立ち、DASPAのサイバーテロ対策班は、具体的な立案を進めたいと思っております。各班には協力を仰ぐこともあろうかと存じますが、その際にはどうぞよろしくお願いいたします。――ほかには？」

さらに数本が挙がった。しかしその中に、あの男の手はなかった。涼森は手前から順に指していった。

経済産業省所属の高梨和人《たかなしかずと》。DASPAでは公衆衛生防衛班に所属予定。

〔質問〕いましがた見せられた映画の中では、個人情報を奪うという例が描かれていなかったが、国家による個人情報の盗犯もあるのか？　またそのような犯罪が国家によってなされた場合、それは先程おっしゃった戦争状態という表現に該当するか？

〔答え〕国家が主体かどうかは定かではないものの、二〇一三年にはアメリカエネルギー省で一〇万人規模の個人情報が盗まれており、二〇一五年にはアメリカ人事管理局で連邦職員の個人情報、約二二一〇万人ぶんが盗難に遭っている。ちょうど去年、リベリアの通信会社ローンスターが、これはライバル会社に雇われたハッカーの攻撃を受けて、同社の通信網は機能不全に陥った。ちょうど映画で新聞社がやられていたDDoS攻撃というものを食らったのである。この攻撃によって、リベリア国内のインターネットの大部分がダウンするに至った。ダニエル・ケイがもし国家に雇われたサイバー兵士だとしたら、被害の状況から判断するに、戦争状態と呼んで差し支えないと思う。

総務省の魚住直哉《うおずみなおや》である。金融防衛班に配属予定。

〔質問〕インフラへの攻撃はどの程度頻出しているのか。また、インフラの中で最も狙われやすいものはなにか？

〔答え〕アメリカ国土安全保障省のレポートによれば、報告されただけで、二〇一一年に一九八件。前年の五倍近くに増加。また、弊省が独自に取り入れた資料によれば、その後も増加し、そのターゲットの大多数は電力などのエネルギー関連、そして水に集中している。

経済産業省の仲村夏実《なかむらなつみ》。DASPAではエネルギー安全保障班。

〔質問〕日本がこのようなサイバー攻撃を受けた場合、日米安保はどのように機能するのか。

〔答え〕サイバー空間における安全保障については、二〇一一年にアメリカと協議を開始した。二〇一五年に日米防衛協力に合意。「日本の安全に影響を与える深刻なサイバー事案が発生した場合、日米両政府は緊密に協議し、適切な協力行動を取り対処する」と確認した。この「協力行動」や「対処」には当然サイバー作戦も含まれるとされている。つまり、サイバー攻撃においても日米安全保障は機能する。さらに再来年には、日米の外務防衛担当閣僚による安全保障協議委員会、2《ツー》プラス2《ツー》がおこなわれる予定だ。

ここでサイバー攻撃が、日米安全保障条約五条の定める武力攻撃に当たる場合があり得ると確認されるだろう。ただし、いま述べたことはあくまでも建前だと捉《とら》えておいたほうがよい。先に挙げたアトリビューションの問題もあり、アメリカがすぐに対応するとは考えにくい。日本はサイバー空間においては独自の防衛戦略を練る必要がある。

田井中陽介《たいなかようすけ》。法務省所属。DASPAではインテリジェンス班に配属予定。

〔質問〕サイバー攻撃という武力行使について、法整備は現状どのようなものであるか？

〔答え〕二〇一四年に閣議決定された「武力行使の新三要件」を適用できると考えられる。端的に言えば、映画にあったような事態が発生すれば、集団的自衛権は行使できる。

さて、時間も押し迫って参りましたので、次が最後の質問とさせていただきたいと思います。そう言って涼森は、会場の中程の列やや上手《かみて》寄りに座っている女性を指さした。

「厚生労働省の都築瑠璃《つづきるり》です。DASPAでは科学兵器開発班に配属予定となっています。質問です。この映画で描かれたもの以外で、サイバー攻撃にはどのようなものがありますか」

涼森は最後の質問にしてはあまり切れがよくないなと思ったのか、やや拍子抜けしたような表情になった。

「やはり、もっとも深刻なのはインフラへの攻撃でしょうね。そのほかに今日はホームページの改竄《かいざん》なども見ていただきました。また短編映画というメディアの特性上、個人情報の流出などはうまく描くことはできませんでしたが、これも場合によっては戦争を引き起こす可能性がございます。しかし、安全保障という観点から見れば、やはりライフラインへの攻撃が最も深刻であり、これ以上のものはないのでは、と考えております」

そう言って涼森はまたひとつ咳払いをした。これで終わりだというサインのように。しかし、その女性は、

「つまり、サイバー攻撃の形はこの映画の中に出尽くしているとお考えなのですね」と念を押すように尋ねた。涼森はやや声を沈ませ、

「そうですね、ほかになにか思いつかれたら教えていただきたいんですが」と言い、

「ともあれ、防衛省としてはここにあったような状況を阻止することが、まずは肝心であると考えております」と締めて、もういちど咳払いしなければならなかった。

涼森は会場を見渡した。さきほどまで挙がっていた手はすべて下ろされていた。

ではそろそろこのへんで、と言って涼森は引っ込んだ。入れ違いに、さきほど口上を述べた蒼井がふたたび壇上に上がり、本日はお忙しい中、市ヶ谷《いちがや》まで足を運んでいただきありがとうございましたと礼を述べ、これが散会の合図となった。

バラバラと席を立った参加者が、会場の前と後ろに設けられた出入口に向かってゾロゾロと動き出す。涼森はこの様子を窺いながら、講演台の下に組み込まれた再生機から白い盤を吐き出させた。ディスクをプラケースに戻して顔を上げると、真っ先に手を挙げたあの男が、群れの最後尾についている。涼森はその背中に、

「吉良《きら》」と声をかけた。

くるりと背中が返り、彫りが深く、はっきりとした面差しの顔がこちらを向いた。長身の涼森が歩み寄り、これまた長身の吉良大介《だいすけ》と、同じ高さで目線をぶつけ合った。

「なんか訊《き》きたいことあったんじゃないのか」

吉良は肩をすくめた。

「いや、ああいう時ってなかなか出ないもんだろ。間《ま》が悪くなるとお前が可哀相《かわいそう》だと思って」

涼森はちょっと呆《あき》れた顔をして、

「なんだ、あやうく指しそうになったぞ」と言った。

「そうなったら、ちゃんと質問したさ」

「なんて？」

「明日《あす》なき明日《あした》ってタイトル、なんで同じ字で読みがちがうんだ」

そんなことかよ、と涼森は肩透かしを食らったような面持ちになった。

「あと、もうひとつあったんだけどな、代わりに質問してくれた人がいたから、それでこと足りた」

「その質問っていったい誰のだ？」

吉良は持ってきたビニール傘をくいと持ち上げた。

その先端が示すほうへ涼森は振り向いた。彼の視線は、セミロングの髪を肩に垂らして藍色のスーツを着た女を一瞥《いちべつ》したあと、すぐ吉良に戻された。

「都築瑠璃。厚労省だ」と吉良が言った。

「あんな質問、たいした意味あるのか」

吉良は含み笑いだけを返した。

「まだ時間があるだろ、うちの食堂で食っていかないか。A棟の十八階に展望レストランがあるぜ」

「それはなかなかそそられるな」

吉良の名が呼ばれた。会場の外の通路からだった。

「おっと、展望レストランはお預けだな」と吉良は苦笑いした。「この後、会議で会うだろ。その時にまた」

そう言い残し、涼森に背を向けた。

三波《みなみ》が黒い傘を杖《つえ》にして待っていた。吉良が近づくと、なにも言わず踵《きびす》を返して前を行った。吉良が追いついて、肩を並べたふたりは長い階段をいくつも降りた。その間、終始無言だった。傘をさして防衛省の門を出てからようやく、

「さてなににする」と三波が言った。

昼飯を一緒に食うつもりらしい。

「とにかく、ここからすこし離れよう」

そう言って靖国通りの歩道に立っていた三波は、曙橋《あけぼのばし》のほうへ足を向けた。五分ほど歩いて、ここでいいだろう、と三波が引き戸を開けたのは焼き鳥屋で、昼どきは丼《どんぶり》ものや定食を出している店だった。吉良の意見も聞かずに中に入り、座敷に入って胡坐《あぐら》をかくと、こないだの健康診断はどうだった、などと訊いてきた。

「おかげさまで真っ白でした」

「うらやましいな。こっちは赤いのがあちこちついてて、見ていて目が痛くなるくらいだったぞ。申しわけないが、鶏肉《とりにく》は食ってもいいそうなんでこの店にさせてもらった」

事後承諾の言い訳である。どこが悪いんですかとは尋ねなかった。吉良は興味のあることしか尋ねない。興味のないことは聞かされても積極的に忘れようとする。店員が注文を取りに来た。吉良は丼を、三波はステーキ定食を頼んだ。

「ずいぶん威勢がよかったな」

ふたりきりになると三波が言った。

「サイテロ班がですか」

「というか防衛省だ。このままだと軍人さんたちに牛耳《ぎゅうじ》られるぞ」

ええ、と吉良は軽くうなずいた。

「まあDASPAができた経緯があれだから、向こうも必死なんだろうよ」

国家防衛安全保障会議、略称DASPAは、防衛省の勢力を抑制する目的で発案されたと言っても過言ではない。それほどに、昨今の防衛省は勢力を得ており、その予算は着実に膨らんでいる。我が国の安全保障が日増しに深刻さを増しているからである。

中国による東アジアから東南アジア一帯にかけての経済的な進出は、年々勢いを増しており、その強引な進め方は、武力衝突を引き起こしかねないと言われている。いったん日中間で棚上げされた領土問題は、中国によってふたたび下ろされ、近くの大陸棚に油田の存在が噂《うわさ》されている尖閣《せんかく》諸島周辺では、中国漁船とのトラブルが絶えない。

また、韓国からは、日本統治時代に辛酸を嘗《な》めた人たちへの感情の手当が不十分だという批判が何度も投げつけられ、二国間の軋轢《あつれき》は深刻さを増している。革新政党が政権を奪取してからの韓国は、「日本は反省が足りない」とことあるごとに歴史認識問題を持ち出し、「いちど合意したからといってそれに従うわけではない」とまで発表し、「合意は拘束する《パクタ・スント・セルヴァンダ》」という国際法の原則をも無視する勢いである。

さらに、韓国の向こうに位置する北朝鮮は、ついに核武装を完成させてしまった。北朝鮮から発射されたミサイルや〝飛翔体〟は日本海の排他的経済水域に落ちることも珍しくなくなり、日本本土上空を飛び越えて太平洋に落下するものさえある。

一方、アメリカは、中東での関与を徐々に弱めるとともに、東アジアの安全保障についても関心を失いはじめている。状況が差し迫ってきているのに、頼りになるはずの用心棒は気もそぞろというこの実態は、日本の首相とアメリカの大統領が芝生の上でゴルフクラブを振りながら浮かべる笑みでは、カムフラージュできなくなりつつある。

このような状況は、防衛省の追い風となっている。いわゆる〝シビリアンコントロール〟、日本語では〝文民統制〟という、訳したところでよく意味がわからないこの言葉は、実態としては、背広を来た職員が制服を着た武官を支配することであり、もっと具体的に、さらに露骨に言えば、軍人が出してきた要求を、事務方が退けることにほかならない。そもそもこの流れは、占領時に日本を指導したGHQが使った言葉「シビリアン」という単語を誤解したことから生じた体制であった、などという意見も最近では聞かれるようになり、制服組ががぜん勢いを盛んにしつつある。

そしてなにより、日本憲政史上最長の政権を担っている愛甲豪三《あこうごうぞう》が、防衛省に肩入れしていることが大きい。愛甲は改憲を公約に掲げ、「憲法に自衛隊をきちんと位置付けるべきだ」と主張している。マスコミがいないところでは、さらに、「防衛省はよくやってくれているよ」とねぎらい、「今のままじゃ、あまりにもかわいそうだ」と露骨な感情を吐露することさえあるという。

満を持したように「防衛計画会議」英語ではDefense Projects Agencyと表記される組織を防衛省内に設立する提案書が出された。書いたのはさきほど壇上に上がって口上を述べた陸上自衛隊陸将補の蒼井である。このDPAによってがっぽり防衛省に予算を引きこもうという魂胆を見抜き、すかさず横槍《よこやり》を入れ、SとAをもうひと文字ずつ追加したDASPA案を出したのが、いま目の前で難しい顔でチキンステーキを頬張っている三波警視長、内閣情報調査室の補佐官である。

「しかし、派手な映画だったなあ。一体いくらかかってるんだ。ずいぶん羽振りがいいじゃないか」

さあ、と吉良は首をかしげた。映画の予算なんか検討もつかない。

「けれどまあ、これでいよいよDASPAの発足までこぎつけましたね」

DASPAという新案をひっさげ嘴《くちばし》を入れてきた三波に、蒼井は激怒した。しかし、防衛省をのぞく各省庁はこれを歓迎した。そして、意外なことに、この提案は首相の気に入った。これをきっかけに、形勢は一気にDPAからDASPAへと傾いたのである。

「危ないところだった。ぼーっとしてたら蒼井らにやりたい放題やられるところだったぞ」

三波はそう言って薄い茶を飲んだ。

焼き鳥丼を掻《か》き込みながら、「そうですね」と吉良はうなずいた。この合意は上司を讃《たた》えるささやかな祝砲である。実際、防衛省が完全にイニシアティヴを取ることを阻止した手腕には感心した。

「ただ、防衛省が防衛領域をサイバーにまで広げるべきと判断したのはよかったですね」

三波は黙ってチキンステーキを平らげたあとで箸《はし》を置き、

「そんな暢気《のんき》なこと言ってる場合じゃないぞ。連中はDASPAが正式にスタートする前にド派手なものを見せつけて、存在感を示そうって魂胆なんだ。市ヶ谷にわざわざ呼びつけたのも、印象操作だよ。蒼井の考えそうなこった」と茶をすすりながら言った。

そもそも、この三波寛《ひろし》と蒼井文則《ふみのり》は、同期のライバルである。もともとこのふたりは防衛大で席を並べた仲だった。しかし、なにを思ったのか、三波は防大を出た後、慶應を受験し直し、卒業後は警察庁に入庁した。遠回りしたぶんだけ出遅れた三波は、国家公務員のキャリアアップにおいて、同期の蒼井に水をあけられていた。しかし、公安課に移ってからは、ある目覚しい手柄をいくつか立て、いまや横並び一線の位置につけている。そして、その手柄に大いに貢献したのが、部下であった吉良である。

ともあれ、防衛省と警察庁はテロ対策においてはぶつかることが多く、さらに防衛省が陸海空に加えて、宇宙とサイバー空間をも活動範囲に加え、またそのサイバー空間による犯罪がテロと呼ぶほうがふさわしいくらい過激なものになると、この分野に関しても、警察と激しく勢力を競うようになった。

かつては、サイバー犯罪の取り締まりについては、警察が一歩先を行っていた。しかし、それが国家主体でおこなわれるようになると、がぜん防衛省の羽振りがよくなった。中国や朝鮮半島との緊張が日々のニュースで取り上げられ、さらに、首相の肝いりもあって、防衛省は着実に勢力を伸ばし、いまや警察を凌《しの》いでいる。

警察は、自らの権力基盤の保全のためにも、もっと露骨に言えば、予算獲得のためにも、防衛省勢力の抑止にとりかかる必要があった。そこで三波は、蒼井の計画を阻止しようと、凝りに凝ったカウンターオピニオンをひねり出し、DASPAなるものを提案したのである。

「途中に珈琲《コーヒー》屋があっただろう。そこで話そう」

三波は湯呑《ゆの》み茶碗《ぢゃわん》を置いて立ち上がった。

「ところでお前、さっき手を挙げていたよな」

移動した先の喫茶店で、三波にそう言われた時、吉良は映画のことを思い返していた。

「なにか質問があるかと訊かれたときに、真っ先に挙げてたじゃないか」

ええ、と吉良はうなずいた。

「なにを訊くつもりだったんだ、あれは」

「都築って人が訊いてくれたので、俺は用済みになりました」

「都築って誰だ」

「ちょっと肩にかかるくらいの髪で藍色のスーツを着て、ほら、最後に質問した」

「女か」

「しかも美女でした」

「好みなのか」

「そうですね」

三波はニヤっと笑うと、カップを皿に置き、鞄《かばん》からホチキスで綴《と》じた用紙を出し、唾《つば》をつけた指でめくった。おそらく各班のチェアマンにだけ配られる人事シートだろう。

「これか、都築瑠璃。厚生労働省だ。東大の医学部を出ている。科学兵器開発班に配属予定だと。公衆衛生防衛班じゃないんだ。意外だな」

「厚労省の前のキャリアはどうなってます？」

「理化学総合研究所の脳神経科学センターに勤務。どうやら脳がご専門らしいぞ、お前がご執心の姫君は」

そんなご執心だなんてと取り繕うこともせず、吉良は前かがみになってペーパーを覗き込んだ。三波はさっとこれを引っ込めて、吉良を睨《にら》む。

「問題起こすなよ。インテリの女にちょっかい出すと手厳しくやられるぞ」

「そこがいいんですよ」

「馬鹿。上司としての俺の立場を考えろ。とにかく女には気をつけろよ」

「気をつけろって、どう気をつけるんですか、この場合」

「お前はどうも女のことになると暴走するな。そこが心配だ。この仕事やってきて、ハニートラップに引っかかった先生がたの尻拭《しりぬぐ》いほどくだらん仕事はなかったぞ」

「話がちがうじゃないですか。大丈夫ですよ。俺の場合は、引っかかるんじゃなくて、玉砕するんですよ。ぶつかってフラれるだけですから」

「なんだお前、いきなりそこまで盛り上がってるのか」

「盛り上がればいいな、と思っています」

「馬鹿。とにかく、そんなことはどうでもいい。その都築瑠璃はなんて質問したんだ。つまり、お前がしようとしていた質問てのはなんだ」

「彼女はね、映画で描かれたもの以外にシリアスなサイバー・アタックはありますか、って訊いたんですよ」

「ああ、そうだったな。――答えはなんだった」

「映画で見た通り、敵はまずインフラを麻痺させるだろう。まず警戒しなければならないのはここ。そしてそのほかはオマケみたいなもんだ。つまり、ない。——涼森の答えはこういうものでした」

それで？ と三波は言った。

「ちょっと映画っぽすぎますね」

「だって映画だからな」

「ああいうふうに防衛省がサイバー攻撃を捉えているのだとしたら、アホですよ」

「というのは？」

「敵国のインフラを徹底的に破壊なんて、技術的には可能だけれども、いざやるとなると難しいでしょう」

「そうだろうか」

「あの映画の最後のシーンで嘉手納《かでな》基地に飛んできたミサイルですが、DF－21とCJ－10でしたよね」

「そうだったか。俺はわかんなかったぞ」

「防大出ているのに？」

「お前がミサイルの型なんかわかるほうがよっぽど変だ。ともあれ、DF－21とCJ－10ってことなら撃ったのは中国だ」

「そうです。北朝鮮ならともかく、中国ならミサイルが飛んでくる前に、報復できちゃいますよ。そのことは涼森だってわかってるはずです」

「なぜだ」

「中国が日本のインフラの根っこをマルウェアで汚染させているとしたら、アメリカにもやっているはずです。涼森が言ってたじゃないですか、アメリカはしょっちゅうサイバー攻撃の標的にされていると。攻撃しているのは、北朝鮮を横に置けば、ロシアか中国になる。しかし、アメリカだってやられっ放しでいるはずがない。今日観た映画なんて、アメリカのハッキング技術の展示会みたいなものでしたし」

「そうなのか」

「涼森が言ったように、アメリカはUSBメモリーをばらまいて、イランのプルトニウム精製機を破壊しました。この手口はコットンマウスと呼ばれています。似たものとしては、ファイアウォークってのがあって、こっちはLANケーブルのコネクターに埋め込んで感染させる。スマートフォンなどのSIMカードに埋め込むゴーファーセットというのもある。一番強烈だと涼森が言ってたのが、ワイヤレスでトラッキングして埋め込んじゃうナイトスタンドです。他にもいろいろあります。俺の鑑定では、サプライチェーン妨害ってのがいちばん猛烈で、これは監視してる対象が通販でUSBメモリーなんかを買ったら、配達途中で商品をすり替えちゃって、ウイルスを注入しちゃうんです」

「ということは途中で、配送をしている車を停めたりしてるんだな」

「そうですね、商品をまちがえたとか言って開封させたり、配達員にいくらか握らせるんでしょう。とにかくアメリカはそのくらいはやる。そしてやられた相手もやられていることを知っているのです」

「だとしたらどうなんだ」

「〝やったらやり返されるぞ〟と互いに考える。しかも、徹底的なインフラの破壊は核兵器規模の災害をもたらすから、そう簡単に手は出せない。こうしてサイバー空間の安全保障は、ゲーム理論の核抑止と似てくるわけです。涼森の言葉をそのまま信じて、サイバー攻撃にも日米安保が適用されるのだとしたら、中国は日本にアタックしたら、アメリカから反撃を食らう可能性があると考えるはずです。ならば、あの映画みたいにバンバン撃ってくるはずはないんですよ。もっとも、涼森の言うように、サイバー攻撃されたらアメリカが守ってくれると信じていいのかどうかは別問題ですが」

「なるほど。では、サイバー攻撃でまず対応しなければならないのはなんだ」

おそらく、もっと曖昧《あいまい》で、そして微妙な、けれど、大いに深刻なものになるだろう、と吉良は捉えていた。しかし、それをそのまま言葉に出してしまえば、「具体的にはいったいなんだ」と三波は訊いてくる。それを説明するには、吉良の頭の中で、まだイメージがじゅうぶん結晶していなかった。

「そこはまあ、改めてということにしましょう」と吉良ははぐらかした。「そろそろ出ます。これから警視庁で、DASPAに連れて行く連中とミーティングしなきゃいけないので。涼森も来る予定です」

涼森も？　と三波は怪訝《けげん》な顔をした。

「DASPAは横の連携を謳ってダブルメジャー制を敷く予定もあるので、声をかけときました」

三波の表情に戸惑いの色が浮かんだ。というのは、自分が所属する班のほかにもうひと班にも登録が許され、その班の会議に出席し、情報を共有できるというダブルメジャー制は実は、吉良が三波の提案書に書き加えた追加条項である。これについては、三波は当初からあまりいい顔をしなかった。

「外務省の矢作《やはぎ》さんや法務省の田井中さんも呼んでいますよ」

そう言って吉良はコーヒーカップに口をつけて、「日本のバージョンアップのためです」とつけ加えた。

三波はため息を漏らした。DASPAの各班のチェアマンは、その方面に専門性が強い省庁の出身者が就任し、チェアマンの出身省庁のメンバーや子飼いの部下で構成員を固める傾向にある。その班の勢力が強くなれば、その班で中心となっているメンバーの出身母体の省庁が多額の予算を獲得できる。そのように皆が目論んでいた。

そして、首尾よくインテリジェンス班のチェアマンに収まった三波は、インテリジェンス班の候補者として、まっさきに吉良の名を書き、サブチェアマンにも吉良を予定した。

実は二年前、内閣情報調査室の補佐官に栄転となったときにも、三波は吉良を連れて行くつもりであった。しかし、それなりのポジションを用意してやったにもかかわらず、固辞された。ところが、DASPAの構想を明かしたときには一転、この案に乗って提案書を書き、DASPA行きも喜んで受けた。サブチェアマンをやらないかと持ちかけると、これを引き受けてくれたのはいいが、警察官僚で固めるのかと思いきや、外務省や法務省、さらに防衛省からもメンバーを募りたいと言いだして、三波を驚かせた。

「どうしてだ」と三波が問い質《ただ》すと、決まって「国益の為《ため》です」とか「日本をバージョンアップするんです」という大げさな答えが返ってきた。〝国益〟と〝日本のバージョンアップ〟は吉良の決まり文句だ。奇行が目立つ部下ではないが、時に頑として自説を曲げない。そして軽薄そうでいて実はなかなかに優秀だと上司のほうも認めていたから、操縦にしくじると、大きな損失になると心得て、譲ってもいいところは譲っていた。

「で、警察庁のほうは今日が最後なんだよな」諦めたように三波は言った。

「そうです。明日からは、DASPAの準備室に通います」

「けれど地下にはまだ机も入ってないぞ。内調にはいちおうお前のを用意してあるんだから、そちらに座ってればいいじゃないか。DASPA発足までの間は籍は内調付けになっているんだから」

吉良は曖昧な笑いを浮かべたまま首を振って、五百円玉をいちまいテーブルの上に置いた。そして、喫煙席で一本吸ってから行く、と言う上司を残して店を出た。

曙橋から四谷《よつや》まで歩いて、丸ノ内線に乗った。暗いトンネルを進む地下鉄の中で考えた。DASPA発足後には防衛省が勢力を伸ばすという三波の懸念は現実のものとなるだろう。しかし、新しい日本のためにはあり得べき構図なのかもしれない。これまで軍の暴走からの安全が声高《こわだか》に叫ばれてきたが、世の中はしだいに軍による安全を求めはじめている。

一方で吉良は、防衛省と警察庁の縄張り争い、もっと砕いて言えば、蒼井と三波のライバル意識が発展してできたDASPAではあったものの、三波が振り回した「防衛省の力だけでは我が国の安全は保たれない」という理屈には、「ひさびさのヒットだな」と感心した。そもそも〝防衛〟という発想がもはや古い、とまず三波は喝破したのである。

防衛つまりDefenseだけではもはや国民の安全は保証できない。いま重視するべきはDよりもむしろS、Securityである。これからの国家はDefenseとSecurityの両輪で体制が維持されると考えるべきで、「防衛計画会議」つまりDPAにはSの文字が欠落している。故に、Security を加えた Defense And Security Projects Agency とし、この頭文字を取ったDASPAを略称とした「国家防衛安全保障会議」を発足させるべきである。

　また、このDASPAを防衛省だけで運営するという発想にも無理がある。新しい科学兵器は、ミサイルや戦闘機や戦車のようなものだけではない。たとえば細菌兵器となると、厚生労働省のサポートが必要になってくるだろうし、さらに金融におけるテロリズムなどもこれからは考えなければならない。その際には当然、金融庁の知見に頼らざるを得ない。

　ならばこのDASPAは内閣府に置き、内閣総理大臣直轄の組織として、警察庁、厚生労働省、経済産業省、文部科学省、農林水産省、金融庁らも交え、各省庁から選抜された精鋭による混合チームで各班を編成するべきだ。

　三波はこう切論し、DASPAを防衛省から引っぺがそうとした。防衛省勢力の希薄化を狙いつつ、いま防衛省と四つに組むと分が悪いと判断して、混戦へ持ち込もうとした見事な搦手《からめて》である。

　しかし、蒼井も黙っているわけがない。三波のインテリジェンス班が、吉良の要望もあって、他の省庁から広く人材を募ったにもかかわらず、防衛省はひとりもよこさず、逆に蒼井がチェアマンを務めるサイバーテロ対策班の顔ぶれをほぼ防衛省の制服組で揃えたのである。

霞ケ関で降り、地上に出て、警視庁庁舎へ。エレベーターに乗り込む時、知った顔とすれちがった。吉良が署に勤務していた頃に知り合ったベテランの刑事である。仕事熱心とは言えず、日頃から勝手な行動ばかりして周囲から白い目を向けられているのだが、いざという時には妙に勘が冴えて捜査の急所を押さえ、成果を上げる。優秀な不良刑事という印象だったが、急にきれいごとを並べ出したりもする変わり種で、アブナイ奴《やつ》だとは思いつつ、好ましくも感じていた。

ただ、警察庁に異動になってからはさしたる接触はない。いちど、映画館でばったり会ったことがあり、お茶でもと誘われたが、留学を控えていたので帰って勉強せねばならず、失礼させてもらった。袖が触れあった程度の仲にすぎないが、この真行寺《しんぎょうじ》という刑事については、不思議な印象を心に刻み込んだまま、妙に忘れられずにいる。

会議室の扉を開けるとメンバーは、涼森を含めて全員席についていた。時計を見ると、定刻の三分前である。揃っているなら始めちゃいましょうか、と吉良は言った。

「警察庁警備局の吉良です。DASPAではインテリジェンス班のサブチェアマンを務めさせていただきます。スタートまでまだ少々時間がありますが、今日は皆でテーマを決めて討論し、有意義な助走、あるいは地ならしとしたいと思い、各省庁から代表に集まっていただきました。よろしくお願いします」
席についていた男五人と女ひとりはそれぞれ軽く頭を下げた。
「DASPAのインテリジェンス班は、インテリジェンス・コミュニティの統合を目指します。そのことによって日本をバージョンアップさせることが目的です」
日本のバージョンアップ？　誰かが小声で訝《いぶか》しげにくり返す。
「我が国はさまざまな難関を前にしているわけですが、最も大きな課題は真に自立することだと私自身は思っております」
吉良がそう言うと、日頃からつきあいのある涼森は口元をゆるめた。
「さて、そのへんはまた追って話したいと思いますが、今日のテーマは『移民とテロリズム』です。どうぞよろしくお願いいたします」
日本のインテリジェンス・コミュニティには概《おおむ》ね、
警察庁の警備局
防衛省の情報本部
外務省の国際情報統括官組織
法務省の公安調査庁
という四つの勢力がある。これらの組織から均等に人員を集めてDASPAのインテリジェンス班を構成し、日本の省庁に拡散しているインテリジェンスといういわば〝業界〟を統合するのが吉良の魂胆であった。

この案に対して、警察庁からの班員をもっと増やさないと、警察はDASPAのインテリジェンス班でイニシアティヴを取れなくなる、と上司の三波は懸念した。各省庁がしのぎを削っている現状を鑑みれば、取り越し苦労とは言えないだろう。

「日本政府は移民の受け入れを検討しはじめています。また、移民とは呼んでいないものの、長期に亘《わた》って日本に住み、日本で働く外国人は年々増加しております。これに伴って、この状況がどのように我々の仕事に影響するのか、有り体《あてい》に言えば、日本にやってくる外国人はテロを起こすのかってことです。まずは秋山《あきやま》、現状の定量的な分析から、議論のとっかかりを提示してくれ」

この中では一番若く、がっちりした体格の男は、わかりました、と承知して、

「警視庁公安部公安総務課の秋山です。いまから資料を回します」と書類を配りだした。

「公安総務課というのは？」受け取りながら、涼森が訊いた。

「警視庁公安部の中央センターかな。つまり部内の統括を担っています」吉良が解説した。

「その一方で、共産党などの情報収集活動なども」と本人が補足した。

「てことは私のライバルかいな」小柄で華奢《きゃしゃ》な、人懐っこそうな丸顔の男が関西弁でそう言った。お笑い芸人と紹介されたほうが納得する面持ちと雰囲気だ。

「そうか。田井中さんの公安調査庁での担当は共産党と極左勢力でしたね」と吉良が言った。

法務省の公安調査庁と警察庁の公安とは、時として縄張り争いのようなバトルを繰り広げる。

「いや、それを聞いて安心しました。私の担当は法令解釈なので、田井中さんとは活動範囲はあまり重なりません」手を動かしながら秋山が言った。「では表紙をめくって一ページ目をご覧ください」

会議室内に紙がめくられる音が重なり、その上に秋山の低い声がかぶさった。

日本における外国人の人口。その地理的分布、出身国の割合、就業の形態、そして犯罪数、犯罪率、犯罪の種類や傾向、再犯性の度合い、犯罪の組織化などについて、秋山が報告していく。頃合いを見計らって、

「――ということは、外国人の数は増えているが、彼らによる犯罪は増加しているわけではないと判断していいわけだな」と吉良が口を挟んだ。

「現時点では」と秋山は言った。

「その理由はどのように解釈すべきですかね。まずこれを議論のとっかかりにしましょうか」

「日本は定住の条件に厳しいので、外国人労働者は不安定な地位しか得られず、犯罪を

犯したりすれば、強制送還の憂き目に遭う、つまり犯罪はリスクが高くてペイしない。そう考えているからでしょう」と秋山が言った。

「外国人労働者の場合はそうかもしれへんけど、彼らが定住を認められて、移民となった暁《あかつき》には、強制送還なんてそう簡単にはでけへんで。人権問題に発展しかねんからな」と公安調査庁の田井中が言った。

「いや、一年以上日本に居住している外国人労働者についても、これも国連の定義によれば移民になりますが、データを取りました。しかし、いまのところ定住外国人であっても犯罪率が日本人のそれよりも多いということはありません」と秋山が言った。

「いまのところは」と眼鏡の蔓《つる》に手をやって口をはさんだのは、きれいに髪を七三分けにした、神経質そうな顔立ちの、頬のこけた男だった。「しかし、人手不足などによって外国人籍の定住者が増えた場合、その二世・三世が、自分たちが不遇なのは外国人だからだ、と考えて恨みを募らせる可能性はあるんじゃないでしょうかね」

「三浦《みうら》さんはそのへんシビアに見るさかいな。専門は宗教団体の監視ですわ」と田井中は相好《そうごう》を崩しながら注釈を施した。

「宗教団体が専門というわけではないですよ」と三浦は神経質そうにつけ足した。

同じ公安調査庁でも、人懐っこい田井中とはちがい、機嫌の取りづらそうな男である。

「我が国に定住外国人が増加すれば、やがて彼らは自分たちの境遇を不満に思い、それが犯罪の増加につながる、そう考えていいんでしょうか」と吉良は言った。

「それは当然そうなっていくでしょう。そして、マイノリティっていうのはどこかで不満を抱える存在です。私らはそのように割り切ってます」

「私らとは」と吉良が尋ねた。

「すいません。公安調査庁《うち》には捜査権ってものがないよって」と田井中がフォローするように言った。「客観的に分析する癖が身についとるんですわ。警察《おたくら》は対象に同情しつつ共感しつつ捜査してるのかもしれへんけど」

田井中はにこやかな笑みを絶やさなかったが、皮肉を込めているのは明白だった。法務省の外局である公安調査庁は、その名の通り、調査はしても捜査権はなく、逮捕などもできない。

「では、思い切って同化政策をとったらどうなりますか」吉良はさらに一歩踏み込んだ。「定住外国人ではなく日本人になってもらう。日本人の国籍を与え、古くからの日本人と待遇を同じにするほうが、テロの危険性は少なくなる。さて、この仮説は正しいか？」

「それは、日本国籍という飴《あめ》を目の前にぶら下げれば、喜んで受け取るだろう、という前提があっての話ですよね」と三浦が確認した。

「そりゃあなるでしょうよ。政治に不満があれば選挙に出馬し、改革もできるんだから」と涼森が腕組みをして予想した。

「ほなら、在日朝鮮・韓国人はなんでなかなか帰化せえへんのや？　オールドカマーはもう四世くらいになっとんのに」と田井中が疑義をただした。

「それは歴史的にいろいろあって、日本に対してわだかまりがあるからだと思います」と秋山が解説した。

「自分たちは韓国人、もしくは朝鮮人であって日本人ではないと念じ続けているからだってことか。民族というものを信じている。血を信じていると言ってもいい。それとも信じているのは歴史か」

そうつぶやきながら吉良は、いや俺が信じているのだ、と気づいていた。信じるという言葉から人は宗教を思い起こしがちだが、彼が信じているのは日本人の血であり、日本語であった。儚《はかな》いものかもしれないと思いつつ……。

「いや、一番の原因はそのような心理よりもむしろ、制度にあると思う。日本が血統主義を取ってるからだと考えるべきですよ」と三浦が言った。「日本国籍を取得したければ、日本人の仲間に入れてください、とアクションしなければならない。それは彼らにとってはどこか屈辱的なんでしょう」

「でも、それもまた日本に対するわだかまりですよ」と秋山は不満げに口を尖《とが》らせた。

「だからマイノリティのわだかまりなんて考えたってしょうがないんですよ。それよりも、制度に着眼したほうがいいと提言しているだけです」

「では、出生地主義に移行したほうがいいと思われますか」吉良が割って入った。

出生地主義を採用すれば、日本で生まれれば、親の国籍とは関係なく、自動的に日本国籍を取得できることになる。

「どうなんやろ」と田井中が首をかしげながら口を挟んだ。「日本の国籍って価値あるんやろか」

「ないとおっしゃるんですか」驚いたように涼森が反問した。

「たとえばなあ、アメリカと比べた場合はどうや？」田井中は問いで返した。「日本は確かに安全やから、身の危険に脅《おびや》かされているような難民には価値が高いとは思いますわ。けど、自分のスキルを磨いて、キャリアを発展させていこゆう者《もん》には向いてないんとちゃうかいな」

面白い所見ではあったが、議題からズレていた。すると、ここまで黙っていた外務省の男が穏やかな口調で、そうすれば在日韓国朝鮮人はどんどん日本に帰化すると思いますよ、と保証した。

「本当ですか？　――えっと矢作さんでしたっけ」と秋山が問い返した。

「ええ、私はヨーロッパの担当なので朝鮮半島については門外漢なのですが。そもそも血統主義というのは、移民はなるたけ受け入れたくないという政策なので、この看板を下ろせば帰化する在日韓国朝鮮人は増えると思います」

落ち着いた声で矢作は言った。喋《しゃべ》っている内容もそうだが、声がいい。ノーネクタイでゆったりと背もたれに半身を預けて話す姿は、学者のようである。

「では、この出生地主義を、朝鮮半島出身者以外にも適用させていくとどうなります？　ブラジル系だって、ベトナム系だって、日本で生まれればほぼ自動的に日本人の国籍を取得できるとしたら？　これは怨嗟《えんさ》を解消し、テロを抑制し、日本の安全を確保することにつながりますか？」吉良がそう言って議論を振り出しに戻した。

「その考え方は甘い」ぴしゃりとそう言ったのは三浦だった。「出生地主義を取ると、親族などの教育によって、自分のルーツにアイデンティティを濃厚に残したまま日本国籍を取得する者が出てくる」

「それはまずいことですかね」と吉良が反問した。

「多文化社会を目指すのであればよいかもしれません。これからの日本はどんどんモザイク状になっていくべきだという意見もあるでしょうね。ただ、我々インテリジェンスに携わる人間は、安全という面を重視して物事を見なければなりません。ここから先は中東の専門家の平沢《ひらさわ》さんに話を聞いたほうがいいと思いますが」と矢作は言った。

いきなり振られて、驚いたように顔を上げた平沢はここでは唯一の女性である。襟なしの白いブラウスを着た短髪の女は、冷たい仏頂面《ぶっちょうづら》で矢作を見返して、私ですかと言った。お願いしますと吉良が促すと、そうですねえ、とひと呼吸置いてから思い切ったように、イスラム教徒に〝郷に入っては郷に従う〟を期待するのは空《むな》しいことなんですよ、と切り出した。

「彼らの文化が日本の伝統や風習と折り合いがつかなくなったときに、彼らに奥ゆかしい気遣いを求めても詮無《せんな》いことなんです」と平沢は続けた。

なぜ？　涼森が訊いた。

「イスラム教徒がもっとも重視するのはイスラム法による秩序なので、多文化社会日本を目指してイスラム教徒を受け入れても、やってきたイスラム教徒側が多文化社会を拒否するんですよ。ヨーロッパではこのようなことがすでに起こっています」

平沢は淡々とした口調で続けた。

「例えば、イスラム教は同性愛を認めません。イギリスなどではイスラム教徒がかなりの数を占める都市も出てきて、そこでは彼らはもはやマイノリティとはいえないんです。とは言っても、そこはやはり自由主義陣営のイギリスの中ではあるので、リベラルな教育はおこなわれている。ところが、ＬＧＢＴに対する偏見をなくす授業をカリキュラムに取り入れたところ、これに激怒したイスラム教徒の親が子供を学校に行かせないという事件が起きました」

「では、東京のどこかにムスリムタウンができ、その区域ではもはやマイノリティと言えないくらいイスラム教徒が大勢日本の公立学校に通うようになった場合、彼らはなにを求めてきますかね」と平沢の同僚である矢作が尋ねた。

「まず給食にハラールを要求して、献立から豚肉を消すように言ってくるでしょうね」

ありうるな、と涼森がつぶやいた。

けれど一番怖いのは、と三浦が平沢の後を受けた。

「そういう危機感が日本人にないことですね。話せばわかるとか、甘く考える人が多い。いま教えていただいたような事例を話すとどういった反応が返ってきますか」

「人によりますが、こういうことを言うと、ムスリムに対する差別だとか、偏見を助長するとか叱られることはよくあります」平沢はつまらなそうに言った。

「確かに、日本に北朝鮮の工作員がいると言っただけで、在日朝鮮人への差別を助長する問題発言だと言われますからね」と三浦が同意した。

ただ、それを言ってしまえば、たとえ事実であったとしても、在日コリアンへの差別を助長する要因にはなってしまうだろう、と吉良は思ったが、今日のところは口にしないでおいた。三浦は続けた。

「日本海の海岸から一般市民を拉致《らち》する国が、スパイ防止法もない日本にスパイを送り込んでいないと主張するのはどう考えても甘い。そのスパイ防止法と言えば、アメリカのほうからもなんとかしてくれと言われていま審議中ですが、ここぞとばかりに野党が張り切って、言いがかりのような批判をくり返しています」

皆が黙り込んだ。インテリジェンス・コミュニティで草を食《は》む者の中に、スパイ防止法など必要ない、という者がいたら、そいつはスパイである。

しかし、内輪の常識が、外に開示したとたんに、たちまち非難の的になってしまうことはある。

「そして、その論拠と言えば、〝前の大戦での過《あやま》ちをくり返してはならない〟なんてところに戻っていくわけです」と言って三浦は自説を締めくくった。

確かに、リベラル系のジャーナリズムがこの路線で論陣を張った効果は覿面《てきめん》だった。NHKや各メジャー新聞が実施した世論調査では、「必要ない」と「性急に進めるべきではない」「慎重に議論するべきだ」を合わせると全体の70%を超える結果となっている。「スパイ防止法案に関する特別委員会」では与党側は防戦一方らしい。

スパイ防止法は必要だと声が上がれば、別のところから必要なしと叫ぶものがある。意見というものは常に反対派を生む。どちらが正しいかを、両者の論拠を精緻《せいち》に検討し、自分で結論を出すという余裕は、現代人にはない。

現実問題として我々は、どちらが正しいことを言っていそうかを直感的に判断している。どちらのほうがいい奴か、誠実そうな顔をしているか、自分に対して優しいか、あるいはメリットがあるかで判断しているのである。

優しさや寛容や愛や信頼に重きを置かれると、インテリジェンスや安全保障に携わっている連中はとたんに分《ぶ》が悪くなる。彼らの手中には、「国境を越えて」や「人類は皆」という持ち札《ふだ》はない。この類《たぐ》いのカードを相手にどんどん切られると、それに対応していくうちに、酷薄で冷たく、人権を軽視する人でなしの面構えになっていくのである。

人は信じたいものを信じる。真実よりも心地よい錯覚を、現実よりもファンタジーを、汗をかく肉体よりも、SNSの写真を。

さしたる結論は出なかったが、時間が来たので会議を終えて隣の警察庁へ移動した。警察庁警備局外事情報部国際テロリズム対策課のドアを開けると、吉良の机に陣取って受話器を耳に当てている男がいた。

「はい、……はい。いやあ昇進ってほどのものでもないんですが、人がいないんでしょう。ははは」

などと上機嫌で話している男は、デスクの横に置かれている応接セットを手で示した。吉良が素直にそこに腰を下ろしてから、男の会話は三分ほど続いた。

——ということでよろしくお願いします。吉良よりもすこし年配くらいだろうが、頭頂部がかなり寂しくなっている男は受話器を置くと、こちらに視線を向けて「おう」とぞんざいな声を上げた。

「温井《ぬくい》さん、お待たせしちゃいましたか」

　その男は机を離れ、

「いや、大して待ってませんよ。というか俺が早く来たんだ」と言って、ソファーのほうにやってきて、吉良の向かいに腰を下ろした。

「デスクトップのほうにすべて整理しておきましたので、引き継ぎすることもたいしてないんですが」

　吉良がそう言うと、温井は粘りつくような笑いを浮かべ、そんなわけあるもんか、と顔の前で大げさに手を振った。

「お前がそんな素直にすべての情報を俺に渡すわけがない」

「そんなことありませんよ」

「いやあ、あるね。あの時だってそうだったじゃないか」

　吉良は黙った。相手が先に口を開いた。

「今日はな、引き継ぎなんかよりお前と話したくて来たんだよ」

「それはありがとうございます」

「今回の異動でようやく俺も課長になれたからさ、タメ口を使ってみたくてな」

「そんな機会はこれからもたくさんありますよ」と吉良は笑ってみせた。

「そう願うよ。——ＤＡＳＰＡに行くんだって？」

吉良はうなずいた。

「三波さんが引っ張ったんだろ」

「さあどうでしょう」

「ごまかすなよ」

吉良は薄く笑ってこれを返答とした。

「しかしお前も変わってるよ」相手は複雑な笑いを口元に漂わせながら言った。「DASPAなんて三波さんの狂言からできちゃったようなところだろ。いつ解体されるかわからんぞ」

吉良はやはり黙っていた。

「もっと奇妙なのは、お前が自分の後釜《あとがま》に俺を推薦したってことだ」

「いや、初耳ですが」

「俺も最初は耳を疑ったが、調べれば調べるほどそうだって証拠しか上がってこない。どうやらお前もあのことに関しては悪いと思っているんだな。贖罪《しょくざい》の気持ちとしてありがたく受け取っておくよ。俺もこれ以上くすぶってるわけにいかないからな」

「温井さん」と吉良が言った。「私は今日がここの最後の勤務になりますので、集中して片付けたい業務がたまっておりまして」

これを聞くと温井は満足そうにうなずいた。

「帰れってことだよな。――了解。では失礼する」

バタンとドアが閉まる音を聞くと、吉良はすぐに立ち上がり、先程まで温井が占領していた机に向かって受話器を取った。課長印が必要な書類を抱えている者はすぐに持ってくるように伝えてくれ。曽我部《そがべ》という一番年配の部下に内線でそう伝えた。

まもなく、部下が次々やってきて、押印を求める書類を積み上げていった。吉良はそれらに目を通しながら、次々と印をついていく。疑問点があるものは呼び出して質問し、場合によっては突き返し、直してすぐに持ってこい、と言いつけた。

最後の押印が終わると、六時三十分である。吉良は机の下に置いてあったカーボンのケースを引っ張り出し、腰を上げた。

ケースを手に提《さ》げ、部下の机が並ぶ部屋を見渡して、なにかひとこと置いていこうかと思ったが、またちょくちょく来ることになるだろうと思い、そのまま退室した。

外国人がやたらと目立つ飲食店やクラブばかりの六本木《ろっぽんぎ》にも、麻布《あざぶ》の迎賓館を通り過ぎて少し先のあたりには、住宅街がある。

吉良は立派な邸宅の門を開け、敷地に脚を踏み入れて、「後藤《ごとう》」と檜《ひのき》の板に黒々と書かれた表札がかかった玄関の呼び鈴を押して、待った。

やがてドアが開いた。すみませんちょっと遅れました、と断って入ろうとしたら、目の前に立っていたのは後藤先生ではなかった。肩まで垂らした栗色の髪に包まれた小さな顔は白い。半袖のブラウスから伸びた腕もまた白かった。栗色の髪を上げた額《ひたい》も白く、その下にある大きな瞳は碧《あお》い。

あっけにとられて立っていると、女はいきなり英語で言った。

「ミス・ゴトーは電話中です。あがって待っていればいいわ」

まるで吉良が誰なのかを知っているかのように招き入れた。そして、自分は靴べらを使って白いスニーカーに足を入れると、入れちがいに玄関を出た。吉良はヴァイオリンケースを持っていないほうの手でノブを摑んだまま、半開きのドアの隙間《すきま》から、やはりヴァイオリンケースを手にした女が、門の閂《かんぬき》をはずして通りに出て、見えなくなるまで見送った。

スリッパを履いて、地下に降りた。レッスン室の扉の前に置かれた木の丸椅子《まるいす》に腰を下ろす間際に、左手が朱肉で汚れているのを見つけ、廊下の突き当たりにある洗面所に入った。液体石鹸《せっけん》で親指と人さし指をきれいにし、ポケットから携帯用の爪研ぎを取り出して、左手の指先を整える。

化粧室を出ると、細長い廊下の壁にはめ込まれた扉が開いて、半身を廊下に出した後藤先生が、いつものように明るく「おまたせー」と少女のように手を振っていた。

レッスン室のエアコンにリモコンを向けて、もう少し利かせようか、と後藤先生が訊いた。空調音が気になるのでと吉良が断ると、夏は湿度が上がって楽器の鳴りが悪くなるから嫌だとこぼしている生徒さんがいる、と話しはじめた。

「お医者さんでお金持ちだから、楽器は結構なものをお持ちで、自宅に保管室なんかも作ってるんだけど、肝心のここがね」

後藤先生は右手で左の腕をポンポンと叩き、

「そんなこと愚痴る前にもう少し練習したほうがいいと思うんだけど」

そう言って、肩をすくめて舌を出した。金払いのいい生徒の機嫌を取るのも商売だから、それは言わなかったにちがいない。

「でも吉良君はもうちょっといいのを持ってもいいかもね。もしくは一度修理に出すか」

吉良がケースを開け、ヴァイオリンを持ち上げたときに異音がしたのを聞きつけて、後藤先生が言った。吉良もあれっと思った。手にしているのは最安値の国産品であるが、それにしてもこれはおかしい。両手で持って揺するとカラカラとなにかが転がるような音がする。

「たぶん魂柱《こんちゅう》が外れちゃってるよ、それ」後藤先生は気の毒そうに言った。

吉良は困ったなと思いつつ、

「まあ、腕相当でってことで」と笑って収めることにした。

それにしたって、と後藤先生は呆れ顔だ。調弦をしながら吉良は、この前にいた生徒さんは上手なんですか、と尋ねた。

「この前? 今日のレッスンは吉良さんだけだよ」

「あれ、玄関でヴァイオリンケースを提げた西洋人とすれちがいましたけど」

「ああ、アンナのことか。きれいだからね。気になるよね、男性陣は」

吉良はそうだと言おうとしたが、

「顎《あご》にすこし痣《あざ》があったので」と釈明した。

後藤先生は、見透かしたように笑って、

「顎に痣がある。おそらくヴァイオリン弾きだろう。そして、痣ができるほど練習している。だから上手いにちがいないってわけか。――警察官というかまるでシャーロック・ホームズだね。そういえばシャーロック・ホームズもヴァイオリン弾いてたか」

「ええ、ヴァイオリン弾いて無心になることで、なにか閃《ひらめ》くんですよきっと」

吉良はすこぶる真面目《まじめ》に言ったが、後藤先生にはあっさり聞き流された。

「上手いよ、アンナは。上手いというか、上手すぎだっちゅーの」

五十過ぎになるけれど、後藤先生はときどき女子大生のような口調になる。

「私の助手なんかさせられないよ。だって、レニングラード管弦楽団のコンマスだったんだから」

吉良は驚いた。

「助手に応募してきたんですか、そんなオケのコンマスが」

「そうなのよ。いま日本のオーケストラに就活中らしいんだけど、副業も探してでね」

「この教室にはどうして？」

「佐藤《さとう》先生からの紹介。先生もいきなり手紙を受け取ったみたい。私はこういうものなんだけれど、いまは日本に滞在する必要があって職を探している。いいところがあれば紹介して欲しい。――そんなことを書いてよこしたんだって。佐藤先生がロシアものが得意だってのをどこかで聞いたんでしょうね。ここにいた真理《まり》ちゃんがドイツに行っちゃったことを先生が思い出して、助手で使ってみたらどうかと私に言ってきたんで会ったんだけど、ちゃんと経歴を聴いたらびっくりしちゃった。ソリストとしてもやれそうなキャリアだよ」

「けれど、本人が気にしないのなら、やってもらってもよかったんじゃあ……」

「そうね、男の生徒さんには人気出そうだけど。でも日本語がね、喋れないってのはネックだった」

「英語なら？」

「私よりぜんぜん上手い。でも、生徒さんが英語できるとは限らないでしょ。ちなみに吉良君は？」

「レッスン受ける程度なら、なんとかなるとは思いますが」

国テロ課の人間は語学が達者な者が多い。吉良も英語での会話は苦ではないし、フランス語もある程度いける。

「でも、断ったんですよね」

「残念?」

「そうですね」

吉良はチューニングメーターを箱にしまって、ヴァイオリンを顎に挟んだ。じゃあ私で申しわけないけど、今日は通しで聴かせてもらおうかな。そう言って後藤先生は「タイスの瞑想曲《めいそうきょく》」の楽譜を開いた。

まったく鳴ってくれない愛器に手こずり、レッスンは惨憺《さんたん》たるものになった。吉良はすみませんと詫びて、後藤邸を後にし、大江戸《おおえど》線で新宿に出て、途中のコンビニで弁当を買ってから、中央公園の裏手にあるアパートに戻り、すぐにシャワーで汗を流した。

温水の飛沫《しぶき》を跳ね返す三十代半ばの若い身体《からだ》は、術科の適度な運動が加えられて、美しく仕上がっている。顔も悪くない。しかし吉良は、顔や肉体にあまり誇りを置かない男だった。自分の外の、もっと遥《はる》か遠くのなにか深遠なものとつながりたいと願い、そうでなければ人生は意味あるものにはならない、と考える種族であった。

さっさとコンビニ弁当を平らげ、サイコロ型の小さなスピーカーから流れるブラームスのソナタを聴きながら、敷きっぱなしの布団の上に寝転んだ。シャワーしかない六畳と台所だけのボロアパートだが、ありがたいことに日当たりはよく、開け放した窓からは風がよく通った。

天井には蛍光灯の輪が笠《かさ》を被ってふたつぶら下がっている。まぶしい。そのまぶしさが癪《しゃく》に障《さわ》った。鼻先に垂れ下がる紐《ひも》を引くと闇が訪れた。その闇もまたしらじらしく気に入らなかった。

窓を開け放したまま、寝た。

そして事件は起こった。

2　猛毒の正体

吉良はこの日、六階の内閣情報調査室に顔を出すとすぐに地下二階へと降りて行った。DASPAは、内閣府本府庁舎地下の三フロアを占める大所帯となる予定だ。ドアを開けると、だだっ広いフロアに事務机だけがいくつかの島に別れて配備されていた。今日からフロアに入れると通達があったからだろう、ここで働くことになる官僚たちが十数名ほど下見に来ていた。入口あたりに立って、搬入されたばかりの机の並びを眺めれば、班ごとに区切られたブロックを示すサインボードが天井からぶら下がっているのが見える。インテリジェンス班と書かれた板《ボード》を見つけて、そちらに歩み寄った。

吉良がサブチェアマンを務める班は、サイバーテロ対策班の隣に割り当てられていた。ご近所は都築嬢ではなくて涼森かよ。つまらなく感じていると、当人がやって来て、同じようにフロアを見渡してから、お前の隣かよ、と同じことを口にして、まあ、よろしく、あまりいじめないでくれよな、と冗談めかして吉良の肩を叩いた。そうだなと吉良はひとまず同意した。

「そう思うんなら、自衛隊の情報本部からもインテリジェンス班に人を出してくれるようにお前からもプッシュしてくれよ」

「俺はなんとも思ってないんだが、上のほうがまだ根に持っているらしい」

「くだらないことにこだわってるから駄目なんだよ」

タイミングがいいのか悪いのか、三波に出し抜かれ、僻《ひが》み根性でインテリジェンス班にひとりもよこさない上官がやってきて、涼森の耳元に顔を寄せてボソボソとなにかつぶやいた。涼森は黙ってうなずいて最後に、わかりましたと言った。しかし、蒼井が、じゃあ俺はちょっと向こうに行ってくる、と席を外した途端に、

「中目黒《なかめぐろ》のマンションで毒殺が起こったらしいんだが、どうやらVXガスが使われたらしいぜ」

とあっさりバラしてしまった。こういうさばけたところが涼森にはある。だから吉良も、嫌みは言うものの、この武官には身内意識を感じている。

とはいえ、サイバー防衛が専門の涼森は、毒物などは自分の管轄外だと判定して情報を回してくれたのかもしれないが、警官がこの手の情報を武官からもらうなど屈辱的だし、端的に言ってよくない。ともあれ、そのような反省も後回しだ。VXガスのような物騒なものが出たのだとしたら、まずはテロを疑わなければならない。

「VXガスっていうのは本当か」

神経ガスは包丁やガソリンとちがって、一般人が手に入れるのは難しい。一般人じゃないのなら組織的な犯行だということになる。神経ガスなのかそうでないのかが、テロかそうでないかを見極めるポイントだ。吉良はそう考えた。

「いや、まだその可能性があるってレベルだろう。けれど、うちのほうにも情報が回ってきたってことは信憑性《しんぴょうせい》はかなり高いと考えるべきなんじゃないのか」

どうにも煮え切らない回答である。

しかたがないので、昨日まで所属していた警察庁警備局の国際テロリズム対策課に電話を入れた。電話口に出た曽我部が言うには、まだその毒物がなんであるかははっきりしていない、とのことだった。神経ガスに類したものなのかと訊くと、目黒署が科捜研に送って調査中だという以外の情報はなにももらっていないので、と言ってその先を濁した。臨場するので住所をくれと言うと、読み上げてくれた。吉良は涼森をその場に残してフロアを後にした。

目黒川近くの十二階建てのビルの前では、パトカーと覆面車両数台が、赤い光を周辺にまき散らしていた。バッヂを見せて中に入ろうとすると、防護服を着てくれと注意された。この暑い季節にたまらないなと思ったが、しかたがない。全身を白いポリエチレンの袋の中に収めてエレベーターに乗りこんだ。

扉が開くと、通路は白い袋で身を覆った連中で溢《あふ》れかえっていた。その人数の多さから、これはただごとじゃないな、と察知《さっち》した。鑑識捜査官の数も多い。誰か知ってるやつはいないかと思ったが、防護服を着ているのでわからない。吉良は、乗ってきた箱に戻り、一階に降りた。

白い袋を脱ぎ捨てると、シャツは汗でびっしょり濡れていた。防護服を返却し、立ち入り禁止のテープの前で立哨《りっしょう》している警官に、現場の責任者は誰だと訊くと、目黒署の横山《よこやま》警部補だと言われた。さらに質問を重ねると、担当は一課だとわかった。逆にこちらの身分を訊かれたので、名刺をいちまい抜いて渡した。相手は、ちょっとビックリしたように手元のカードを見直し、吉良に向き直ると背筋を伸ばして敬礼した。

病院に運ばれた人数は？　一名です。意識は？　聞いておりません。礼を言って、その場を後にした。歩きながらスマホを取り出し、電話を二本入れた。一本は昨日まで自分が所属していた国テロ課である。

——温井でございます。

と相手は神妙に出た。

「温井さん、吉良です。すこしお願いがありまして」

そう言うと、相手は、おお、と感嘆の声を発した。

——吉良が俺に。お願い？　面白い。言ってみてくれ。断るから。

「これから国テロ課の応接室を使わせて欲しいのですが」

——なんだ。そんなことかよ。けど、どうしてだ。DASPAにはできたてのピカピカがあるだろう。

「それがまだ、ソファーも入っていないので」

——内調のを使えよ。いまのところは内調付けなんだろ。

「まだ勝手がわからないので。——お借りできないでしょうか」

そう言うと温井は、愉快そうに笑って、いいよと言った。

——意地張って断ったら、あとでなにされるかわからないからな。俺はこれから挨拶《あいさつ》回りに出かけるから曽我部に言っておく。ただし今回だけだぞ。あんまりちょくちょく来られると俺も気分がよくないからな。

ありがとうございます。礼を言って、吉良はもう一本かけた。


国際テロリズム対策課に行くと、曽我部が不思議そうな顔をして、警視庁の刑事部課長が第二応接室でお待ちです、と言った。

「ちょっと応接室を貸してもらいます」

そう言うと、元部下は恐縮して、聞いておりますと言った。途中のコンビニで買ってきた缶コーヒーをふたつ持って向かう。ノックをして、吉良ですと名乗ってから入った。

「すみません水野《みずの》先輩、こちらまで来ていただいて。どうですか、刑事課長の椅子の座り心地は」

吉良は同年輩の女の前に缶コーヒーをひとつ置いた。水野玲子《れいこ》は缶を摑んだ手を返してその胴を眺め、どうせなら無糖を買って来て欲しかったね、と苦情を漏らした。

「私がコーヒーに砂糖をいれるような女じゃないってことを忘れたか」

失礼しました。吉良は自分のをひとくち飲んでから、形だけの詫《わ》びを言った。

「刑事課長の椅子の座り心地？　そんなこと聞きたいわけじゃないんでしょ」

水野はタブを引かないまま、前のテーブルに缶を戻した。相変わらず手厳しいな、と吉良は笑ってみせる。

「あえて答えると、後輩に先を超され、警視正になられた気分よりはマシってとこかな。

——で、なに？」

「目黒区のマンションで撒かれた毒のことですが。これはかなり強烈なものですか」

水野はうなずいて、

「ひとり死んだからね」と言った。

吉良は驚いた。

「ここに来る前にそう報告を受けました。病院で死亡が確認されたと」

だとしたら、水野がそのことを知ったのはついさっきということになる。

「さきほど臨場してきたんですが」

「なんだ行ってたの。じゃあどうして私に訊くわけ?」

「現場がまだ混乱しているようだったので引き揚げました。先輩に訊いたほうが早いと判断して」

「先輩ねえ」水野は苦笑した。「あいかわらず調子いいわね。後輩としてではなく、警視正として格下の警視に報告を求めればいいだけでは?」

吉良は缶コーヒーを摑んだ手を口元に持っていったまま、

「そんな冷たいこと言わないでくださいよ」

水野はヘラヘラ笑う年下の男に冷たい視線を浴びせて、ただ黙っていた。吉良は改まった。

「じゃあ、毒の解明が済んだら、その情報をすぐに知らせてくれませんか。これは正式なお願いです」

「知りたいのは毒の正体だけでよろしいでしょうか」

「そうです。とりあえずそれだけわかれば」

「了解しました。でもどうしてでしょう?」

「そいつの正体によっては、テロだと判断しなければならないので」

水野の目に警戒の色が宿った。

「そうなったら、事件を警備主導に切り替えようってことですか」

「いや、そういうわけじゃない。というか、俺はもう警備に籍がないんです」

「あれ、いまはどこにいるんだっけ」

水野の口調はまた砕けたものに戻った。

「いやだなあ、人事の回覧メール見てないんですか。本当に俺のことなんてどうでもいいんですね」

「そんなことは、……ないよ」

「え、ないんですか、それは嬉《うれ》しい」

「――話を戻そう。いまはどこの所属なの？」

「内閣情報調査室付けってことになっています。いちおう机もあるらしいんですが使ってません」

「内調付け？　どういうこと？」

「DASPAに行きます」

ああ。水野は謎が解けたあとの答えは意外とつまらなかった、とでもいうような声を漏らした。

「三波さんに引っ張られたってわけね」

「そんなもんです」

「あの人はよろこんで内調に行ったクチだ。それも吉良君のお手柄で。そりゃ手放すわけないよ。でも、籍があるんだから会議室や応接室ぐらい使えるでしょう。そこに私を呼ばなかったのは？」

「先輩は内調は嫌いだって言ってたじゃないですか」

「私が？　そんなこと言ったっけ」

「ええ、ほらあの首相のお友達の事件で」

ああ、と水野は思い出したように声を上げ、うなずいた。

ジャーナリスト志望の若い女が、テレビ局のディレクターに就職の相談に行ったところ、泥酔《でいすい》させられた上でホテルに連れ込まれレイプされたと告発したものの、こいつが総理に近しい人間だったことを受け、内調の情報官が揉《も》み消しにかかり、検察が不起訴とした。この内部情報を耳にした水野は、もう警官やめたくなったとぼやいたのである。

「そんなこと私、吉良君に喋ったんだ」

「あの頃は仲良かったんですよ」

吉良は笑ったが、水野はつきあってくれなかった。

「たしかに、いまの内調は腐ってると思うね」

手にした缶コーヒーの胴に書かれた〝微糖〟の文字を見つめながら、水野は言った。

そして、顔を上げ吉良を直視し、

「かたや警備局は、ヒマでヒマでしょうがないってわけだ。だから、テロってことになると首を突っ込まざるを得ない。オウムのサリンの例もあるし、公安警察としては汚名を晴らすためにも、ここは」

そう冷笑気味に言い放った時、水野のポケットが鳴った。失礼と断り、彼女はスマホを耳に当てた。はい、はい、となんどか相槌《あいづち》を打った後、わかりましたと言ってから切り、ポケットに戻した。缶を取って、天井の隅を見ながらタブを引いてひとくち含むと、甘い、とつぶやき顔をしかめた。

「なにかありましたか」

「テロかどうかはまだわからないけれど」と水野は言った。「ドアノブに吹きつけられたシロモノは、かなりやっかいなものみたいね」

吉良はその後《あと》に続く言葉を待った。しかし彼女の口は閉じられたままだった。

まず、被害者の身元が確認された。

アルバート・ノーヴ　国籍はアメリカ合衆国。五十八歳の白人である。職業はコンピュータプログラマー。

この日の午前十時十五分頃、ノーブは目黒川沿いにあるマンション、リバーサイド・パレス中目黒Ⅱ一〇二号室を出て、行きつけのベーカリーショップ、ブルーロータスでバタールとハムを買って戻ってきた。

コーヒーを淹《い》れている最中に、体調の異変に気づき、スマートフォンで一一九番にかけた。しかし、応対した者が英語を理解してくれなかったので、ノーヴは窓を開け、こんどは一一〇番した。しかし、オペレーターは「事件ですか、事故ですか」と応答し、ノーヴの返答を待った。彼が発したのはやはり英語で、この時にはすでに呂律《ろれつ》があやしくなっていた。オペレーターは英語に切り替え、なんども訊き返したが、切れた。

管理人室の電話が鳴った。たまたまこの日、管理人の沼田光芳《ぬまたみつよし》は風邪を引いて休んでいた。代わりにゴミの分別とゴミ集積所の清掃をしに来ていたのは息子の克典《かつのり》だった。いちど沼田が体調を崩して休んだ折に、集積所がゴミで溢れ、住人から苦情が出た。それから沼田は、息子に学校を休んでもらってでも、ゴミの処理は抜かりないようにしているのだという。

ノーヴからの電話を取った沼田克典はマンチェスターへの短期留学経験があった。苦戦しながらも呂律の回らない英語から police と ambulance というふたつの単語を聞き取ると、まず一一九番にかけ、そのあと一一〇番通報した。警察には、事件か事故かわからないが、とにかく来て欲しいと言って、管理人控え室の壁に貼ってあるマンションの住所を読み上げた。そして、おそらく事件でしょう、とつけ加えた。

次に、病床の父親に電話し、いま受けた英語での内線電話について話した。それはたぶん一〇〇二号室に住む外国人だろう、と大儀そうな声で言われた。ビニールのデスクマットの下に敷いてある部屋割りの名簿に視線を落とすと、父親の言った通り一〇〇二号室には、アルバート・ノーヴという名があった。

救急車よりも先に制服警官がふたりやってきた。克典は合鍵を持って、警官についてエレベーターで上がった。

このとき、克典は実に賢明な判断をした。彼は一一〇番通報したときに「おそらく事件だろう」と言った手前、自分の指紋を残してはいけないと思い、ごみ集積所で使っていた軍手をはめてから、合鍵を鍵穴に差し込み、ドアノブを摑んだ。

部屋に足を踏み入れた警官二名は床に仰向《あおむ》けで倒れている西洋人の男性を発見した。ほぼ同時に、救急車が到着し、上がってきた救急救命士が呼びかけたが、反応はない。ノーヴはストレッチャーに載せられ、東京共済組合病院に搬送された。

入れちがいに機動捜査隊と鑑識課員が臨場した。制服警官二名は引き継ぎを終えて交番に戻った。克典もここを離れるように言われ、さらにエレベーターを使わず階段で降りるよう注意されたので、これに従った。管理人控え室に戻ると、すでにかなり汚れていた軍手は、次の回収で出すことにして、控え室のごみ箱に放り込んだ。

帰り支度を整えていると、階段から三人降りて来た。まずふたりが慌てたように停めてあったパトカーに乗り込み、マンションの駐車場から急発進して消えた。間もなく、管理人控え室のドアが激しくノックされた。三人目の警官は鑑識課員であった。

部屋に入る時ドアノブに触れたかどうかを訊かれた。もちろんドアノブを回して入った、そうしないと入れないではないか、と克典は答えた。手袋はしていたかと鑑識課員は質問を重ねた。その軍手を、と克典はゴミ箱を指さし、指紋は残してないはずです、と一言《ひとこと》足した。鑑識課員は手袋をはめて、ピンセットでその軍手をつまみあげると、ファスナーつきのビニール袋に入れ、救急車を呼ぶからいますぐ病院に行くように、と言いつけた。

一方、リバーサイド・パレス中目黒Ⅱの駐車場を飛び出していったパトカーは、五分後には、東京共済組合病院前に到着した。鑑識課課員と機動捜査隊隊員が、歩いていた看護師を捕まえ、搬送されたはずの西洋人には素手で触れないように至急連絡を取ってくれ、と伝えた。すでに、現場から連絡はしていたのだが、念のために搬送先まで確認しにきたのだった。

この頃、リバーサイド・パレス中目黒Ⅱに駆けつけた目黒署の刑事一課の捜査員たちは、ドアノブから検出された正体不明の薬物はおそらく化学兵器の類いであろう、という報告を鑑識課員から受けた。さらにこの鑑識課員は、最悪の場合に備え、防衛省に除染の依頼をしたほうがよいと主張した。彼は、若い頃、地下鉄サリン事件で霞ケ関駅に臨場した経験があった。その時、第一師団司令部付隊化学防護小隊が除染作業をするのを目の当たりにした。目黒署員は、署長に報告し、署長から本庁刑事部の水野課長に連絡が行った。水野は刑事部部長を通じて、陸上自衛隊による除染作業を都知事に要請した。と同時に、自衛隊が到着する前に、ドアノブを取り外し、それを科捜研に持ち込むよう指示した。

幸い、沼田克典にも救急救命士や病院の職員にも健康上の被害はなかった。

しかし、搬送された西洋人は病院で死亡が確認された。

部屋から見つかったパスポートから名前と年齢と国籍が確認された。

翌日、警察の事情聴取に対して管理人の沼田光芳が語ったところによると、アルバート・ノーヴが越してきたのはおよそ一年前。また、当マンションの管理会社であるニューセンチュリーの賃貸契約書の職業欄に記載されていたのは〝コンピュータプログラマー〟。勤務先は空欄になっていて、本人からはフリーランスだと聞いていたという。

――以上の情報を吉良は、刑事部の背後で、目立たないように捜査に乗り出している警視庁公安部の捜査員から入手した。

しかし、吉良が最も仕入れたいのは毒物の解析情報である。水野は検体を、サンプルの提供を求める陸上自衛隊に渡すことなく、早急に科捜研に回すように指示した。科捜研は警視庁刑事部内に設置された機関である。となると、情報の窓口は刑事部に一本化される。また、そうなるであろうと予想して、捜査第一課課長の水野にわざわざ会って念を押しておいたのである。

しかし、水野はうんともすんとも言ってこない。自分のキャリアが影響しているのだろうか、と吉良は疑った。署の刑事課に勤務したあと、警視庁の公安を経て、警察庁の警備局に進んだ。警察庁警備局というのは全国の公安を束ねる中央センターだ。つまり彼はずっと公安畑を歩いてきた。刑事部捜査第一課課長の水野玲子の目には、公安の人間と映って当然である。

公安と刑事はもともと折り合いがよろしくない。情報をもらいたがるが、自分たちからは出し渋る公安の捜査員たちは、刑事の目には身勝手に映る。当然面白くない。そこで、刑事部のほうも態度が硬化して、公安部には通りいっぺんの情報だけ渡してよしとする傾向が生まれる。

しかし、吉良と水野との間には、もうひとつの関係があった。あったはずだと勝手に思っていた。だから、きっと水野は被疑者の身柄確保に向けて、捜査の指揮に忙殺されているだけなのだろう、とこれまた勝手に決めつけた。そして、とりあえずは、公安のほうから入って来る情報で、刑事部の捜査状況を把握しようとした。

刑事たちは、事件当初、あやしい人間を見かけなかったかというマンション周辺の聞き込みから着手した。しかし、まったくと言っていいほど収穫がない。怪しい者だらけの東京という大都市に暮らす人々には、多少風変わりな行動を見かけても気に留めないという習性が身についている。近年、町中に置かれるようになった防犯カメラが監視役を担いだし、この傾向を助長した。

だから刑事達は、聞き込みと同時に、リバーサイド・パレス中目黒Ⅱ内の防犯カメラを調べていた。しかし奇妙なことに、このマンションのエントランスに据え付けられた防犯カメラの映像データはきれいに削除されていた。

こうなったら昨今では、捜査支援分析センターのお出ましだ。略称SSBCと呼ばれるこの組織は、現場での刑事の聞き込みや鑑識課員の指紋や毛髪の採取などでは追い切れない被疑者の足取りを、データを集め分析することによって捉えようとする。特に防犯カメラが数多く設置されるようになった昨今では、映像データを駆使しての追跡ではめざましい成果を上げ、警察組織における存在感は増すばかりである。

SSBCは、リバーサイド・パレス中目黒Ⅱの近隣で防犯カメラを設置している家屋や施設を見つけて、映像データを提供してもらい、この検証に取りかかった。しかし、リバーサイド・パレス中目黒Ⅱの近くで通りに向かって防犯カメラを備え付けているところを八軒ほど当たってみたところ、すべてこの二日間のみデータが消えていた。

この衝撃的な情報は警察組織のあちこちに伝わった。

「やばいなあ。だとしたら、かなりのハッキング技術を持った組織の犯行ということになるぞ」

涼森が防衛省から電話をよこして愚痴垂《ぐちた》れた。

「けれど、そのアメリカ人、そんな手の込んだ殺され方をするくらいだから、ただのプログラマーじゃないんだろ」

そうだろうな、と吉良は言った。ノーヴが書くプログラムがひどく物騒なものなのか、それともプログラマーという身分が偽りなのか……。

「ちょっとうちの情報本部も気にしてるようだ」と涼森が言った。

ともあれ、これで、防衛省までがこの事件に注目しはじめることになった。

一方、公安の捜査員らも、目黒署の刑事たちと縄張りが重ならないよう気を配りながら、独自の捜査に着手した。

毒と聞けば、そして神経剤の可能性があると知れば、公安は動かざるを得ない。なぜなら、二十数年前にこうむった汚名の返上こそ、この部にとっての〝使命〟だからである。

一九九五年、警視庁公安部がマークしていた宗教団体・オウム真理教は、都内の地下鉄で猛毒サリンを撒き、乗客および駅員ら十三名が死亡する大惨事を引き起こした。すぐに警察は山梨県上九一色《かみくいしき》村にある教団施設の強制捜査に乗り出した。しかし、その数日後、警察庁長官が自宅を出たところを狙撃されるという前代未聞《ぜんだいみもん》の事件に、警察組織全体が震撼《しんかん》する。

オウム真理教は当初から危険視されていた宗教団体であり、本格的な捜査に乗り出すよう警察庁が要請していたのにもかかわらず、警視庁公安部は、宗教団体であることを理由に、重い腰を上げなかった。公安部が迅速に対応していれば地下鉄サリン事件は防げた、という批判が内外から怒濤《どとう》のように押し寄せた。おまけに警察組織のトップが狙撃されたのだから、油断があったと責められてもしかたがない。しかもこの長官狙撃事件の捜査は、地下鉄サリン事件で手一杯になっていた刑事部から公安部に回されたものの、公安部は当初から犯人はオウムだと決めてかかり、綿密な聞き取り調査などの手順をすっ飛ばすという基本的なミスも犯していた。

実は公安捜査員たちの仕事は、国家を転覆するような大きな犯罪を未然に防ぐことであり、事件が起こったあとの犯人検挙などは得意ではない。そもそも専門外なのである。公安は結局犯人を挙げられず、長官狙撃事件の捜査の幕は閉じられた。警察官僚組織における公安のメンツは丸つぶれ。このような経緯《いきさつ》もあり、猛毒が検出されたと聞きつけた公安はすぐに動いた。彼らがまず接触したのは、オウム真理教が解体された後に分裂してできた宗教団体である。

「でも、いまはそんな力はないんじゃないですかね」

そのように値踏みしたのは、DASPAの下見にやってきた公安調査庁の三浦だった。

「つまりなにも出てこないだろうと?」

「まあ、公安も出張《でば》らざるを得ないんでしょうが、もはや小さな宗教団体にすぎないあいつらにサリンやVXガスを製造するなんてのは、どだい無理な話ですよ」

もっともな意見だ、と吉良は思った。

「しかし、警視正は、まだ電話も通じてないこんなところにどうしているんですか」と三浦は尋ねた。

「いまはね、行き場がないんですよ」

「地下だと仕事がうまくいってない時には気が滅入《めい》るでしょう、それに携帯もまだつながらないじゃないですか」

神経質そうに顔をしかめる三浦は決して人好きのするタイプではない。先日の会議の後、秋山が寄ってきて、三浦さんはちょっと嫌みが過ぎますねと小声で評した。

さて、現場の除染を担当した防衛省は警視庁刑事部に提案した。同省は大量破壊兵器の研究を進めており、化学兵器について相当な知見が省内に蓄積している。よって検体を渡してくれればこちらでも解析しよう、という申し出だった。しかし、水野はあくまでも科捜研でおこなう、と言ってこれを退けたらしい。このことは、やはりDASPAのフロアを覗きに来た涼森から聞いた。

「そんな意地張ってどうするんだ。こっちだって、安全を守るという点では同じ立場なんだから」

これもまたまっとうな意見に聞こえた。

「刑事部はひょっとして隠しているんじゃないか」

「なんのために」

わからん、と涼森は首を振った。嘘《うそ》つけ、と吉良は思った。わかっているはずだ。ただ言いたくないだけなのだ。官僚組織の行動原理が国益よりもむしろ府省庁の利益を重んじるということを。

吉良は机の上に足を投げ出した。涼森もこれに倣《なら》った。がらんとしたスタート前のDASPAのフロアに、無作法だと咎《とが》める人はいない。

「けれど、隠してないとしたら、なぜ出さない」

黙っていると、涼森は吉良が内心思っていた答えを口にした。

「ひょっとしたら解析できないんじゃないか」

「まさか」と吉良は言った。「地下鉄サリン事件のとき、科捜研は、築地《つきじ》駅で車両の床を拭いたモップを調べて、その日のうちに正体はサリンだとつきとめているんだ」

吉良の発した言葉は彼の耳にも弁護のように聞こえた。はたしてそれは、科捜研の名誉のためにしたものなのか、それとも警官として、警視庁の威信のために引き受けた結果なのか、はたまた水野個人の擁護のために無理矢理こしらえたものなのか、よくわからなかった。

涼森がDASPAを出る時、そこまで一緒に行こうと吉良も立った。

「どこへ行く」

「電話をかける。地下に急ごしらえで設置されたんで、ここはまだ携帯がつながらないんだ」

階段を上りながらそう言うと、よくあんな何もない穴蔵に籠《こも》ってられるな、とまた呆れられた。

地上に出て涼森を見送ると、初夏の風に吹かれながら、スマホを取り出して耳に当てた。

――わかったらすぐに伝えますから、少しお待ちください。

水野の声は、丁寧だが、やはり冷たく、愛想がなかった。

「神経ガスなんですよね」と吉良は言った。

――そのようですが、まだ断定できないようです。

「手こずっている理由は?」

答えてもらえないので、自分の当て推量をぶつけることにした。

「新顔だからではないのですか」

――どういうことでしょう。

「その毒物が科捜研のリストにない。照合できないから、特定できない。そういうことじゃないかと」

電話の向こうは沈黙した。こちらの言葉を鑑定しているのか、余計なお世話だと怒っているのか、よくわからない。これまでのつきあいで、前者の可能性が高いと判定した。

――とにかくもうしばらくお待ちください。

つっけんどんな声のあとにツーツーと話中音が残された。


「急用か」

上司の三波は入ってくるなりそう尋ねると、ストローを挿したアイスコーヒーのカップを片手にフロアを見渡し、まだ伽藍《がらん》じゃないか、と呆れたようにつぶやいた。

「開店前の銭湯みたいに声が響いて不気味だよ。――応接室へ行こうぜ」

「まだソファーが入っていません」

「だったら内調に来いよ。まあいいや。――それで?」

「目黒区のマンションでの毒物散布なんですが」

「ん?　知らんな。いったいなんだ、それは」

「そういう事件があったんです。チェアマンの仕事にかかりきりになっているのでご存《ぞん》知《じ》ないのはしょうがないんですが」

「とにかく、マンションで毒が検出されたんだな。被害者は？」

「ひとり死にました。アメリカ人です」

「何者だ」

「フリーランスのプログラマーだそうですが、本当かどうかはわかりません」

酸っぱいものを口に含んだような、どうにも判断がつかなくてやりにくいぞという顔になった三波は、一課が動いてるんだろう。それをどうしろってんだ、と訊いてきた。

「三波さんのほうから科捜研に働きかけて、毒が吹きつけられたドアノブをもらえませんか」

「なぜ」

「科捜研が分析に手間取っているようなので」

「待ってやれよ。下手に手を出すと、刑事部がへそを曲げるぞ」

「そこをうまい具合に交渉してくれませんか、というお願いです」

「だったら、俺に振らないで、お前がやればいいだろう」

「一課の課長に待ってくれと言われている手前、僕がやるとカドが立つんですよ」

「俺だって公安出身だ。俺がやっても立つさ」

「ですから、三波さんからじゃなくて、さらにその上からおっかぶせてもらえるように、掛け合って欲しいんです」

三波はカップから突き出たストローをくわえたまま、

「それでそのドアノブをもらってどうしようってんだ」と訊いた。

「栗田《くりた》さんに言って、分析をお願いしてもらいたいんです」

「えっと、栗田ってのはなんだっけ」

「なに言ってるんですか。栗田さんは科学兵器開発班のチェアマンです」

「ん、なんだ。……えっと、お前が考えてることを端的に言ってみろ」

「DASPAで分析させるんですよ」

「科捜研が手こずっているアレを？」

「そうです」

「分析させてどうする」

「まず、我らインテリジェンス班が最初に他の班と連動すること。DASPAではこれが肝心だと言われています。というか、これは三波さんが言い出したんですよ」

そう言うと三波は急に吹き出した。

「横の連携がもっとも苦手な警官の俺がそう言ったら、意外にも通っちゃったんだよな。だからそれは建前だ、防衛省に予算を牛耳られないための」

三波が露骨に本音を吐き出したので、これには吉良も苦笑せざるを得なかった。

「毒が検出されたのなら、公安は動く。そして刑事部はこれを牽制《けんせい》してる。聞き取り調査のひとつもできねえグズがとか言ってさ。ちがうのか？」

口は悪いが、三波は現状を言い当てていた。

「そうです。ですから我々は発想を切り替えるんですよ。横の連携が苦手な我々がそれを率先してやることが、防衛省にＤＡＳＰＡでのイニシアティヴを渡さないことにつながるんです」

とん。三波はプラスチックのカップを事務机の上に置いて腕組みし、なぜ？　と訊いた。

「横の連携が苦手な省庁のもうひとつの代表が防衛省です。陸《りく》・海《かい》・空《くう》とわかれて、なにせ先の大戦では海軍と陸軍じゃネジの規格までちがったって話ですからね。まあ、涼森なんかはこれからはそこらへんも変えていかなきゃと思っているみたいなんですが……。とにかく、そういう防衛省を差し置いて、我が班がその模範を示すんですよ」

「それで？」

「あの例の都築って医系技官が確か科学兵器開発班です。彼女にドアノブを渡して分析してもらいましょう」

とたんに、三波は笑い出した。フロアの外にまで聞こえそうな大きな声である。そして、「だめだそりゃ」と突き返した。「公私混同もはなはだしい」

「いや、そうではないんですよ。そうかも知れませんが、そうではないんです」

「なにがそうであってそうではないんだ」三波は真顔になった。

「俺の個人的な感情は横に置くとしましょう」

「当然だ」

「科捜研が分析できないものを、ＤＡＳＰＡが分析できたとする。となると、ＤＡＳＰＡの株は上がる。つまり、ＤＡＳＰＡを提案した三波さんの株も上がるはずです」

三波は失笑気味に笑ったが、それがまんざらでもないことを吉良は察知した。

「しかし科捜研には、ガスクロマトグラフィーってたいそうな装置が入ってるんだ。あれを通せば一発だろう。手こずる理由ってのがわからない。情報を出し渋ってるだけなんじゃないのか」

「その理由は僕にはわかりません。しかし、とにかく科捜研では分析できないんですよ」

どうかねえ、と三波は言ったが、吉良は無視して続けた。

「ところが、できないとなると組織の威信にかかわるので、そうおいそれと白旗は揚げられない。おそらく水野課長は、科捜研を叱咤激励《しったげきれい》しつつ時間を稼いでいるんです。民間企業だと、自社の技術でできないものは外注しますが、この手のものは外に出すわけにはいかない。頑張れと言うしかないんですよね」

まあそうかもな、と三波は軽く同意した。ええ、と吉良はうなずき、だけど、とつないだ。

「科学兵器開発班ならやれます」

「なぜ」

「というか、やれなきゃいけない。化学兵器についての研究は科学兵器開発班の専門なんですから」

「建前上はそうだが、その都築ってのはまだ厚労省にいて、健康のための薬剤なんかを研究してただけなんじゃないのか。化学兵器についての勉強はこれからだろ」

「その可能性もあるでしょう。けれども、科捜研にできなかったわけだから、こちらができなくても、たいした瑕《きず》にはならないはずです。だから、やらないほうがいいという理由はないんですよ」

三波は少し考えていたが、腕組みをほどいて机の上のカップを取ると、お前の個人的な動機以外はな、とつけくわえた。

そうです、と吉良もうなずいた。

わかった。三波は残りを一気に吸い上げ、空になったカップを吉良に渡して、よいしょと立って出て行った。DASPAのフロアにはまだごみ箱が備え付けられてなかったので、吉良は退庁時に内閣府庁舎内のコンビニの屑入《くずい》れにそれを捨てた。

週明け、ヴァイオリンを片手に登庁した吉良は、内調に形だけ顔を出すと、すぐに地下へと降りて行った。

ドアの前でかがみ込み、「国家防衛安全保障会議 Defense And Security Projects Agency」と書かれたプレートを貼《は》りつけている爺《じい》さんがいた。開き戸の向こうで足音と話し声がしたので、手を休めてドアの前から退いた。ドアが開き、どやどやと出て来た作業着を着た男四名は、みな工具を収めたベルトを腰に巻き、丸く束ねたケーブルの輪に腕を通してそれを肩に担いでいる。御苦労様ですと会釈して中に入ると、硬質なビニールでカバーされたケーブルが、DASPAの床を四方八方に這《は》っていて、机の下にまで伸びていた。いましがたすれちがったのは、通信ケーブル敷設《ふせつ》のためにやって来た業者らしい。

自分の机の下にヴァイオリンケースを置き、天板《てんいた》の上に足を乗せると、椅子の背もたれに半身を預け、深く息を吸い込んだ。

慎みのない姿勢のまま、あれこれと状況を分析した。そして、ふとスマホを握って立ち上がると、地上に出て、内閣府の周辺をぶらぶらと歩きながらあちこちに電話した。

毒物の解析情報については、刑事部から結果をもらえたところはいまだなかった。解析できないのか、意図的に出してないのかは依然としてわからない。

一方、オウム真理教がらみの宗教団体を洗ってなんの成果も得られなかった公安は、別の対象に目を向けはじめていた。在日イスラム教徒たちに聞き込み調査をはじめたのである。

——そうしたら、向こうから連絡があって、疑っているのなら徹底的に調べてくれと言われたそうです。

そう言って、公安調査庁の三浦は笑った。

「向こうって？」

——東京ジャーミイですよ。

なるほど。日本で一番大きなイスラム教の礼拝所《モスク》である。神経剤なんてものは、アパートやマンションの一室ではなかなか作れるものではない。それを可能にする大きさを持つイスラム教の施設といえば、ここが第一候補となるだろう。

「あのモスクを運営している中心はトルコ人でしたよね」

——そうです。まず、イスラム過激派に容疑がかけられていると知って、次は自分たちに疑いの目を向けられるのではと心配していたところ、やはり警察が嗅《か》ぎ回りだしたので、ならば納得するまで調べてくれ、と連絡を取ってきたみたいです。

となると結論は出ているようなもんだ。

「なにも出なかったんですね」

——まあ、あまり期待はしていなかったみたいですけど。

「東京ジャーミイ以外のモスクは?」

——いちおう当たったみたいです。けれど、雑居ビルの中にある質素なモスクで、神経剤を製造するなんてのは、かなり無茶な見立てですから。

そう言って三浦はまた冷笑した。公安調査庁の彼にとって、ライバルの公安警察が苦戦するのは愉快らしかった。こういう態度はそのうち改めてもらわなければいけない。

「では製造ではなく、持ち込んだ可能性はありませんか」と吉良は尋ねた。

——外交行嚢《がいこうこうのう》を使ってですか。持ち込むことじたいは可能でしょうね。

もちろんそうだ。実際、北朝鮮はVXガスの材料を外交行嚢に入れてマレーシアの税関を素通りさせ、金正男《キムジョンナム》を殺害している。

——となると動機のほうがよくわかりません。イスラム圏のどの国がどういうモチベーションで日本在住のアメリカ人プログラマーを殺害したのか。

もっともな疑問だったので、こんどは外務省にかけた。しかし、国際情報統括官として中東をウォッチしている平沢には、あまりにも情報が少なすぎてまったく想像ができませんとぶっきらぼうに返され、そのまま受話器を置かざるを得なかった。

これに懲《こ》りずに、もう一本かけた。

──なにもなくて拍子抜けするくらいですよ。

共産党などの左翼勢力の周辺に動きはないかと尋ねた時、秋山はそう答えた。

まあそうだろうな、と吉良は思った。

さらに公安は、過激思想を有していると目される団体とその周辺も監視していた。おなじみの極左と右翼を注視し直したということに過ぎないのだが。

──まったく右も左もだらしないんだから。

そう秋山が言ったので、不謹慎だぞと叱った。

スマホをポケットに戻し、地下に下りていった。わかったのは、警視庁公安部はなんの手がかりも摑んでいない、ということだけだった。

また机の上に足を乗せたまま両手を頭の後ろで組み、ふんぞり返ると視線が上を向いた。とりつけられたばかりの蛍光灯は、まぶしい光を天井から投げてきた。そのまぶしさは吉良を喜ばせはしなかった。人工の光は、世界の輝きも、生命の躍動も連想させず、ただただ白く無意味に空っぽの世界を照らし出している虚無感を彼に与えただけだった。悲しみも喜びもない、すべてが白くしらじらしく照らされる無意味。

ああ、まずいなと吉良は思った。世界が意味あるものに変われば、その意味に自分の生が接続されれば、死んでも悔いないという気持ちと、世界が無意味だから、死んでもかまわないという気持ちとを抱えて生きている彼は、死すらも軽くやるせなく思えることがあった。これが吉良の日常に潜む感覚であり、それが高じると、無性に叫びたくなるのである。

突然、机の下に手を伸ばし、カーボンでできた黒いケースの把手《とって》を握って引き上げ、蓋《ふた》を開けた。中に収められていたヴァイオリンの首《ネック》を摑んで持ち上げた時、またカランと音がした。かまわず顎に挟んで調弦し、弓を動かした。

シャーロック・ホームズがヴァイオリンを弾くのはロンドンのベーカー街の下宿だが、ここは内閣府庁舎である。ほかに人がいないとはいえ、尋常な行為ではない。しかし、吉良はかまわず弾いた。表板と裏板をつなげる木材が外れていたので安物のヴァイオリンの鳴りはさらに悪かった。吉良はこれでもかと弓を動かした。

バッハの無伴奏ヴァイオリンソナタを弾くことで、ここにいてここではない彼方《かなた》へとつながる必要があった。バッハが宇宙の調べを傍受し、それを記号に起こしてくれた。いま自分がそれをなぞることによって、こんどは自分が宇宙へと接続されるのだ。そのように感じていた。

DASPAのフロアが消え、内閣府庁舎が消え、東京が消え、日本が消え、世界が消えて、さらに遠くへつながろうとしている時、その遊泳は突然、けたたましい電子音によって断ち切られた。顎にヴァイオリンを挟んだまま、弓を持った手をだらんと下げて、しばし呆然《ぼうぜん》とする吉良。そして激しく首を振って我に返ると、その音がどこで発源しているのかを見極めようとした。赤いランプが点灯している。机上の電話が着信ランプを光らせてうるさく鳴っていた。

そおっと、空いている隣の机にヴァイオリンと弓を置き、電話機の横腹についているスライドボリュームを見た。音量が最大限にセットされている。舌打ちして、半分に下げてから、受話器を取って、もしもしと応じた。

——吉良警視正でいらっしゃいますか。

「はい。もっとも、ここDASPAではサブチェアマンですが」

——例の件ですが、警視正に報告して欲しいとのことでしたので、ご連絡しました。

そんなことはどうでもいいというふうに先方は続けた。

「例の件とは？」

——警視庁の科学捜査研究所から提供された毒物の分析結果が出ましたので。

吉良はあっと声を上げて、

「そちらは？」と訊いた。

——申し遅れました。厚労省の都築瑠璃です。

宇宙をさまよった酔いが醒《さ》めずにぼんやりしていた魂は、このひとことで霞が関の地下へと引き戻された。

――ご報告してもよろしいでしょうか。それとも文書での報告がお望みでしたら、メールでお送りしますが。であればメアドを教えていただけますか。

「いや、口頭でお願いします。でも、ずいぶんあっさり解析できたんですね。科捜研はかなり手間取っていたようなんですが」

――おそらく分子構造を偽装しているからでしょう。

「分子構造を偽装？」

――ええ、オーソドックスなやり方では、つまり、ガスクロマトグラフィーにかければ、有機リン系の殺虫剤だという答えが出ると思います。

「殺虫剤？」

――ええ、実際、こちらで解析したときも最初はそうなりましたので。

「では、正体は」

――神経剤です。

「確かですか」

――ええ、これはバイオ兵器の一種とみなしてよいと思います。

「その殺傷能力について、たとえばVXガスと比較するとどうなりますか」

――致死性については、約五倍、ソマンと比べた場合は十倍です。おそらくこれは、通称ノビチョクといわれているものの改良版でしょう。

ノビチョクという言葉を聞いて、吉良の口から、

「ロシアですか」とひとことこぼれた。

――ご存知でしたか。

「北大西洋条約機構《NATO》が使っている検出装置にはひっかからないように作られた神経剤ですよね」

――お詳しいんですね。

「いちおうそれが商売ですから」

――今回使われたものは、従来のノビチョクにさらに改良を加えたものなので、検出する際に工夫をしないと、先程申し上げた通り、検査装置は有機リン系の殺虫剤と判定してしまいます。

なるほど。これで、刑事部と科捜研で起きていた事態は明確になった。何度やっても不可解な答えが出るので、科捜研はなかばパニックになり、それを水野が頑張れと叱咤《しった》激励《げきれい》して、時間ばかりがいたずらに過ぎた。まあそんなところだろう。

よろしいでしょうか。都築の声が聞こえた。ありがとうございました。吉良は礼を述べ、では失礼しますと相手が言う前に、連絡先を尋ねた。都築はいま使っている厚労省の電話番号と、ＤＡＳＰＡで使う予定のものをくれた。

「この０４２から始まる番号は？」

――多摩にあるDASPAの研究所です。ほとんどそちらに詰めることになると思います。いまもそこからかけています。それでは。

切れた。

吉良は、受話器を握ったまま、天井から間隔をあけてぶら下がっているサインボードの配置を見た。「科学兵器開発班」と書かれた看板は、吉良のいる地下二階のフロアにはなかった。ひとつ上か下のどちらかのフロアに割り当てられたのだろう。

吉良はいちど受話器を電話機に戻すと、もういちど取り上げた。そして、スマホの連絡帳を見ながら8桁の番号を押した。

「毒の正体がわかりました」

――どういうこと。

電話の向こうの水野は硬い声で言った。

「DASPAで解析したので」

――こちらに報告を求めておきながら、裏から手をまわして、そちらでやっていたってわけ？

怒るだろうなと思っていたが、やはり怒った。それはそうだろう。捜査第一課の課長にとって面白いはずはない。

「そういうことになります」

──誰がアレンジしてこういうことになったの？

「僕です」

　水野は沈黙した。

「科捜研では無理だと判断して手を回しました」

──そう判断した根拠は？

「神経ガスの類いだと思ったから。科捜研は指紋や血液、唾液、麻薬、火薬、油、金属、塗料なんかの扱いには慣れているかもしれないけれど、化学兵器となると事例が少ないので」

──ちょっと待ってください。地下鉄サリン事件で、事件現場の残留物からサリンであると特定したのはどこ？

　涼森にやったのと同じ抗弁を自分がされる羽目になった。

「あの時は、その前に松本でサリンが撒かれた事件がすでにあったので、これもそうではないかという想定を立てることができた。その想定と実体を突き合わせて合致したから簡単に答えを出せたんですよ。ただ今回は、分子構造は殺虫剤を装っていて、通常のやり方では、殺虫剤もしくは農薬だという答えが出てしまう。いくらなんでもそんな答えを公表するわけにはいかないから、首をかしげながら何度もやり直していたんじゃないんですか」

そうだと水野は言わなかったが、否定もしなかった。

——じゃあどうしてこちらに頼んだの。

「いや逆に、なかなか結果を教えてもらえないので、その理由を考えて神経ガスだろうという疑いを強めたんです。小手調べのためにDASPAを使うことにして、科捜研からデータを回してもらいました。悪く思わないでください」

——それは無理じゃないかな。

沈んだ声で水野が言った。

——決裂だな、私たち。これで決定的に。

「いや、なりませんよ」

吉良は笑ってみた。

——勝手に決めるな、馬鹿。

舌打ちまでしてそう言われたので、黙った。

——で、結論としては？

沈黙の後にそう言われ、なんのことかと一瞬戸惑った。

「仮説は正しかった。ノビチョクというロシアが開発した神経剤です。おそらく、殺したのはGRUあたりだと思われます」

GRU、ロシア連邦軍参謀本部情報総局は、強烈な情報機関だ。スパイ活動による情報収集のほかにも、ネットを使ったハッキングも得意である。マンションや周辺の防犯カメラの映像を消すなんてのも、彼らにとっては、不可能な芸当ではないだろう。そして、必要とあらば、殺しだってやる。

水野はまた黙り込み、苦い沈黙のあとで、失礼しますと言って切ろうとした。水野課長。吉良が呼びかけたので、回線はなんとか保たれた。

「こうなると、この事件はおそらく刑事から公安のほうに管轄が移るでしょう」

返事はない。

「刑事部は、あのマンション近辺の防犯カメラの捜索に集中したほうがいい。捜索範囲をもう少し広げれば、ロシア人らしきふたり連れが歩いている映像がかならず見つかるはずです」

――どうしてふたり連れだって決められるわけ？

「それがロシアのやり方だから」

また黙った。この方面に対する知識の差を見せられて悔しいのだろうか。

「いくらGRUだからって、すべての防犯カメラの映像を消すことはできない。さらに、ロシア人らしきふたり連れに特定して捜索すれば、それほど手間はかからないでしょう」

励ましたつもりだったが、水野は黙ったままだ。

「それから成田《なりた》空港の出入国の記録を洗うべきです。事件当日前後に出入りしているはずですから。出国から手をつけるほうが早いと思います。奴らはノビチョクをマンションのノブに塗りつけたその日のうちに日本を出ているにちがいない。出入国在留管理庁に小笠原《おがさわら》ってのがいますから、そいつに相談すると手早くやってくれると思います。彼には僕のほうから言っておきます」

入国警備官は法務省に所属しているが、不法入国者・不法滞在者の調査や摘発、収容などを扱うので、テロリスト対策をやっている吉良は、頻繁にやりとりをしている。

――それを一課の売上にしろってこと？

ようやく小さな声で水野がそう言うと、こんどは吉良が黙った。露骨には言いたくなかったが、売上ゼロのまま捜査の主導権を公安に渡すとなると、捜査第一課課長としての彼女のキャリアにはどこかでバッテンがつく。ただし、犯人を特定した上で引き渡せば、これはスムースなバトンタッチとみなされるだろう。だから、そうしろという提言だ。

「それからこの非礼はどこかで埋め合わせますので、今回の件は勘弁してください」

――わかった。

力のない声が聞こえて、切れた。

吉良はすぐに、法務省の小笠原に連絡をし、水野のために根回しをした。

次に、公安総務課の秋山にかけた。ドアノブに付着していたのはロシア製のバイオ兵器だ。オウム真理教から分裂した宗教法人、イスラム教、共産党、極左、および右翼団体の周辺捜査は意味がないのでバラせ。さらに、外務省と連携して、死んだアメリカ人を徹底的に洗え。——あくまでも自分の見解を述べるという体裁《ていさい》をとったものの、DASPAが内閣府に置かれる予定であること、DASPAのトップは総理大臣であること、さらにその下に警察庁警備局出身の内閣情報官がいること、ドアノブと猛毒の正体をつきとめた主役は吉良であることを合わせると、これはもう指示であった。すぐにそのように伝えます、と秋山は承知した。

電話を切り、ふうとため息をついた。そして、吉良はもう一本電話を入れた。

一時間後、DASPAのフロアに三波がやって来て、自分の大きな机の前には腰を下ろさず、吉良の真向かいに椅子を引いてかけた。まだ机の上には電話しか載っていないから、視線がまともにぶつかってしまう。

「で、なんだ」

「先程、電話でご説明したように、アルバート・ノーヴ殺しはロシアの線が濃厚となりました。よってこの事件の扱いは刑事から公安に移ると思われます」

「それで」

「公安からうちのほうに持って来れませんか」

「うち？　この事件をDASPAが扱うのか」

「ええ、その上で捜査の指示をうちから出せるようにできないかと」

「指示を出すってどこへ？」

「インテリジェンス関連の組織すべてに。警察庁警備局、警視庁公安部、法務省公安調査庁、それから外務省、できれば防衛省にも。インテリジェンス・コミュニティのすべてから生《なま》の情報を吸い上げ、DASPAで精製する。つまり、インテリジェンスに関しては、DASPAがトップになるんです」

「内調はどうするんだ。あれをないがしろにするわけにはいかないぞ。そんなことしたら、俺の首が危ない」

「とりあえずは、内閣情報調査室の直轄という位置づけでいいんですよ。むしろそのほうが各方面に睨みが効いていいかもしれない」

「おいおい、内調には近づこうとしないくせに、今日は持ち上げるのか」

「いや、北島《きたじま》さんは外交は強いかもしれませんが、インテリジェンスはちょっと……なので実質的にはこちらが主導権を握れると思いまして。ただ、北島情報官は総理大臣の耳に心地よい情報だけを入れがちなので、そこは注意しなければなりません」

「ノーコメントだ」

「もうすこし言わせてもらうと、総理の内調の使い方にも疑問を感じます。自分の政敵の個人情報を暴き、それをマスコミにばらまいて追い落としにかかる。これに内調が関わっていることは、三波さんも知らないわけはないでしょう。半年後の選挙に向けて、内調がマスコミを動かしてることも。けれど、我々国家公務員は、現政権に奉仕するのが仕事ではありません。こんなくだらない――」

「おい、そのへんにしておけ」鋭く三波が遮った。

では今日のところは、といったん吉良は矛を収めた上で、

「三波さんは、縦割りの行政をなくし、各省庁が横に連携するのだと説いてDASPAを立ち上げたんですよね」と問い質した。

「だから、それは建前だって言っただろ」

「建前だっていいんですよ。それなりに説得力があるんだから。だから総理も動いてくれたんです。因《ちな》みに僕もそう思ってますよ」

「で、なにが言いたい」

「けれど、横の連携と同時に、インテリジェンス部門には、縦の力も必要です。くり返しになりますが、あちこちにバラけているインテリジェンス・コミュニティの上にDASPAが鎮座して、その上に内閣情報調査室が乗っかる形にするべきなんです。そうしようと思って、DASPA行きを喜んで受けたんですよ」

「だからといって、外様《とざま》からあんなに人を入れたら、インテリジェンス班はコントロール不能になっちまうぞ」

「それができなかったらインテリジェンス班はつぶしてもいいですよ」

「馬鹿野郎。勝手なこと言うんじゃない。ひとがどれだけ苦労して立ち上げたと思ってるんだ」

「失礼。では話を事件に戻しましょう。ロシアが日本でアメリカ人を殺した。これはほぼ確実です。それなのにDASPAのインテリジェンス班は、この捜査を遠巻きに見てるだけでいいんですか」

「俺もいいとは言ってないぞ」

「だったらどうします？」

三波はうーんと唸《うな》って、

「わかった。やったのがロシアだと明確になったら、タイミングを見計らってイッチョカミしよう。いいだろ、それで」

「いや、遅い。まもなく刑事部は、事件が起こったマンション周辺で見かけたロシア人らしき人物の目撃情報を摑んで、出国の記憶と照らし合わせます。そして、公安警察は、死んだアメリカ人の身元を洗い出すでしょう。コンピュータプログラマーなんて言っているが、わざわざ人を送り込んで殺すんだから、そんなわけはない。まちがいなくワケありです。間もなくその正体が浮かび上がってくる。そうなれば、公安部の外事一課だって張り切るでしょうよ。さらに法務省の公安調査庁も絡んでくる。外務省だって黙っているわけはない。そうなったらもう遅い、簡単にこの事件をＤＡＳＰＡによこせとは言えませんよ。そうなる前に、これはＤＡＳＰＡの案件であるというお墨付きをもらって、関連各部門に協力を仰ぐほうが絶対にいい。そう思いませんか」

「しかし、どう説得すればいいんだ」

「まずこの事件で、我が国の安全保障の危険水域が上がったことをアピールするんです。ロシアのＧＲＵが国外で殺人を犯すという事件はありました。ただこの手の殺しはすべてヨーロッパ圏内でおこなわれています。日本にとってはこれが初のケースです」

「それでこの事件をＤＡＳＰＡの案件にしろってか。それは結構ハードルが高いぞ」

「けれど、事件の端緒をつけたのは紛れもなくＤＡＳＰＡですよね。ＤＡＳＰＡの科学兵器開発班がノビチョクだと見破ったんです」

「たしかにそうだけど」

「この毒の解析を皮切りに、ヒューミントもシギントも、この件に関してはインテリジェンス班がハブとなって動けるようにする。そうすれば、ＤＡＳＰＡ内の勢力図の青写真にもつながるでしょう。つまり、三波さんの目論見《もくろみ》通りってことです。さらに、我が国のインテリジェンス・コミュニティをＤＡＳＰＡ中心に再編成するという俺の狙いの先例を開くことになるのでは、と」

ヒューミントとは生身の捜査員たちが動いての情報収集、シギントはハッキング技術を使って情報を奪取することだ。

「しかし、外国人殺しだからな、帳場が立つぞ。目黒署からひっぺがして、警視庁に。これは公安部が主導することになるわけだ」

「そうなると思います」

「その事件をどうやってこっちに持ってくるんだ。まさかここに帳場立てるわけにはいかないだろう」

「帳場は警視庁の公安部に立ててもらえばいいでしょう。ただDASPAがすべての情報を吸い上げられるようにしておけば」

「捜査の指揮権はどうするんだよ」

「そこですが、北島さんに捜査本部長になってもらえませんか」

「内閣情報官の？　あの人は内調のトップだぞ」

「でも警察官僚ですよね。ランクからしても本部長にふさわしい。それに本部長ですからね、名前だけですよ」

「それにしても言い訳がいる」

「これは外交に発展する大問題だということでいきましょう。なにせ、我が国の同盟国であるアメリカの市民をロシアが殺したんですから。大問題に発展しないとはこの時点では誰も言えません」

三波は、人さし指と親指で鼻のつけ根をつまむようにして目を閉じた。吉良は念じた。目の前にいる部下から、一聴すると奇天烈《きてれつ》な推理をぶつけられ、まあ念の為にと思って動いてみたらそれが的中し、自分の功績にできたことはあったじゃないか。そのことを思い出せ。

顔を上げ、三波が口を開いた。

「となると、捜査の現場責任者は誰になる。つまり、お前の見通しが当たって、この事件をDASPA主導にするとして、だ」

「現場ですか、それは国際テロリズム対策課の課長が出張るのが筋だと思います」

「ということは、本来ならお前が担当だったんだな。異動が早くて残念でした。で、お前の後釜は誰だ」

「温井さんですね。警視庁の公安第二課にいた」

温井かあ、と三波は言った。少なくともその口調は、好都合だと喜んでいるようには聞こえなかった。

「捜査の指揮権は温井さんのほうに預けて、僕のほうから〝強いアドバイス〟を発信できるような形にしてもらえませんかね」

「あいつは過去にお前に一杯食わされてるからな。それに温井はへそを曲げるとしつこいぞ」

「べつに騙《だま》したわけじゃないですよ。もちろん、今回の事件解決の売上は国際テロリズム対策課に立てるようにしてあげればいいでしょう。うちはむしろ、今後のための地ならしのほうが大事ですから」

三波は苦虫をかみつぶしたような顔をして、しばらく考えていたが、

「じゃあ、やってみるか」と腰を浮かせた。「ただし、あまり自信がないぞ俺は」

そう言い捨てて出て行った。

そろそろ退庁してレッスンに出かけるかなと思っていた矢先にスマホが鳴った。

――ちょっと来れるか。

出るなり三波はそう言った。行けば長くなりそうだけれど、まだ勤務時間だから出向かざるを得ない。やれやれと思いながら階段を上った。

内閣情報調査室に入ると、三波がそばに来て、これから北島さんに会うぞ、と言った。

「情報官に？」

「そうだ。お前のおかげで宿題ができちまった」

「あらら。やぶ蛇になっちゃったんですか」

「わからん。俺もいまから拝聴するんだ。さっきお前の案を、あたかも俺が考えたかのようにぶつけてみたら、逆に頼みたいことがあるって言われちまった。それで、信頼できるのをひとり連れて来いって言われたんでお前を選んだ。もともとお前のせいだからな。つきあってもらうぞ」

そう言って三波は背中を向けると奥へと歩き出した。

ノックをして三波ですと告げると、入ってくれ、と大儀そうな声が返ってきた。中に入ると、北島圭吾《けいご》情報官はネクタイを緩めてソファーに寝そべっていた。そして、天井を見つめたまま、行儀が悪くて申し訳ないが、ちょっと休ませてもらっていた、と断って寝たまま横に手を伸ばし、向かいのソファーを指さした。

「お具合でも」

腰を下ろしながら、三波が声をかけた。

「まあな、この歳《とし》になるとなにかしらあるもんだ」

情報官は起き上がると、ソファーの前のテーブルに載せていた銀縁《ぎんぶち》眼鏡を取ってかけ、吉良が閉めようとしているドアに向かって、水を持ってきてくれないか、と声を張った。

「君も体力だけはつけといたほうがいいぞ。なにせ激務だからな」

三波は照れたように笑った。後釜に指名されたと喜んでいるようだ。

「それで、そちらは？」

「吉良大介警視正です。DASPAではインテリジェンス班で私の下につく予定です」

「これまでは？」と北島は吉良を見た。

「警備局で外事の情報部におりました」と吉良は答えた。

「じゃあ、三波と同じか。俺もそうだから根性のねじけた警備育ちが集まっているってわけだ」

北島がそう言うと三波は、こそばゆいような笑いを浮かべていやいやと首を振ったが、

「今日、総理から相談を受けたんだが」という北島のひと言でその笑いはまたたくまに消え、前のめりの姿勢になって北島を直視した。

政治家や高級官僚であったとしても、総理大臣に直接会って話すというのはなかなかできることではない。しかし北島は、毎日のように総理官邸の執務室に入り、レポートを出して状況を報告し、アドバイスまで与えている。いわば側近中の側近である。

一方で他の省庁に対しては、総理の意向を伝えてこれに従わせる。非常に勢力のあるポジションだ。

「今とやかく言われている例の法案なんだが」

「スパイ防止法ですか」驚いたように三波が言った。

「なんとか自分の在任中に制定したい。──総理はそうおっしゃっている。アメリカからそうとうなプレッシャーがあるようだ」

「特定秘密保護法では不十分であると——」

この法律もまたアメリカの意向を汲《く》んで、かなり強引に通過させたものだ。

「まあ、頭隠して尻隠さずってやつだ」と北島は言った。「あのおかげで国家の機密を漏洩《ろうえい》した公務員を裁くことはできるようになった。つまり、罰を加えることによって、漏洩を防ぐことはできる。けれど、スパイそのものは取り締まれない。国家機密を盗んだスパイを見つけて任意同行でしょっ引こうとしても、拒否されて、領事館に迎えを呼ばれたら手を出せないし、翌日には本国に逃げられちまう」

「となると、スパイ行為そのものを取り締まる法律が必要だってことですね」

飲み込みが悪そうな三波のこの発言は、北島に先を語らせるための合いの手である。

「そうだ。スパイ防止法がなければ、スパイを取り押さえたとしてもほかの法律で裁かざるを得ない。詐欺《さぎ》罪や窃盗《せっとう》、あとなにがあるかな、公文書偽造か。まあこれだと、ぶち込めてもたいしたことはない。出所後に祖国が厚遇してくれればじゅうぶんペイするって考えで日本に来たがるスパイが後を絶たない。日本はスパイ天国だなんて言われてきたが、実際その通りなんだ。このままだと結局、盗み出された〝特定秘密〟は持ち帰られてしまう」

「となると、死刑か無期かって話になりますが」と吉良が口を挟んだ。

北島は吉良に視線を向けて、

「よその国ではたいていそうなっているさ。ただ、いまのご時世じゃあ死刑ってのは無理だろうな。となると無期だ」

「委員会の状況はどうなんですか」と三波が訊いた。

「俺にはなぜ野党がスパイ防止法に反対するのか、さっぱり理解できん。それがあいつらの商売みたいなものだと思うようにしている。ただ困ったことに、この商いだけはうまくいってるようだ」

その時、ノックの音がしてドアが開くと、秘書が盆を持って入ってきて、水の入ったグラスを北島の前のテーブルに置いて去っていった。

北島はポケットから薬袋を取り出し、錠剤が収められたシートをプチプチやって手のひらに載せ、口の中に放り込むと水と一緒に飲み下した。

「どちらがお悪いのですか」

三波がそう聞くと、北島はただひとこと、「心臓」と言った。

「さて、目黒で殺されたアメリカ人の話だ」薬袋をポケットに突っ込んで北島が改まった。「犯人がロシアだっていうのは裏が取れてるのか」

三波が吉良を見た。

「おそらくは」と吉良は言った。「殺傷に使われた神経剤はロシアが開発したものです」

ふむ。北島は、グラスに残った水を飲み干して首をかしげた。

「ロシアに見せかけた偽装工作という線はないのか」と北島は訊いた。

「はい。現時点ではその可能性も疑わなければなりません」と吉良は言った。「しかし、現場に向かい、しばらくたってからまた戻ってくるロシア人らしきふたり連れを捉えた防犯カメラの映像を、まもなく警視庁の捜査一課が探し当てるはずです。それと出国の記録を確認して、そのふたりがロシア人ならば、まずまちがいないでしょう」

よし、と北島は言った。

「これはDASPAインテリジェンス班の案件にしよう、実質的にはな」

そう言って三波を見て、そうしたいんだよな、と確認した。

「DASPAの正式なスタートはもう少し先ですが」

揉《も》み手《で》をするような口調で三波は言った。

「だから、試験走行だ。その間にお前は実績を上げておきたいんだろう。警備局には協力させるようにする。そこから情報をもらえるようにした上で、場合によってはアドバイスという形で指揮できるようにすればいいんだよな」

まさしくそれが吉良が提案した形だった。ほぼそのままを三波は北島に進言したらしい。

「警備局のほうは面白くないんじゃないんですかね」と三波が言った。

なんだ、そこまで俺にやらせるつもりなのか、と北島が苦笑した時、ドアがノックされた。いいよ。北島がそう言うと、また秘書が入ってきて、水のグラスを下げ、かわりに三つ茶を置いて出て行った。北島は湯呑み茶碗を摑んで、ひとくちすすり、お前は人使いが荒いなと言った。三波は黙って低頭した。

「頼木《よりき》には俺のほうから言っておくよ」と北島は言った。「多少むくれるかもしれないが、なんとかなるだろう」

決まりだな、と吉良は思った。頼木警備局長は北島の元部下であり、さらに内閣情報官と言えば他の省庁なら事務次官、いや一説によるとそれ以上、警察庁長官と肩を並べるほどの実力者なので、北島のほうから「ここは飲んでやってくれ」とか「俺の借りにしておいてくれ」などと言われたら局長だって嫌とは言えない。頼木がそれでよしと言ったら、温井ごときがいくらむくれたってその方向でことは進むだろう。

「それにDASPA内での防衛省の勢力に対しても牽制になるだろうよ。それがお前の狙いなんだろう」

またもや三波は頭を下げた。

やはり、そのまま帰るというわけにはいかなかった。三波は顎をしゃくって吉良の都合も訊かずに先を歩き出した。ふたりはエレベーターに乗って、もういちど、空っぽの地下フロアに戻った。

三波はチェアマンとしてあてがわれた大きな机につくなり、靴を履いたままの足を天《てん》板《いた》に投げ出して反り返り、

「いま言われた通りだ。ここまでやってもらったんだから、なんらかの結果を出さないと本当にヤバいぞ」と言った。

吉良は、三波の机の前に、ふたつ向き合って並べられた机の列の、チェアマン席にいちばん近い自席の椅子を引いて、大丈夫です、と請けあった。

「犯人がロシアだってことでまちがいないんだな。ここが外れていたら、俺はガセネタを情報官にあげたことになり、でっかいバッテンを食らうぞ」

その時は、俺のせいにしてください。あくびをかみ殺しながら吉良は言った。

上司の前で取る態度としては慎みないものだが、ほかの部下の目が周囲にない限り、三波は吉良の無作法には寛容だった。

「言われなくてもそうするさ。けれど、そこがまちがっていたらそれではすまないぞ。ノビチョクがロシアに見せかけるための工作だってことはないのか」

「その可能性はゼロではありませんが、まずロシアでしょう」

「よし。じゃあ、とりあえずここはロシアの犯行だってことにしよう。それで、そのアメリカ人だが、どうして殺されなきゃならなかったんだ」

当然の質問である。

「そこが北島情報官のおっしゃったこととつながってきます」

三波の目つきが変わった。上司からの重要なメッセージを自分が汲み取れていなかった焦りと、それは是非とも聞かせろ、という心の張りが伝わってきた。

「さっき北島さんはスパイ防止法には死刑か無期懲役を適応しなければならないとおっしゃってましたね。あれはなぜですか」

「もちろんスパイ行為を抑止するためだろ。微罪だとペイするが、殺されたり死ぬまで放り込まれたら、いくら国務だとはいえ、引き合わない。国としてもやらせにくくなる」

「そうでした。ところで、そこをペイするようにしてやるとどうなります？」

「はあ？」

「北島情報官はそこを考えているんだと思います」

上司の顔に宿った焦りの影はさらに濃くなった。上層部の意向を汲み取れないであずっぽうに動いていては、たいした能力もないのに運だけでそれなりの地位にある官僚はあっという間に失墜する。ただ、このことを三波はよく自覚していた。この自覚でもって彼は現在いる位置からの転落を免れている。危険を察知すれば瞬時に動くし、才覚があると思える部下は手元に置いて、うわべでは粗野な態度をとりながらも、丁寧に取り扱う。生意気な態度に対しても気にしないそぶりで接するよう努めている。その部下

が言った。いいですか三波さん――、

「スパイ防止法があれば抑止効果はあるでしょうが、それでスパイが完全になくなるのかというと、それはわからない。つまり、無期懲役や死刑になったらペイしないぞというメッセージは発することができるけれども、それでもやるときはやるわけです」

そりゃ当たり前だろという顔をしながらも、三波は黙っていた。

「そして、運悪くという言いかたは変かもしれませんが、とにかくバレて捕まったとします。スパイ防止法を適用すれば無期か死刑。つまりペイしない状況になる。これをペイするようにしてやるとどうなりますか」

そう問いかけても、三波はむっつり黙りこんだままだ。吉良は焦《じ》れったくなって、「こちらに協力してくれたら見逃してやると持ちかけると?」とさらにヒントを与えた。あ。三波が声を上げた。

「二重スパイになれと?」

吉良はうなずいた。

「殺されたアルバート・ノーヴはおそらく二重スパイですよ」

三波は、鼻のつけ根をつまむようにして目を閉じ、続けてくれと言った。

「アルバート・ノーヴって名前は、おそらくアメリカ人ぽく改名してるもので、本名はアレクサンドル・ノヴァコフとかそんなやつではないかと。これは適当に言ってるだけですから、あまり真に受けないでください。ロシア人の名前は名字の語尾が男性と女性で変わったりするのでややこしい。アンナ・カレーニナだって、夫の名前はカレーニンだし」

そんなことはどうでもいい、と三波は遮った。

「お前の言うことを鵜呑《うの》みにすると、ロシア人がロシア人を暗殺したってことになる。それでいいのか？」

「そうです。おそらく、アルバート・ノーヴはCIAかなんかに潜り込んだものの、正体がバレて、無期懲役に処せられることになり、やむなくアメリカに寝返った。そして、本国ロシアには毒にも薬もならないような情報を送り、アメリカにはロシアの機密情報を渡していた。そんなところでしょう」

確かか。三波はまた念を押した。おそらく、と吉良は返した。

「しかし、アメリカから送られてくる情報があまりにもクズすぎたので、祖国はノーヴを疑い出した。そこで試しにダミーの情報をノーヴに流してみた。するとその情報に合わせた動きがアメリカで起こり、このことによってノーヴがアメリカで二重スパイになったことをロシアは確信した。こうしてロシアにバレたことで、お払い箱になったノーヴは、アメリカにいては危ないと判断して、手切れ金をもらって日本に来ることになったんでしょう。そこをロシアに狙われたんだと思います。ロシアってのはいまは民主主義国家ということになっていますが、時々こういうおっそろしいことするんだよなあ」

最後は誰にともなくそう言って、チャイコフスキーのヴァイオリンコンチェルトの冒頭のフレーズをハミングした。

「で、どうすればいい」

旋律を断ち切るように三波は言った。吉良はハミングをやめて三波を見た。

「なんでしたっけ」

「なんでしたっけ、じゃないよ。正直言って俺はちょっと混乱している。この事件《ヤマ》をもらったはいいが、俺たちはどこを目指してなにをすればいいのか皆目見当がつかないんだ」

「それは明白です。この事件を活用して、スパイ防止法が必要だという方向に世論を誘導せよ。それが北島情報官からもらった宿題です。それと引き換えにこの案件を実質的にはDASPA主導での捜査にしてやるとおっしゃったんです」

「え、そうなのか」

きょとんとした顔つきになって三波は言った。

吉良はうなずき、

「俺はそう解釈しました。もういちど北島さんに会って確認しますか?」と訊いた。

そんなことはおいそれとはできない。自分が愚鈍ですと告白しに行くようなものだから。

「まず、北島情報官の意図から整理してみましょう。スパイ活動防止法はなくてはいけない。あって当たり前である。ないと国益を損ねる。――そうでしょう」

「だけど、世間はそう思っていない。左に戦前戦中の治安維持法なんか振り回され、ボコボコにされかかってるんだぞ、いまは」

「だからこそうまく世論を誘導しろって指示なんですよ、あれは」

三波は目をつぶって鼻のつけ根をつまみ、

「しかし、たとえそういう指示だとしても、どうすりゃいいんだよ」と言った。

「三波さんは左が猛ラッシュをしかけてくると予想してますが、実際いまはそうなんでしょうけど、一番大きな問題はそこじゃないと思うんです」

「なら、どこにあるんだ」

「鍵を握っているのは、右でも左でもない情緒的な人たちです。いくら左が騒ごうが、ほとんどの人はスパイ防止法って言われても、なんじゃそりゃって感じでしょう。我々の仕事は、右でも左でもない無関心な層をうまく刺激して、必要なんだと思わせることです」

「しかし、そのために今回の事件を利用するって言ったたって、俺にはその道筋がよくわからないぞ。スパイ防止法ってのはスパイは許さんって法律だろうが」

もちろん。吉良は笑った。

「目黒の殺しは、ロシア側の理屈としては、寝返って祖国を裏切り、アメリカのスパイになったから処刑したってわけだ。しかし、これで、スパイ防止法が必要だって流れにどうやって持っていくんだよ。まさか殺したロシアを見習えってことにはならんだろう」

それを聞いた吉良は、あーそういうことですか、とのんびりした口調で言った後、そいつはこれから考えます、などと言って悠長に構えている。

三波は呆れた。

「まあ、あまり理詰めで攻めないほうがいいかもしれません。もっと直感的に訴えたほうがいいんじゃないですかね」

直感的？　訝《いぶか》るように三波は言った。

「ロシアって、恐《おそ》ロシアなんて言うくらいで、おっかないイメージがありますし、今回みたいに、時と場合によっては、えげつないこともやるわけですよ。そこを押すのも手です。それに過去には、防衛省の幹部が、ロシアのスパイに接近されて、極秘資料を渡してしまったという事件もあるから、このへんを合わせ技にして、強調していくのかな。

——ま、そこはまた考えます」

適当なこと言うな、と三波はうめくように言った。そうですね、ちょっといい加減すぎました、と笑いながら吉良は、ヴァイオリンケースの把手を掴んで、では今日はこのへんでと立ち上がった。

「おい、頼むぞ」と三波は言った。「——あの時みたいにな」

任せてください。そう言い残し、吉良は上司を置き去りにして出た。

地下鉄日比谷《ひびや》線の車中でスマホが鳴った。着信画面に目をやると、秋山の名前が見えたが取るわけにはいかない。この部下には、捜査第一課の動きを逐一報告するように指示していたし、自分の〝読み〟もかいつまんで話してあったから、地上に出るとすぐに折り返した。

——一課が犯人らしき男ふたりを防犯カメラの録画に見つけ出しました。予測された通り、ロシア人でした。ルスラン・ペトロフとニコライ・カラエフのふたりは、事件発生前々日の午後四時半にアエロフロートで成田に到着し、この日は渋谷のエクセルホテル東京に宿泊。翌日は現地を下見しています。事件当日に、成田から午後七時五十五分発のモスクワ行きアエロフロートで日本を出ました。ノビチョクは外交行嚢ではなく、化粧品の瓶に詰めて持ち込み、現場で調合した上でドアノブに吹きつけたようです。

秋山は出るなりそう言った。

「で、何者だそいつら」

——GRU。外事第一課の伊福部《いふくべ》に聞いたところによると。

ここは当たった。

「被害者の身元は判明したか」

——これも読み通り。アルバート・ノーヴの本名はアレクサンドル・ノヴァコフスキー。ロシアの二重スパイです。公安外事第一課からの情報とも一致します。

名前の読みはすこしはずした。

——ロシア連邦軍参謀本部情報総局大佐を務めていたようですが、モスクワのクラブでDJをしていたエレーナ・クラヴィッツという女にぞっこんになった。しかし、実はこの女はアメリカの工作員だったらしい。

一聴すると荒唐無稽《こうとうむけい》だが、吉良たちの世界ではよくある話である。

——それで、妻子持ちだったノヴァコフスキーは強請《ゆす》られて、エレーナに、つまりアメリカに機密情報を渡していた。ところがこれが当局にバレて、エレーナは慌てて帰国して難を逃れたんですが、ノヴァコフスキーはシベリアへの流刑に処せられることとなった。そこで、アメリカはスパイの交換を提案。メリーランド州でバレエ教室を開きながら、CIAの職員を夫に持つ生徒の母親をたぶらかして機密情報を得ていたロシアのスパイ、ルドルフ・キーシンとの引き換えを持ちかけた。

「なるほど」と吉良は言った。

アメリカで捕まったロシアのスパイとロシアで捕まったアメリカのスパイの交換がおこなわれたってわけだ。

――ノヴァコフスキーは妻子を残したまま亡命、その後はアメリカに渡って、CIAで講師を務めていたようです。しかし、一年前に退職し、日本にやって来た。

「来日の理由は？」

――中目黒と同じような手口による殺人が、十六ヶ月前にロンドンでも起きています。被害者はノヴァコフスキーと同じくロシア系の市民です。おそらくこいつも似たような経歴の人間でしょうね。それで身の危険を感じて、アメリカを出たようです。

「しかし、アメリカでアメリカ市民がロシアに殺されたということになると、これはCIAの案件になって、ただごとではなくなる。ヨーロッパで殺すのとは取るリスクがぜんぜんちがうんじゃないのかな。それに、証人保護プログラムを要請するという手もあったぞ」

――そのへんはまだわかりません。

「いまの情報は外務省にも伝わってるんだな」

――はい。先程、矢作さんのほうに伝えました。向こうも情報は摑んでいたようです。

となると、間もなく政府首脳にも伝わることになる。日本はロシアに被疑者の身柄引き渡しを要請するだろうか？　難しいだろうな、と吉良は思った。なんとか任期中に北方領土問題を解決したいと意気込んでいる現政権が、この件でロシアに激しく抗議することは考えにくい。殺されたのが日本人ならいざ知らず、ロシア人がロシアの裏切り者を殺したに過ぎないわけだからこれはロシアのお家騒動だ。――そのように割り切って、とりあえず遺憾を表明してことを収めようとするだろう。もっとも、どんなに激しく抗議したところで、ロシア側が被疑者ふたりを引き渡す可能性はゼロだ。

「警察発表は?」

――いま詰めています。

「これは時間がかかるな」

――だと思います。

ノーヴの心肺を停止させたのは、神経剤ノビチョクである。そう結論を下したのは、DASPAの科学兵器開発班だ。これは刑事部にとっては、あくまでもよそ様の見解である。だから、慎重を期し、また面子《メンツ》もあるだろうから、科捜研が再度解析して同じ答えが出た上で発表することになるだろう。

また、外務省や内調と協議した上で、急性の狭心症で外国人がひとり死んだにすぎないと結論づける可能性もある。

「アメリカ領事館には詳しい内容を知らせているのか」

――そこはまだ詰めている最中です。いまのところは狭心症で死んだということに。

「不審に思って、アメリカが問い合わせてきてやしないのか」

――静かなもんです。なので発表しないんじゃないですか。

そうだな、と吉良が同意したときには、後藤邸に到着していた。

ご苦労様とねぎらって、切った。スマホをポケットに戻す時、ディスプレイ上に、メッセージがあることを示すアイコンを認めた。レッスン室がある地下に降りてしまえばこれは聞けなくなる。けれど、後藤先生は遅刻にうるさい。吉良はそのまま降りていった。

最後の踏み板から足を降ろし、細い廊下に立った時、レッスン室から前の生徒が出てくるのが見えた。スーツを着た小柄で丸っこい体型の爺さんだ。退室の間際に、中に向き直り、手をひらひら振ってグッバイなんて別れの挨拶をしているから、変だなと思いつつ、入れちがいに中へ入ると、そこに後藤先生はいなかった。

どなたですか。逆にこちらが訊かれた。英語だった。

「吉良大介です。先日、玄関で会いましたね。――後藤先生は?」と日本語で言った。

「ミセス・ゴトーは、上で寝ています。今日のレッスンは中止だと皆さんにはメールか電話で連絡したと聞きましたが」

アンナの言葉はいぜん英語であった。

レッスン室の壁掛け電話が鳴った。アンナがそれを取った。イエスと言い、彼はここにいます、と言った。そして、コードレスの受話器を吉良に突き出した。

「大丈夫ですか、先生」吉良はまず安否を気づかった。「メッセージに気づくのが遅れました」

――いえ、直前の連絡になったこちらが悪いのよ。ごめんなさい、季節外れのインフルに罹《かか》っちゃったみたい。

「それはいけませんね、安静にしてください」

――そこにアンナがいるのは、代役をお願いしたから。

胸が騒いだ。しかし、後藤先生はこうも続けた。

――坂上《さかがみ》さんは次の日曜日に発表会があるので、どうしようもなくて。

はあ。と吉良は間の抜けた相槌を打った。坂上というのはさっきレッスン室の入口ですれちがった爺さんらしい。

――少し前、アンナに雑用を頼んだことがあって、そのお給金を取りに来たいと言ったから、そのついでに坂上さんだけ見てもらうことにしたの。アンナもいろいろと大変みたいだからほかの生徒さんも頼んであげたいんだけど、先生が替るとどうしても指導の内容も変わっちゃうでしょ。そうなると生徒さんも混乱するので、楽曲を仕上げる途中での交替はできるだけ避けているの。

そうですか、と吉良は言った。

——だから無駄足になって申しわけないんだけど、今日のレッスンはお休みということにしていただけるかしら。

わかりました。そう言って壁に受話器を戻すと、ピアノの椅子に座ったアンナがこちらを見ていた。吉良が口を開く前に、自分は日本語ができないので英語で話してくれと、リクエストがあった。

「今日の僕のレッスンは休講になりました」

女は、落胆したように両手を広げ、

「じゃあ私は用なしね」

「あなたのような人にレッスンをしてもらうほど僕のスキルは高くないから」

アンナは、つまらない言い訳を聞かされたとでもいうように、首を振った。そして、あなたの発表会はずっと先なのか、と訊いてきた。

発表会に出る予定はない、と吉良は言った。アンナは黙ってこんどは縦に首を振った。そういうことならしかたがないという風に。アンナが吉良にレッスンを受けさせたがっていることは明白だった。そして、「アンナもいろいろと大変らしいので」という後藤先生の言葉と合わせれば、その理由はひとつしかなかった。

「ロシアのオーケストラで弾いていたあなたはいま、日本で楽団員のポジションを探していると聞きましたが、就職活動はどんな具合ですか」単刀直入に吉良は尋ねた。

彼女は黙って首を横に振り、いまはそれどころではないと、深いため息をついた。

「なにかトラブルでも」

「身内を頼って日本にやってきたのに、彼が急逝してしまい……」

まず、彼女を襲った不幸の内容に驚いた。次に、気の毒だと同情した。一方で、それにしては態度が落ち着いていると訝《いぶか》しみ、異国の地で頼るべき肉親が亡くなって、不安にかられ、それが落ち着きに見えるだけなのかもしれない、と納得しようとした。と同時に吉良を襲ったのは、ある疑念だった。それを拭おうと彼は質問を発した。

「あなたのフルネームは？」

「……私のフルネーム……。アンナ・アレクサンドロヴナ・ノヴァコフスカヤ」

稲妻のような衝撃を覚えた。ロシア人の名前は、父称という独特のものがあって、ヴィチとかヴナなどが語尾につき、ミドルネームのように名と姓の間に居座る。さらに、女性の名字は女性形となり、ロシア文学を読むときにはよくこれで混乱させられる。けれど、要領さえ覚えれば、変換はさほど難しくはない。そして、吉良は言った。

「あなたの父上は、アレクサンドル・ノヴァコフスキーですね」

アンナは訝しげな眼差《まなざ》しを吉良に投げかけた。

まちがいない、と吉良は思った。彼女の父親は、ロシアの連邦軍参謀本部情報総局《GRU》に殺された元二重スパイだ！

3　宇宙とつながる

「やっぱり、なるべく早くメンテナンスに出したほうがいいわね。魂柱《こんちゅう》が外れているだけじゃなくて、駒も傾いてる、ピサの斜塔くらいに」

ピロシキを取りながらアンナが言った。

わかった、と吉良は言って、サワークリームを塗った黒パンを口に入れた。

繁華な目抜き通りを見下ろす「バイカル」というロシア料理店の窓際の席をアンナと占めることになったのは、後藤邸で次のようなやりとりがあったからである。

折角なので指導してもらえないか、と吉良は申し出たが、後藤先生の了解がないレッスンでは、自分はびた一文受け取ることができないので、と断られた。吉良は、いますぐこの場でお渡しするとオファーし、後藤先生に支払っている額に10％上乗せした金額を伝えた。

レッスンは三十分ほどで終わった。アンナは吉良のヴァイオリンの鳴りがあまりに悪いのにずいぶん呆れていた。さっきの生徒さんは楽器だけは素晴らしかったわよ。あの人はもっと安いので十分だけれど、あなたは新しいのを調達するか、せめて修理に出したほうがいい、と真面目に忠告された。

謝礼を渡し、楽器をしまいながら、この後の予定は、と訊くと、今日はもう特にないと言うので、食事に行かないかと誘ってみた。近くにロシア料理のレストランがあるからそこで。アンナは少し考えていたが、行きましょうとうなずいた。

料理とワインが運ばれて卓の上が賑《にぎ》やかになったころには、女の物腰に警戒の色はかなり薄まっていた。吉良が専門的な音楽教育を受けたことがなく、楽器を持ったのも三十になってからだとわかるとアンナは驚いて、どうしてそんな年齢《とし》になってから弾こうと思い立ったのか、と訊いてきた。

「その質問の答えには、カジュアルなものとディープなもの、そしてその中間の三種類がある」吉良は少し考えてから答えた。

「全部聞いてみよう」とアンナは薄く笑った。「カジュアルなものからどうぞ」

「まず、単純にヴァイオリンの音色が好きだからだ」

「だけど、それだと音源を聴くなり、演奏会に行けばいいってことにならない？」

「その答えが、カジュアルなものとディープなものの中間にある」

「じゃあ、次はそれを聞こうかな」

「弾いてみてはじめてわかるよさってものがあると思ったんだ。録音を聴いただけではわからないような、楽譜をじっくり読み込んでいって、自分の手で弾いてみてはじめてわかるゾーンってものがあるんじゃないか、いやきっとあるにちがいない、そう思った。——要するに、音楽ファンとしてもっと理解を深めたいと思ったからだね」

「なるほど。身に覚えがある。誰かが弾いた録音を聴いた後で、実際に楽譜を読み込んだり自分の解釈で弾くとまったくちがうってことはあるね。よい意見だ。意見のよさに見合うくらいうまくなるといいね」

努力します。蚊《か》の鳴くような声で答えた。

「じゃあ最後にディープな理由を聞かせてもらいましょう」

吉良は、本当に聞きたいか、と訊いた。聞きたくない理由はなにも思いつかない、とアンナは肩をすくめた。

「この世はあまりにも狭すぎると思ったから」

ロシア風水餃子《ギョーザ》の肌にフォークを突き立てながらそう言うと、アンナは、おお、と感嘆の声を上げた。

「私の英語の聞き取りがプアなのかしら。それともあなたの英語がヘンテコなの？　言ってる意味がよくわからない」

「バッハを弾いてみたい。同じ問いへの答えとしてはこちらのほうが具体的でわかりやすいかな」

「ということは、ふたつは同じ質問に対する変奏みたいなものなの？」

「そうだ。この世に永く棲《す》んで世間を眺めていると、ちっぽけだなあという思いが募ってくる。おそらくバッハが感じていた世界よりも僕の世界は小さい」

「バッハはドイツを出たことはなかったのに」

「そう。けれどバッハは音楽を通じて宇宙とつながっていた。宇宙から送られてくる調べを音符という記号に変換して、書き残したと言ってもいい。そして、バッハを弾けば、こんどは僕が、宇宙につながることができる。そう信じてるんだ」

ナイフとフォークでスペアリブから骨をこそげ落としながら吉良がそう言うと、アンナはまじまじと見つめ返して、ときどきいるわね、そういう不思議なこと言う人、と揶《や》揄《ゆ》するように笑ってピロシキを口に入れた。けれど、そんな風に感じたことはないか、と吉良が問い質すと、いやあるよ、と深くうなずいた。

「バッハが宇宙の音楽をスコアに残したってあなたの意見には同意する。そのスコアに従って宇宙の調べを再現して宇宙につながる。これは私が最終的に目標としていることだと思う」

意外なところで同志にめぐり逢えた、と吉良は単純に喜んだ。

で、質問があるんだけど、とアンナが言った。

「でも、その宇宙をうまく再現できる技巧をもつプロの演奏を聴くのじゃだめなの？」

「演奏者によってはオーケーかもしれない」と吉良はうなずいた。「でも、たいていの場合は演奏者がノイズになる」

アンナは、演奏者がノイズ？　と復唱した。

「ああ、僕が体験したいのはバッハの宇宙であって演奏者の個性ではないから」

アンナは口をすぼめ、おお、怖いとおびえてみせた。

「ただ、時と場合によっては、その演奏に導かれて、宇宙に連れて行かれることもある」と吉良は真顔で言ったあとで、「その可能性はあるんじゃないかな」と微妙な留保を付けた。

「じゃあその幸福な宇宙旅行ができたときには、スペースシャトルのチケット代も演奏料に加算してもらわなきゃね」

ナビゲーターは冗談めかしてそう言った。

「そうだな。そうなった時には、ほかのすべてはどうなってもいいと思えるんじゃないかな」

乗客候補はいたって真面目である。

「覚えておいてよ、その言葉。——バッハのなにを弾きたいの」

「無伴奏のソナタとパルティータ。後藤先生には十年早いと言われているけど」

「難曲だからね。宇宙とつながりたいなんて言ったって、ちゃんと弾けないとそれは無理だよ。宇宙は音楽なんだから」

「そこが問題なんだ」

吉良は神妙につぶやく。そして、まあ、僕には到達できない領域なんだろうな、とひとりで感慨に耽《ふけ》る。私にはなんとも答えようがないわね。アンナは肩をすくめて白ワインを飲んだ。

「だから、目先の仕事に力が入っちゃうんだ」と吉良はアンナに視線を戻すと言った。

「仕事ね。あなたの仕事はポリスマンだよね」

「そうだ。国家公務員だ。僕にとっては宇宙と僕の間に国家がある。国家があってこそ僕がいるって感覚を持っている。ドイツの哲学者も言っているだろう、人は、赤ん坊として生まれ、親に愛されて育つ。やがて家を出て世間の荒波にもまれて成長し、最後に国と出会う。国民になってはじめて一人前の大人になるんだって」

「はじめて聞いた。誰が言ってるの、そんなこと」

「ヘーゲル。――個人の最高の義務は国家の一員になることである」

「嫌なこと言う人だな。国ってものを忌み嫌っていままでやってきた私には、あなたやヘーゲルって人の意見はナンセンスだ。冗談じゃない」

「忌み嫌う理由は？」

「そんなこと具体例を挙げてしゃべってたら、キリがないよ。とにかく、私は自分が生まれ育った国が嫌いなの。目に見えない圧力が生活にじっとり染みこんでいるようなロシアが嫌なの」

　有無を言わせぬアンナの口調に、吉良は黙るしかなかった。

「だから私にとっては、音楽ってものは国を越える手段だった。宇宙とつながりたいとあなたが言い、それに私が賛同するのは、国を越えていくんだっていう私の意志表明でもあるんだな。でもあなたは、宇宙につながれないのならせめて国に出会いたいって言っている。そこは決定的にちがうわね。それはなぜ？　生まれた国のちがい？」

　そうだろう、と吉良は認めた。

「私は大人に近づくにつれて、西側諸国のどこかに生活拠点を移したいと思いはじめた。それから、母親が癌《がん》を患って死んだことをきっかけに、幼い頃に別れたままになっていた父親の手引きで渡米できないかって、本気で考えはじめたの」

　父上がロシアを出ることになった経緯《いきさつ》は聞いているのか、と吉良は確認した。十五になったときに母から。アンナは答えた。

「母は父のことをよく言わなかった。無理もないと思う。母にとって父がしたことは、妻と国への二重の裏切りだったから。けれど、西側諸国への思いを募らせていた私の中では、自由の地と父のイメージがいやが応でも重なっていったわけ」

　アンナが父のアルバートと連絡を取りはじめた頃、彼は日本に移住する算段をしている最中だったようだ。父からは「日本で落ち着いたら連絡する」と返事があった。

半信半疑で待っていたら、「トーキョーのメグロというところに住んでいる。日本での職を見つけて部屋を借りるまでの間なら泊まってもいい」という返信が来たので、アンナは喜び勇んで東京へ飛び、父と再会した。

父親の印象は？　吉良がそう訊くと、もう少しハンサムな人かと思ったが、でっぷり太った爺さんだったのでがっかりした、などと厳しい評が返って来た。

しかし、問題は当面の宿である。アンナは十日ほどあのマンションで寝起きしていたらしいが、もうそういうわけにはいかない。いまは、赤坂のウィークリーマンションを借りているようだが、財布と相談すればこの生活もそんなに長くは持たないという。

「どうする？　ロシアに帰る？」

アンナは首を振って、帰りたくない、と言った。

「音楽以外の仕事をする気はある？」

「そういうことも考えなければ」とアンナは言った。「ロシア語を教えられればいいんだけど」

いまロシア語の需要はあるのだろうか。はなはだ疑問である。こういうところでウェイトレスをやることも考えないと……。独り言のようにアンナがつぶやく。

吉良が口を開いた。

「あなたが日本で暮らすにはお金がいる」

もちろん。アンナはつまらなそうに、ナイフとフォークを動かしている。

「その手助けを僕はできるかもしれない」

手を止め、アンナが顔を上げ、見つめ返してきた。いちど消えたはずの警戒の色がまた露《あら》わになっている。

「どうだろう」と吉良は言った。

「あなたが私になんの見返りを求めているのかによる」

吉良は見返りを求めていた。

「私は利益つきの友達になるつもりはない」アンナははっきりそう言った。

利益つきの友達 friend with benefits。端的に言えば愛人、とりわけ肉体関係を強調する表現である。しかし、吉良の脳裏にちらついているのはまさに文字通りの friend with benefits だった。吉良はどのようにそれを解説しようか思案しながら、水餃子の白い肌にフォークを突き刺した。


明くる朝、DASPAの自分の席でぼんやり考えごとをしていると、三波がやってきて、昨日と同じように、吉良の向かいの椅子を引いて腰掛けた。

「なんだ朝っぱらから呼び出して。午前中はなかなか頭が回らないんだよ。——昨日の続きか？」

そうです、と吉良はうなずいた。

「今回の事件をどのように利用すれば、スパイ防止法に追い風を起こせるか、この具体策を考えておきますと約束しましたが、昨夜《ゆうべ》ひとつ思いつきました」

「理屈じゃなくて、直感的なものがいいとか言ってたな、名案なのかそれは」

三波は眠そうな目をこすった。

「ええ」

「話せ」

「まず、警察発表の予定を教えてください。これがロシアの犯行で、被害者は自国の機密情報をアメリカに渡していた過去があるというところまでは確定してますよね」

「ああ、ただ、それを公表するべきかどうかは外務省とすりあわせ中だ」

「ということは、外務省は渋っているんですよね」

「ロシアの担当が嫌がっているらしい」

「公表しましょう」

「ふむ。――で、どういう風に」

「そのまんまでいいでしょう」

三波は自分の椅子の上で反り返り、まだ眠そうなしょぼしょぼする目をこすって、

「それで」と言った。

「殺されたアルバート・ノーヴの娘に会いました」

三波は細い目をかっと開けて、前屈《まえかが》みになった。

「どうやって見つけた」

「偶然です。そこはとばして先に話を進めちゃいましょう」

吉良はスマホを取り出してそのディスプレイを三波に見せた。

「なんだよ、これは……」

「アンナ・ノヴァコフスカヤ。アルバート・ノーヴの娘です」

「驚いたな。モデルか女優かと思ったぞ。――で、彼女を使ってどうするつもりだ」

「祖国に父親を殺された娘の悲嘆を涙ながらに語ってもらおうと。これは効きますよ」

「どう効くんだ」

「ロシアは怖いってことです。海外にまで暗殺者を差し向けるような国は怖い。被害者の遺族であるアンナがその恐怖を語る。アルバート・ノーヴの本名がアレクサンドル・ノヴァコフスキーで、ハニートラップに引っかかって、機密情報を流していたのが露見し、スパイ交換でアメリカに渡ったということは聞きましたか?」

「ああ、ゆうべ聞いたよ」

「この殺しはロシアとアメリカのインテリジェンス活動が激突して起きた事件です。スパイ活動がそもそもの発端《ほったん》である。そして殺しは無関係であったはずの日本で起きてしまった。つまり、スパイ活動が対岸の火事だと信じられた時代は、この殺しで終止符が打たれたわけです」

「そこの理屈はちょっとおかしいな」

「もちろんおかしいんです、実態としては。昔からスパイ活動は日本にとって、対岸の火事なんかじゃなかった。ロシアのスパイは、盗み放題、好き勝手やっていた。なぜか。スパイ防止法がないからです。おかげで忙しくて休む暇もないってロシアのスパイは愚痴をこぼしている、なんて言われていましたよね」

　三波は腕組みをしたままうなずいた。

「でも、このような実態をわかりやすく見せるのは難しい。だから、いま言ったようなことを力説しても人々はなるほどと思ってくれなかった。しかし、今回はちがう、殺された男がいて、残された美しい娘がいる。アンナが亡父《ぼうふ》を偲《しの》んで泣く。これをテレビが映さないわけがない。その映像がくり返し流れる。これと並行して、過去にロシアが日本でおこない表沙汰になったスパイ事件をマスコミに報道させる。さらに、北朝鮮に対する経済制裁についてもロシアは有和《ゆうわ》政策を提唱し、対話による解決の道を模索するべきだ、なんて我々からみたら不届千万なことを言っているわけですが、この理不尽ももういちど強調する。こうなると、うかうかしてはいられない。スパイ防止法くらいあってもいいのではないか、という気持ちが国民の中に芽生えてくるはずです。つまりその女に協力者になってもらおうという訳です」

腕組みをしたまま聞いていた三波は、協力者ねえ、とぼんやり復唱した。その声には、腑《ふ》に落ち切らないような調子があった。その気持ちもわからないではない。公安警察にとって〝協力者〟は、組織の情報を外に持ち出すなど、つまりスパイとして働いてくれる者のことを意味する。しかし、この場合は、スパイではなくある種の宣伝プロモーション活動を期待しているわけなので、たしかに協力かもしれないが、微妙にスジがちがっていた。ただ、彼女はその協力要請に対しては積極的なのか、と三波が訊いたところを見ると、まったくもって話にならないと思っているわけでもないらしい。

「まだきちんと話していません」と吉良が言った。

三波はうなずいた。公安が協力者の候補に協力を依頼するときには、接触したあと、じっくりと時間をかけるのが基本である。

「ただ、父親がこうなる以前から、彼女はロシア社会に対してはかなりネガティヴな感情を抱いていたようです」

「じゃあ可能性はあるんだな」

「こちらの条件次第では」

「なんだ条件ってのは？」

「彼女は日本で職を探しているんですが、まだ見つかっていないようです。これは僕の推察ですが、そう簡単に見つかるとも思えません」

「どんな職なんだ、それは」

「ヴァイオリン奏者として日本のオーケストラの団員になることです」

「それは腕次第だろう」

「キャリアからすると腕のほうはまったく申し分ないと思います。ただ、いくら腕が確かでもそのオーケストラに欠員がない限り、ポジションを得るのは難しいでしょうね。いくら優秀だからって、昨日まで一緒に弾いていた第一ヴァイオリンをクビにして外国人を雇ったりしていては、団員からボイコットを食らいかねません」

「わかった。そのへん、俺はまったく不案内だから、お前の言うことを信じよう。で、だとしたらなんだって言うんだ」

「彼女をオートロックつきのマンションに住まわせられないかって話です」

「つまり謝礼だな」

「そうです。我々の意向に沿って振る舞ってもらう協力の代償として、報酬を渡すのです」

　吉良たちが活動する公安警察や法務省の公安調査庁では、協力者を獲得したら、それを逃がさないためにも、謝礼もしくは報酬を支払うことは常識だ。また、協力者となる人間は経済的に困窮しているほうがむしろよい、とも言われている。

「しかし、オートロックつきのマンションの家賃を恒常的にまかなうとなると、結構な金額になるな。まだDASPAは正式にスタートしていないから、どこかから引っ張ってこなきゃならないぞ。この案件を強引にDASPAのほうに持ってきたうえに、協力者の報酬までぶんどったらさすがに警備局は怒るだろう」

「公安調査庁のほうから引っ張れませんか？」

捜査権のない公安調査庁は、協力者つまりスパイを使って情報収集するしかないため、協力者の報酬については警察庁よりも大胆に支出する傾向にある。

「しかし、公安調査庁は破防法に基づいてしか動けない機関だからな。今回の件で、金を引っ張れるかどうかは見当がつかない」

「じゃあ、外務省からでも」

三波はしばらく黙っていたが最後は、

「うまくいけば効果は大きそうだ。やってみるか」と預《あず》かってくれた。

三日後、警察が発表した。アルバート・ノーヴ、ロシア人名アレクサンドル・ノヴァコフスキーは、ロシアの情報機関によって殺害された。被疑者であるルスラン・ペトロフとニコライ・カラエフの二名は、猛毒をマンションのドアノブに付着させ、その日のうちに日本を出て、ウラジオストックに渡った。

愛甲首相は緊急会見を開き、「これは民主主義と平和を脅かす攻撃だとみなさざるを得ない」と述べ、「我が国の安全保障機構を強化して」、ロシアの「脅威に立ち向かわなければならない」と宣言した。

この首相の声明については、政治ジャーナリストから「かなり強い調子」、あるいは「強硬な姿勢を表したもの」だと評され、「アルバート・ノーヴがアメリカ国籍を持っていることを念頭においてアメリカに配慮したものではないか」と解説する者があった。

また、「我が国の安全保障機構を強化して」の部分については、これに乗じて改憲への世論を煽《あお》っているのではないか、という野党陣営からの警戒の声も報道された。

しかし、これに続く街頭インタビューでは、主として主婦やOLら女性を中心に、「怖い」「平和な日本だと思っていたのに……」「最近は観光で来日する外国人が多いので、恐怖を感じる」などと答える人が多く、このような国民感情に対して野党は無頓着すぎるという印象が残された。

また、北海道から選出された与党議員から、「ロシアへのあからさまな批判は、今後の北方領土返還交渉において障害となるのでは」と自制を求める発言もあった。それでも、歯舞《はぼまい》と色丹《しこたん》はひょっとしたら返してもらえるかもしれないという期待もむなしく、ロシアに軽くあしらわれた記憶がまだ生々しい頃だったので、もうどうせ返ってこないだろうと諦めかけている北方領土を引き合いに出されても、現実感の乏しい物言いにしか聞こえなかった。

また、日本国民にとっては、ロシアが自国民の引き渡しに応じないことを理由に、日本の検察がこの被疑者二名の身柄引き渡しを要求しなかったことのほうが、むしろショックであった。殺人を犯しても、日本海を越えて目と鼻の先のウラジオストックに降りてしまえば、日本は手を出せないという現実が、日本人の心に不安を投げかけた。

さらに、スパイ防止法を推進する与党側は、過去にロシアの諜報員《ちょうほういん》が引き起こした事件の数々を並べ、これがいかに日本の国益を損ねたかを強調しはじめた。一九八一年のコズロフ事件、一九八二年のレフチェンコ事件、二〇〇〇年のボガチョンコフ事件……等々。これらは、国会での答弁がニュース番組で取り上げられたことをきっかけに周知されるようになり、我が国でのロシアの諜報活動がいかに活発であったかを国民に知らしめた。

また、インテリジェンスに詳しいジャーナリストが、少し前の資料だがと前置いて、日本で摘発されたソ連やロシアに関するこの手の事件は、約三十件近くに上り、しかもおそらく氷山の一角にすぎないだろうと解説したので、これもスパイ防止法制定の追い風となり、野党・マスコミ・弁護士会の強い反対で、国会で通過させることができなかった一九八二年の空気とは一変した。

一方、警察発表から一夜明け、在日ロシア大使館が声明を発表した。まず、「日本は我が国がまったく関与していない事件を政治利用しようとしている。このような馬鹿げた行為は一刻も早く止《や》めるべきである」と訴え、さらに「この殺人事件は日本とアメリカの自作自演だ」と断定した。もちろん、これにまともに取り合う識者やコメンテーターはいなかった。

敵とみなされる国、もっとわかりやすく具体的に言えば、ロシア、中国、北朝鮮などの諜報などは妄想であり、取り越し苦労であると主張することが難しくなった野党側は、この法律は自国民を監視することにも利用される可能性が高いので危険だという具合に反論の構えを変えた。

この論はなかなか手ごわかった。しかし、スパイ防止法への追い風は徐々に吹きはじめていた。

「北島さんも大満足だ」

情報官への報告から戻ってくると、三波は顔をほころばせた後、それでロシア娘はいつ使うんだ、と訊いてきた。謝礼については大丈夫でしょうか、と吉良が尋ねると、ああ、むしり取ってきてやったぞ、と自分の辣腕《らつわん》ぶりを自慢しながら、上着のポケットから茶封筒を取り出した。

この封筒を、赤坂見附の喫茶店のテーブルに置いて、部屋はいま探させている、と言った。アンナは、中身を確認して、アリガトウと日本語で礼を述べた。

「ただし、そうなるともう君はロシアには戻れないが、それでいいんだね」と吉良は念を押した。

「ノープロブレム。私にはロシアの音楽がある。チャイコフスキー、ラフマニノフ、ハチャトゥリアン、ストラヴィンスキー、リムスキー＝コルサコフ……。それだけで充分」

吉良はその淡泊さにたじろいだ。しかし、こちらから利益つきの友達にならないかと持ちかけた手前、もっとよく考えろと意見するのはお門違いである。

スマホが鳴った。即入居可のベッドと家具がついたワンルームマンションを初台《はつだい》に見つけたと秋山が連絡してきた。音大生が借りるような防音が施されたものらしい。写真を送ってきたので、アンナに見せると、素直に感激した。すぐ契約しろと指示した。

すみません、ちょっといいですか。電話を切ろうとすると、秋山が訊いてきた。

――虫はどうします。仕込みますか？

吉良は一瞬考えた。

――万が一のこともありますので、念には念をと三波さんが言ってまして。

〝虫を仕込む〟は盗聴器をしかけることを意味する。協力者が途中でロシアに接触され、懐柔されて寝返る可能性も考えなければならない、ということだ。

——最終判断は吉良さんに任せるそうですが。

そう断って秋山は指示を待った。

「必要ないだろう」と吉良は言った。「もし虫が発覚したら、二度と信頼は取り戻せないからな」

アンナにはすぐに越してもらうことにした。ウィークリーマンションの下で待機していると、ヴァイオリンケースを提げたアンナがもう片方の手で大きなスーツケースを引いてエレベーターから降りてきた。吉良がスーツケースをもらって引き、外堀《そとぼり》通りに出たところでタクシーを捕まえた。ケースをトランクに収めると、これもお願いと言って、アンナがヴァイオリンも入れようとしたので、驚いて制止した。

「高価な楽器になにかあったら大変じゃないか」

これはそれほど高くないのよ、とアンナは首を振ったが、吉良は座席へ持っていった。ヴァイオリンの価格はほかの楽器とは桁がちがう。「さほど高くない」は油断ならない。

「メインの楽器は調達中なの」

車が走り出すと、言い訳するようにアンナが言った。

「だけど、それがロシアにあるのなら、もう取りに戻るわけにはいかないぞ」

「大丈夫。いまイタリアでメンテナンス中よ」

「イタリア？ ひょっとしてオールドなのか？」

アンナはうなずいた。ピアノなどはそうでもないらしいが、ヴァイオリンはとにかく古いものがよいと言われる。ストラディバリウスやグァルネリなど、十八世紀初頭のイタリアの名手によるものは響きが格段にちがう、などとプロの奏者がこぞって言うものだから吉良もそう信じている。ただし、その値付けは意味不明なほど高いのだが。

「もちろん、私には買えない。弾かせてもらえるように交渉してるってだけなんだけど」

この手の話は聞いたことがある。オールド楽器は、たとえ個人で所有していたとしても、全人類にとっての文化遺産である。だから、自分の死後、棺《ひつぎ》に入れて一緒に燃やすなど言語道断《ごんごどうだん》だ。だから、そのような神品を所有している演奏家が亡くなった場合、ふさわしい人物にその楽器が渡るようにしなければならない。また、財産家が購入して、しかるべき演奏家に貸与するということも小耳に挟んでいる。

「その交渉はうまくいきそうなのか」

「努力はしている。とてもハードにね」

幸運を祈ると吉良は言った。

「私の家はあまり裕福でなかったから、楽器では苦労した」

誰にともなくつぶやくようにアンナが言った。

「技術ではなく楽器が鳴ってくれなくて優勝を逃したとしか思えないコンクールだってあった」

大丈夫だと吉良は請けあった。そんな名器が手に入るのなら、これから君は無敵だ。日本語では〝メタルバーを持ったデビル〟という。自分が言った冗談に吉良は笑ったけれど、アンナは首をかしげた。

「どこがおかしいのかわからない。もうすこし私も日本語を勉強しなければいけないな」

マンションの下で秋山と落ち合い、鍵をもらった。

十階にある部屋にアンナをひとりで上がらせ、近くのカフェで待っていると、秋山が
「美人ですね」

感嘆の声を漏らした。

「ファーストルックでお前の瞳孔、開いてたぞ」

「嘘ですよ」

冗談だよ。吉良は言ったが本当だった。下手な気は起こすなよ。自分のことを棚に上げて吉良が釘《くぎ》を刺すと、まさか、と秋山は苦笑した。

「ところで、いつしかけるんですか」

「そうだな。そこは、三波さんと相談しよう」

「『週刊 星霜《せいそう》』ですかね、三波さんなら」

三波は、大手出版社と太いパイプがあり、主だった月刊誌には、気心の知れた保守系の学者に折々のテーマについて寄稿させたり、また週刊誌の記者には、野党のスキャンダルなどを取材させているのだと吹聴している。三波の手腕がどの程度のものなのかははっきりしないが、内調がマスコミを使って世論操作をすることはめずらしくない。

「『星霜』については三波さんを通したほうがいいだろう。でないとむくれるからな。あとはお前だ。オシントをしっかりやってくれ」

オシントとはオープンソース・インテリジェンス、つまり公刊情報の収集と分析である。

「徹底的に頼む。人手が足りなかったら、三波さんに頼んで補充してもらうようにするよ」

アンナがやってきた。部屋はどうだ、快適かと訊くと、パラダイスだと声を弾ませた。

「マスコミの前でのパフォーマンスは一週間後くらいを予定している。これは前日に急に決まるかもしれない。その場合、たとえオーディションが入っていたとしても、キャンセルしてこちらを優先してもらうことになる」

周囲を窺った後で吉良がそう言うと、アンナはうなずいた。

「どんな曲を演奏《パフォーム》すればいいの」

「我々としては、悲しみが伝わるような、聴衆が涙をこぼすようなものを期待している」

「オーケー」とアンナは言った。「練習しておく」

「悲しみの表現については、まかせるよ」

わかった。アンナは運ばれてきた紅茶茶碗を持ち上げながらうなずいた。

吉良はさらに声を落とした。

「パフォーマンスが終わったあと、マスコミからいくつか質問が出る。その中のひとつに、スパイ防止法についてどう思うか、というものがあるはずだ。これについては、必要だと感じている、という趣旨の発言をしてほしい」

アンナはうなずいた。

「それだけ？」

それだけだ、と吉良は言った。

ゴーサインは意外なところから送られてきた。

『週刊　星霜』が、殺されたアルバート・ノーヴの実の娘はロシアの美人ヴァイオリニストである、と報じた記事を載せた。ウィークリーマンションの近くで隠しどりされたと思しきアンナの写真に、祖国で母を失い日本では父を失ったアンナ・ノヴァコフスカヤは天涯孤独の身となった、というテキストが添えられていた。吉良はてっきり三波がフライングして星霜を動かしたのかと思って問い合わせたが、上司は知らないぞと首を振った。

「けれど、好都合じゃないか」と三波に気にする様子はない。

たしかに好都合ではあった。しかし、『週刊 星霜』がなにを意図してこんな記事を載せたのかがよくわからない。そこがどことなく気味悪かった。しかし、それもまた歓迎すべきことなのかもしれない。眼目《がんもく》は悲しみであって、悲しみさえ伝われば無内容でもいい、むしろそのほうがいいくらいだ、と吉良はそう割り切っていたのだから。

「タイミングもいいんじゃないのか」三波はこうも評した。

というのは、スパイ防止法の成立を阻止すべく猛進していた野党の勢いに翳《かげ》りが見えはじめていたからだ。ある野党議員がセクハラ疑惑で失脚したのである。このタレント議員は、治安維持法と意図的に混同する戦法で、スパイ防止法を痛烈に批判していた。論理的に考えれば、このふたつの法律に類似性はほとんどない。しかし、でかい声と、知名度があったので、正義感を売りにしているこの議員はなかなか厄介な存在であった。ところが、向こうが勝手に墓穴を掘ってくれた。たしかに、これは好機と見なすべきかもしれない。吉良は腹を決めた。

まず、三波を通じて星霜に問い合わせた。アンナのことは、ジャパン＝ヘラルドという英字新聞の記者から聞いたのだという。どうして取材したのかと尋ねると、美人だからだという身も蓋もない回答があった。三波はいまこのような記事を出されるといろいろと差し障りがあるのでよしてくれと軽く威圧して、今後はアンナの取材窓口はこちらで仕切るので、そちらに他のメディアから問い合わせがあったらそのように答えて欲しいと依頼した。ジャパン＝ヘラルドにも同様の通達をした。

そうして、星霜らから回されたマスコミからの電話を取ったのは秋山だった。暗殺された被害者の実の娘であるアンナの身の安全を考慮し、また外交事案に発展する可能性もあることから、警察が窓口をやっているのだ、と秋山は答えた。そして、問い合わせが多いので（本当はさほど多くはなかったが）、記者会見を開くかもしれない、その時にはまた連絡する、と言って切った。

そして、オシントの分析結果を踏まえ、アンナの記者会見の日程が決まった。

記者会見の三日前、合同庁舎の食堂で昼飯を食っているとアンナから電話があった。相談したいことがあるので会いたいと言う。では、いつも会っている近くのファミレスでと告げると、人目をはばかる話だから外で会わないほうがいいと思う、と不思議な返事をよこした。

「私の部屋に来てくれれば、都合がよいのだけれど」

「心配ごとか」と吉良は訊いた。

「心配はしてないけれど、アドバイスが欲しい」

ではいまから行く、と言って切った。丸ノ内線、京王新線と乗り継いで初台に向かい、マンションの下から電話を入れた。下に降りて来てもらい、タクシーに乗せて新宿二丁目にある喫茶店に連れて行った。

わざわざこの店まで連れてきたのは、個室があるからだ。会議室のような部屋に入り、壁にかけられた電話で注文を済ませて席につくと、向かいに座るアンナが妙なことを口にした。

「私の部屋に来たら毒殺されるとでも思った?」

冗談めかしてはいたが、吉良は笑わなかった。

「あのマンションはいま交代で監視させている。君の安全を守るためだ。そこに俺がのこのこ上がっていったら、どんな噂を立てられるかわからない。おたがい面倒は避けたほうがいい」

冷たい調子にならないように気を配りながらそう言った。

「立つと予想されるのはどんな噂」

吉良が表現に苦慮していると、

「毒殺じゃなきゃ誘惑かな？」と踏み込んできた。

「部屋に入っていけば、誘惑されたと理解する者もいるし、俺が誘惑してると決めつける者もいる。後者が断然多い」

アンナは黙って肩をすくめた。

「とにかく、ことが落ち着くまであの部屋には他人《ひと》を入れないでくれ。特に男は駄目だ」

「なぜ」

「部屋にあげたら、たとえレイプされたとしても立件するのは難しい。警察の俺が言ってるのだからここは真剣に聞いたほうがいい」

アンナはやれやれという具合に首を振った。

「これは〝利益つきの友達〟の取引条件だ」と吉良は念を押した。

わかった。アンナはうなずいた。

「で、相談したいことっていうのは？」

「当日の通訳は英語で用意しているの？」

なんだそんなことか、と吉良は思った。

「ロシア語と英語が両方できる外務省の職員を手配済みだから、ロシア語でも大丈夫だ」

そう言うと、アンナは首を振った。

「そこなんだけど、日本の実情はよくわからないから、あなたの意見が聞きたいと思って会ってもらったの。ちょっと思いついたプランがあって」

「プランとは？」

「日本語で話したい」

予想だにしなかった奇策である。

「つまり、ロシア語や英語でのパフォーマンスと日本語でのそれとではどちらが聴衆の心をとらえられるか、なんだけど。それについてあなたはどう思う？」

この判断は難しい。日本人は日本語の訛《なま》りについては不寛容である。日本語が外国人特有の訛りに染まっていると、日本人は無意識のうちにその人を〝よそ者〟だと認定する。そして、日本人はよそ者の感情には興味を示さない。つまり、流暢《りゅうちょう》な日本語でないと、日本人の情に訴えることは難しい。

しかし、と吉良は思った。美しいロシア人女性がたどたどしい日本語で、必死に訴える。それがテレビのワイドショーで流れるということを前提に考えると、どうだろう？

「ただ、君はまだ日本語を話せないじゃないか」

「教えてくれれば話せると思う」

「教えると言ったって、そんな短期間にどうやって？」

「私が声明文を英語で書く。それをあなたが日本語に訳す。――それはできるよね」

「できるだろう」

「その日本語をローマ字に書き直して発音が私にわかるようにして欲しい。その上で、その日本語を読み上げた録音を渡してもらえれば、音でそれを覚える」

「どのぐらいの長さのスピーチにするつもりなんだ？」

「五分」

「まったく学んだことのない日本語で五分間のスピーチを覚えるつもりなのか。記者会見は三日後だ。つまり二日。君が原稿を書いて僕がそれを訳すことを考えると、覚えるのは実質一日しかないぞ」

「耳には自信があるんだ」

それはそうかもしれないが……。

「こう考えてみて。日本語をローマ字に直したものが楽譜、あなたが読み上げて録音した音源は模範演奏。そして、私はこういうトレーニングに慣れている」

半信半疑でいると、突然、アンナは中国語を話しはじめた。中国語だとわかったのは、冒頭にニイハオとあったからだ。中国語を解さない吉良には喋っている内容はまったくわからなかった。けれど、アンナの口から発せられたその音はほとんどネイティブから発せられたもののように聞こえた。

「驚いた？　これは弦楽四重奏団で中国に行ったときに、曲の間のスピーチのために覚えたもの。オーディエンスは、まさか中国語で話すと思っていなかったらしくて、とても受けた」

そりゃそうだろう。

「英語の原稿はいつもらえる？」と吉良は尋ねた。

「すでにできている。電子メールで送ります」

「だったら、ペーパーで欲しい」

インテリジェンスの業務に携わっている吉良は、添付ファイルを開くことに慎重だった。たとえアンナに悪意がなくても、ロシア側が彼女のPCをハッキングしている可能性は排除できない。

アンナは腰のあたりに置いたバッグから、クリアファイルを取り出して吉良に差し出した。

「さっき、そこでプリントアウトしてきた。こんなサービスをドラッグストアでやっているなんてモスクワじゃ考えられないね」

そこに挟まれていた二枚綴《つづ》りの用紙を取り出し、自分の実力で翻訳できるかどうかを鑑定すべくこれを眺めた吉良は、つい文章に引き込まれ、最後まで読んでしまった。

興奮した。これは自分たちにとって強力な援軍となるだろう。いやそれだけでなく、吉良はこの原稿に感動さえしていた。

「オーケー。すぐ取りかかるよ」

ノックの音がして、ウエイトレスがコーヒーと紅茶を運んできた時には話は済んでいた。

いちおう言っておく。ティーカップをスプーンでかきまわしていたアンナが急にそう言った。

「私が自分の部屋にあなたを誘った理由はシンプルなの。日本のカフェではロシアンティーがなかなか注文できないから。——そうだ。ジャムが切れそうだから、買って帰らなきゃ」

喫茶店を出たあと、髙島屋まで一緒に歩き、食品売り場でカシスのジャムを買ってアンナに持たせた。ひとりで帰れると言うので、吉良はアンナを置いて霞が関に戻った。

誰もいないDASPAのフロアに帰還し、机にひとり座って、英文の原稿を眺めながら、スマホの音声入力を利用して日本語を吹き込んだ。彼女の英語を訳しながら、これが彼女の声で日本語で発話されるのを想像し、ひそかに興奮していた。

定刻になるとすぐにアパートに戻り、スマホで打ち込んだ日本語のテキストをPCに移して、これに磨きをかけた。重視したのはリズムである。なるべく日本語が美しくサウンドするように配慮しよう。音楽家のアンナには美しい日本語を喋って欲しい。五線譜の上に音符を並べる作曲家の気分で、吉良は細かく修正を加えていった。

そして、自分が書いた原稿を読み上げ、スマホのマイクで録音した。書くよりも読むほうが難しい。演奏が下手くそなのと同じだな。そんなことを思いながら、何度もやり直してから、完成させた音声ファイルをPCに移し、音声編集アプリを使って不自然な間《ま》を詰めたり、つっかえたところは滑らかに読めているものと部分的に差し替えたりして、「もうこれ以上は無理だ」というところで手を止めた。

そうして、これを再生しながら、ローマ字でタイピングしていった。完成した音声ファイルはCD-ROMに焼いた。

近くのコンビニで原稿をプリントアウトして、初台まで徒歩で向かった。

コンビニから電話をしてあったので、アンナは、マンションのエントランスロビーで待っていた。部屋から降りてきたばかりだからか、タンクトップにデニムのショートパンツというラフで露出度の高い格好である。肩から伸びている腕と足が長く白く、おまけにノーブラなので目のやり場に困った。日本人はノーブラにいちいち興奮しすぎると馬鹿にされるが、骨の髄まで日本人である吉良にとって、この光景は眼福の度を超している。けれど、何食わぬ顔で用紙とディスクを手渡した。すると、アンナから、

「スーツを着ていない姿を見るのは初めてだね」と言われた。

自身が麻のシャツとジーンズに汚れたスニーカーという崩れた格好だった。アンナの服装からいちいち刺激を受けているが、当人は身形《みなり》には極めて無頓着である。

「プレゼントしてもらったジャムはとても美味《おい》しかった」とアンナは言った。

またお茶に誘われては面倒だと思い、

「それはよかった。一杯飲んだら、すぐに練習をはじめて、わからないところがあったらいつでも連絡を」

そう言い残してロビーを出た。

マンションの前の通りに、それらしき男が立ってタバコを吸っていた。おつかれさまですと声をかけると、男はギョッとした顔つきになって視線を逸《そ》らそうとする。持参したバッヂを取り出して相手の目の前にぶら下げ、身分と階級を告げた。緊張が溶け、口元に苦笑いが広がったのを認めて、吉良が尋ねた。

「別にこれといって気になる人物が訪ねてきたりはしていませんか」

「いや、まったく気がつきませんが」

礼を言って去ろうとすると、すみませんと呼び止められた。

「この監視はいつまで続くんでしょうか」

少なくとも記者会見が終わってそのあとすこし様子を見るまでは続けてもらわなければ

ばならない。御苦労様です。張り込みは終わりの予定が見えてこないと、心身ともに疲弊しますよね。とりあえずそうねぎらった上で、相手の所属を訊いた。警視庁公安部外事第三課だと言った。ということは国際テロリズム対策室の捜査員である。

「温井さんがブーブー言ってるんですか」

都内の国際テロ防止に関する足を使った捜査は、警視庁の国際テロリズム対策室が受け持っているのだが、ここは温井がいる警察庁の国際テロリズム対策課と縦につながっている。

相手は困ったような笑い顔を作って、曖昧にうなずいた。やはりそうか、と思った。温井がＤＡＳＰＡへの協力に不平不満を漏らしているということは、元部下の曽我部から伝え聞いていた。

「あと一週間ほどで終わると思います。三日後にマルタイが会見を開くので、その後なにごともなければ、解除できるでしょう。もう少し頑張ってください」

そう言い残して去った。

記者会見は雨の日に開かれた。

アンナは濃紺のワンピースから、白くて長い手足を出して現れた。昨日、すこし暗めの服を着てきて欲しいと言ったら、演奏会で着るようなドレスしかないから買ってくると言っていた。吉良の前に歩み寄って、これで大丈夫か、と訊いた。

「出来すぎだ」

吉良は喜んだ。この時の彼はこの過剰さを歓迎していた。

会場となった警視庁の記者クラブの後ろの壁際には、三脚に据えられたテレビカメラが並んだ。NHKと民放各局すべてが撮影クルーを出してきた。また、名簿を確認すると、報道番組だけでなく、昼のワイドショーからも取材陣が来ていたので、吉良はよしよしと思った。

腕時計を見て、控え室としている応接室にアンナを呼びに行った。

アンナはソファーに座って、原稿のメモに目を落としていた。

吉良は、ミズ・ノヴァコフスカヤと声をかけた。アンナはふと顔を上げ、メモをワンピースのポケットにしまった。

「大丈夫か」と吉良は言った。

「たぶん」

「緊張してる?」

「してる。練習不足でコンクールの舞台に出て行かなきゃならなかった時みたいに」

「大丈夫だ。日本語がうまく思い出せなければロシア語に切り替えればいい。通訳はずっと待機している」

アンナはうなずいた。

記者会見場の舞台袖《そで》に立って、吉良はアンナを送り出すタイミングを計った。

まず、公安部部長が、事件のあらましをもういちど述べた。そして、ロシア側は否定しているが、我々には十分な証拠がある、と熱弁した。

被疑者であるルスラン・ペトロフとニコライ・カラエフを、アルバート・ノーヴさんの殺害計画、および同氏の故殺、またノーヴさんの部屋を訪れることになっていたアンナ・アレクサンドロヴナ・ノヴァコフスカヤさんに対する殺人未遂、神経剤ノビチョクの所持および使用による化学兵器法違反、以上の容疑で訴追しております。

また、アンナさんには取材の問い合わせが殺到しておるのですが、御本人のほうからは、音楽家としての活動を最優先したい自分にとって、出演する演奏会の会場などにこの件で取材陣に押しかけられ、会の運営に差し障りが出たりするのが一番困る、と相談を持ちかけられておりました。と同時に、身の安全が保証されている状況でならば、折を見て自分の口からいま思うところを話す意志はある、ということも聞いておったわけであります。

一方、警察といたしましても、父親を殺害された被害者がその心情を述べるとなると、ロシアが外交交渉国であることを考慮すれば、ある意味で外事に触れることにならざるを得ません。よって、いささか異例のことではありますが、警視庁公安部の立ち会いの下でこのような会見を開くことにした次第であります。

以上のようなくだくだしい口上を述べた部長が袖に戻ってくると、吉良はアンナの肩を叩いて舞台へ送り出した。

濃紺のワンピースに身を包んだアンナが壇上に上がると、フラッシュが一斉に焚《た》かれた。彼女は不規則な白い光の点滅が収まるのを長く待たねばならなかった。

ではそろそろ撮影のほうは終了してください。また、会見中は、フラッシュを使っての撮影はご遠慮ください。進行役の秋山が声を張った。

アンナはマイクに口元を寄せ、おごそかに話し始めた。

「こんにちは。私はアンナ・アレクサンドロヴナ・ノヴァコフスカヤです。先日、目黒のマンションでロシアの諜報機関によって殺されたアルバート・ノーヴ、ロシア人名はアレクサンドル・ノヴァコフスキーの娘です」

アンナの口から発せられたのが日本語だったので、会場がすこしざわついた。この直後に、「私は日本語はできません」という告白があり、おお、という意外の感に打たれたようなどよめきが続いた。

「でもこうして日本語で話しているのは、できれば皆さんに日本語で話しかけたいと思って、自分の言葉を日本語に直してもらい、それを覚えてきたからです。父は私や母を捨ててロシアを出てアメリカに住んでいました。父が祖国ロシアを捨てた経緯《いきさつ》は長くなりますので、私の口からはお話しいたしません。けれど、少なくともそれはあまり誇らしい理由ではなかったということだけは申し上げておきます。成長するにつれて、どこかで私は父のことを恥じるようになっていました」

日本語で話すということをあらかじめ知らされていた吉良だったが、アンナの発音のよさは彼の予想を超えていた。音感がすぐれているとこういう芸当もできるのだろうか。

また、アンナが手元に原稿を置かないで、報道陣が座る席を見つめたまま喋っていることにも驚かされた。暗譜だな。吉良はそう解釈した。

「けれど成長するにつれて、私の中で父を打ち消したい気持ちはしだいに薄れ、肯定的に意識するようにさえなっていきました。これは、母がその後再婚して私の義理の父となった男性に私がうまく馴染めなかったことも原因しているのかもしれません。しかし、父に対する私の変化の要因は、父がロシアを捨てて去っていった場所にありました。アメリカや日本であることが私の心に変化を促していたのです。つまり私は、自由の土地に、憧れを感じるようになっていたということです。逆に言えば、私にはロシアという国がとても嫌に思えてきたのでした。もちろん、ロシアは私の祖国です。チャイコフスキーやムソルグスキーなどの同郷の偉人を心から尊敬しています。けれども、現政権に対して抗議の演奏をくり返すパンクバンド、プッシー・ライオットに対する高圧的な取り締まりは、たとえ私が彼女たちの音楽に興味を持てなくても、好きにはなれません。

もちろんひとつの国が、嫌な面だけで固められているわけではないでしょう。良い面だけでできあがっている国などありえないように。しかし、現政権に批判的な記事を書く新聞社の女性記者の帰宅時を狙って射殺するなんてことは到底許すことはできません」

アンナは吉良が吹き込んだ八割程度のスピードでゆっくり喋っていた。そしてそれは、説得力を持たせるための、意図的な減速だろうと思われた。いい判断だ、と吉良は思った。

「所属しているオーケストラや、気の合う仲間と組んだカルテットなどで、西側諸国に演奏旅行に出かけることが多くなると、私はこんな場所や国で人生を送りたいと願うようになりました。母の死をきっかけに、この思いは日増しに切実なものになり、ついには、父を頼れないだろうか、と考えるようにさえなったのです。ほとんど記憶にない父でしたが、父はアメリカに去った後も、そんなに多くはないけれど、しかし、あればあったで大変に助かる程度の額を母の口座に、私が大学を出るまで、毎月送金してきました。父は決して私を捨てたわけではないのだ、それなりに気にかけているのだ、と私は解釈し、そんなに悪い人ではないはずだと思うようになりました。そして、私は思いきって父に連絡を取ったのです。父はその時、ＣＩＡの講師を退官し、生活の拠点をアメリカから日本に移そうとしていました。父がどうしてそう決心したのかは、私の知るところではありません。ただ、父がくれたメールにはこうありました。『日本は安全な国だと聞いていたけれど、本当にそうだ。バーで殴り合いの喧嘩《けんか》が起こっても、発砲を恐れて地面に伏せる者はひとりもいない。そもそも、日本に来て暴力沙汰を見たのは一度きりだし、物を盗まれた経験もない。スシだってニューヨークの十倍おいしくて、カジュアルな店なら半額だから、アンナもここに住めばいい』。けれど、安全なはずの日本で父は殺されてしまったのです。それは日本が安全ではなかったからではなく、ロシアがこの国を安全でなくしてしまったからなのです」

吉良は会場に目を転じた。アンナの言葉に記者団が集中し、張りつめた空気が漂っているのが感じられた。いいぞ、と吉良は思った。

「母国で身の危険を感じ、海外に活動拠点を移したジャーナリストがいます。けれど、ロシアは海外まで追いかけて殺してしまうのです。ウクライナやイギリスで殺害される事件はいままでに何度も起こっています。しかし考えてみてください、そこに逃げるということは、その人はそこなら安心だと思ってそうしたわけなのです。しかしロシアは安心であるはずの場所に出向いて殺してしまう。つまりロシアは、その場所を安心できない場所に変えてしまうのです。

生前の父は、日本は安全な国だと私に教えました。実際にそうだと私も思います。女性が夜道をひとりで歩いていてもさほど身の危険を感じない国でしょう。もっとも、皆さんは、安全という面で自分たちがいかに恵まれているかを実感できないのかもしれません。ただ、政権を批判すれば命すらも狙われる国から来た私は、これはかけがえのない財産で決して手放してはいけません、と忠告したいのです。他人に危害を加えない限りは、誰がなにを言っても許される、そんな国や場所はあるべきだ、と私は心の底から信じているからです。

ひょっとしたら、皆さんの中には、ただ単にロシア人がロシア人を殺しただけ、言ってみればこれはロシアの痴話喧嘩で、日本は関係ないのだという見方をしたい人もいるかもしれません。けれど、それは甘いと私は思うのです。

ロシアはなにかのタイミングで強引に介入してきます。ロシアは、ロシアでないところにも『ロシアみたいなものだ。だからここもロシアなんだ』と主張してやってくるのです。実際、ウクライナやベラルーシへの介入には〝スラブの兄弟〟という合い言葉が用いられました。いくらちがうと言っても、お前たちだってロシアみたいなものだろという理屈です。であれば、日本を〝アジアの兄弟〟と呼んでやってくる可能性はないとは決して言えないのです。北方領土の国後《くなしり》がロシアなら、知床《しれとこ》だってロシアなんだと言い出す可能性もあると思っていたほうがよいのです。ロシアは、アジアの東の端に位置する日本よりも、〝西欧になれない国〟だと認識しておくほうが安全です。ロシアはいまだに〝帝国〟なのだから。

父は殺されてしまいました。父の祖国によって。この日本で。日本にはつらい思い出が残ってしまいました。けれど私は、すぐに日本を去りたいとは思いません。父が信じた日本が完全に殺されたわけではないと信じているからです。私は日本が平和で安全な国であり続けて欲しいと思っています。そのためには、日本の皆様が平和で安全であることをかけがえのない財産だと認識し、それを守る努力をして欲しいと思っています。私の心配が杞憂《きゆう》ならばそれに越したことはありませんが、現実に起こってしまったときには遅いのです。自分の祖国に父を殺された娘として、これだけは申し上げておきたいと思っております」

この後、ロシア語の通訳を介した質疑応答がおこなわれた。質問はございますか、という秋山の声におびただしい数の手がいっせいに上がった。

――このようなロシアに対するあからさまな批判は、もうロシアに戻るつもりはなく日本に永住するつもりでおこなわれたのでしょうか？

「戻りたくはありませんが、私がそう言っても、出ていけと言われれば、私には抵抗するすべがありません。けれど、自分の身の安全を考慮すると、ロシアに戻ることは危険だと思います」

――自分の身を危険にさらしてまでこのような会見を開いた意図はなんでしょう？

「父親が殺されて黙っていられるほど私は賢明ではないということなのでしょう。また、先程も述べましたが、〝帝国〟によって自由な世界が破壊される、ということに我慢がならなかったのだと思います」

——政治難民として日本があなたの亡命を受け入れるとしたら、どうしますか。

「その時にもういちどじっくり考えたいと思います。おそらく、そのようなオファーはありがたく感じることでしょう」

——日本には亡くなった父親以外に、知り合いはいるのでしょうか。

「音楽仲間がすこしいる程度です。もっと日本人の友人が欲しいと思っています」

というような質問がくり返された。同様の質問をさまざまな記者が発するのは、テレビ各局がその記者とのやりとりの映像を番組で使いたいからである。本来ならば同工異曲の質問は控えるように仕切ってもよかったが、オンエアー時の効果を重んじて、放置した。

また、会見の後半には次のような質問まで出た。

——今後、日本で政治活動や市民活動をおこなう予定はありますか。

「いえ、ありません。私はあくまでも演奏家です。演奏家としてもし日本で活動することを許されるのならこれほどの喜びはありませんが」

——日本のクラシック音楽家をどう思うか。

「作曲家についてはよく知りませんが、演奏の技術は総じて高いと思います。技術的に非常にすぐれた演奏家が多いと思います」

——その日本のヴァイオリニストの中で注目に値すると思われる演奏家はいますか？

「います。例えば、五嶋《ごとう》みどりさんを、注目に値するどころか、心より尊敬していま
す」

取り立てて意地悪な追及はなかった。

会場の雰囲気から吉良は、報道陣が概ねアンナを好意的に受け入れたという感触を得た。質問の中には、「日本の食べ物で好きなものはなんでしょう？」というくだらないものまであった。これに対して「寿司とたこ焼き。それから日本のカレーライスはインドのものよりも私の舌にあっているようですね」と実直に受け答えしてくれたことも、好感度を上げる要因となるだろう、と吉良は喜んだ。

——いま国会では、スパイ防止法の制定について、審議がおこなわれていますが、ノヴァコフスカヤさんはこの件についてどのような意見をお持ちですか。

さて、いよいよフィナーレである。これが最後になるはずの『週刊 星霜』記者からの質問は仕込みだった。これには、「必要だと思う」と答えて欲しいということは事前に確認していた。しかし、ここで予想外のことが起こった。

通訳からこの質問を聞いたアンナは、もういちどそのロシア語を確認するかのように、通訳とボソボソやりだした。訳が不明瞭だったのだろう、しっかりしろよ外務省、と吉

良は思った。

かくしてアンナが口にした言葉は、吉良がまったく予期していないものだった。

「その質問によって私は、日本にスパイ防止法がないということをいまはじめて知りました。ですから、現在審議されている法案の詳細を知らない私には、それについて意見を唱《とな》える資格はありません。ただただスパイ防止法がないという事実に驚くばかりです」

これが芝居であることは明白である。国会でこの法案が審議されていることも事前に伝えてあったのだから。そしてこの芝居は、吉良が前もって用意したものよりも効果は絶大で、圧倒的にすぐれていた。

翌日、NHKの報道局出身のフリージャーナリストが、「アンナさんが驚かれたように、スパイ防止法がないなんて、鍵がない家に住んでいるようなものなんですよ」とワイドショーでコメントしたのも、彼女の演技が惹起したものだった。

「どうだった?」

記者会見を終えて、応接室に戻ると、アンナは吉良に訊いた。

「出来すぎだ」

そう言って笑顔を向けた吉良であったが、しかしこの時、彼はこの過剰に一抹の不安を感じはじめていた。

「そう、それはよかった」

アンナは満足そうに微笑んだ。

吉良は、アンナがテレビカメラの前で泣くことを期待した。しかしアンナは泣かなかった。悲嘆によって引き締められた表情だったが、そこに涙はなかった。それは見る人に、気の毒だという感情を惹起するとともに、論議への道を開くことにも成功した。アンナは期待以上のパフォーマンスをしてみせたのである。アンナの口元には、勝利した女の艶《あで》やかさがちらついていた。そこには、異国の地で頼るべき肉親を殺され、寄る辺のない不安にさいなまれているか弱き女の印象はなかった。それを見た吉良はさらに不安を募らせた。

4　出来すぎていて最低

すべてがうまくいっていた。そのはずだった。会見の模様を見た北島情報官は三波を褒め、三波は吉良を讃えた。でかしたと言われ、ありがとうございますと頭を下げた。しかし、その心はどんより曇っていた。

三週間が過ぎた。

吉良は記者会見に対するマスコミの反応を秋山に収集させた上で、DASPAに呼んで、共にその分析に取りかかっていた。すこし離れた席では、外務省からやって来た矢作が座り、持参したノートパソコンで仕事をしている。

この頃には、自分の机に慣れておこうと各班のエリアにぽつぽつと人影が目につくようになっていた。それぞれの事務机に敷かれたデスクマットの下には、内線番号の一覧表が差し込まれ、フロアの隅にはコーヒー、緑茶、ほうじ茶、水のサーバーが置かれて（もっともまだ稼働はしていなかったが）、給湯室の流しには洗剤とたわしとスポンジも並べられていた。ただ、それぞれのデスクに備え付けられるはずのPCはまだ配備されていない。矢作が、持ち込んだノートパソコンをいじりながら、なんだネットワークが使えないんじゃしょうがないよ、と声を曇らせた時、三波ががに股でどかどか入ってきた。


「喜べ、スパイ防止法は通りそうだぞ」

そう言うなり、ガッツポーズをして見せた。

「本当ですか」と秋山も明るい声で返す。

「どうやら見通しがついたそうだ」

しかしまだ野党は粘っていると聞きましたが、と吉良が問い質しても上司の浮かれた調子は変わらなかった。野党にだってメンツがあるからな。そう簡単に折れるわけにはいかないんだろうが、あまりこの件で我を張ってもしょうがないと判断しはじめたようだ。お前らのお手柄だ。褒めてつかわす。愉快そうに三波は笑った。北島情報官に褒められたそのお裾分《すそわ》けのつもりなんだろう。

「治安維持法の再来だという批判は引っ込めたんですか」と吉良が訊いた。

アルバート・ノーヴ殺しの犯人がロシアであると発表して以来、形勢が悪くなった野党はこの一点張りで押し返してきている。そんなことはありえないと答えても、戦前や戦時中を引き合いに出して、なぜそう言えるのか、としつこく食い下がる。しかし、あるということは実例を示せば事足りるが、ないということの証明はきわめて難しい。これには与党側も手こずっているようだった。

「そこは国対委員長が話し合って落としどころを見つけるんだろうな」

「落としどころというのは」

「まあ、相手に多少の花を持たせてやるということなんじゃないか、よくわからんが」

「ですが野党は大して実のない反論をくり返して時間を稼いでいるだけなんですから、どこかのタイミングで議論は充分に尽くされたと宣言して、強行採決しちゃえばいいじゃないですか」

「お前はときどき俺よりも乱暴だな」と三波は呆れた。「けれど、安全保障にかかわる件で強行突破すれば国民の不安を招きかねない」

一理ある。

「愛甲さんもああ見えて、ファシストだと言われることを気にしてるんだそうだ」

「国民の不安をぬぐう努力はきちんとしなければいけません。ただ、それと自分の人気を気にすることはまた別の話ですよね」

さすがに三波はむっとした顔つきになった。

「だけど、防諜活動《カウンター・インテリジェンス》は自国民を必要以上に監視するものじゃないと言われたら、どう答える」

「当然です、と答えましょう」

「ならば、インテリジェンス側を監視する制度も法的に整備していくべきだと言われたら？」

「その通りだと答えるべきです。けれど、ちょっと待ってください、野党が求めてるのはそういうことなんですか？」

「そこはわからん。だからもうちょい様子を見ようじゃないか。それより俺が心配してるのは、ロシアのほうだ、なあ矢作さん」

「ええ、あれは怒りますよ」と外務省の国際情報統括官は苦笑して言った。

警察発表とアンナの記者会見を見て、駐日ロシア大使が激怒したという情報は矢作から吉良の耳にも入っている。

「けれど、あれでロシアが黙っていたら逆に不自然では」と秋山は言った。

「怒るだけならどうってことないかもしれないが、問題は、協力者の身の安全だよ」と三波が注意を加える。「実際、父親は殺され、娘があんな会見を開いた。こんどは娘が狙われないという保証はない」

「では、監視をつけますか」と秋山が訊いた。

三波はしばし黙った。そして、

「窓のない地下ってのは気が滅入るな。どうして明日《あす》の日本を担うDASPAがこんなところに閉じ込められることになったんだ」とてんで関係のないほうに話頭を向けた。

実績がなくて急ごしらえだからでしょう。求められてもいないのに吉良はまともに返した。しかし、これに三波は特段の反応を示さずに、こんなところにいると、なんだかよからぬことを考えちゃうんだよなあ、などとつぶやく。

「アンナ・ノヴァコフスカヤがもし襲われた場合、世論はどう反応する？」

答えていいのかと確認を求めるように、秋山が吉良を見た。いけ、と目で促した。

「日本人の中にわだかまるロシアへの嫌悪《けんお》をさらに刺激するでしょう」

「殺されたのが日本人でなくてもか？」

「彼女はいまや保守論壇のアイドルになりそうなほど注目を浴びています」

あの記者会見の後、問い合わせが殺到した。その窓口は警視庁の公安部で、電話を取っているのは総務課の秋山だった。

「アンナと会わせて欲しいと言ってくる先生がたも多いんですよ」

「ほお。例えば誰だ」

秋山は、正式に依頼があったのは三名からですと言ってから、その名を明かした。中堅どころからベテランの議員たちの名前を聞いて三波は、

「いつ誰から会わせるんだ」と尋ねた。

秋山はまた吉良を見た。

「適当にごまかしておけ、と秋山には指示しています」

おいおい、と三波は言った。

「もっと意見を伺いたい、などともっともらしく粉飾してますが、どこかのレストランで食事でもとか言ってるところを見ると、個人的に親しくなることが狙いでしょう。ほっとけばいいんですよ」

だったらむしろ会わせてやればいいじゃないか、別にお前の彼女でもないんだろと三波は笑った。秋山もつられて笑おうとしたが、よしたほうがいいと判断したのだろう、頑張って口を閉じていた。

「話をもとに戻すと」と吉良は言った。「三波チェアマンの狙いはなんですか。アンナ・ノヴァコフスカヤが、ロシアに報復された場合のなにを期待してるんですか」

「もちろんカウンター・インテリジェンスの強化だよ。ロシアに対する警戒感はインテリジェンス・コミュニティの権限強化にもつながるし、総じてみれば、日本にとってもよきことだろう」

「けれど、彼女の記者会見は警視庁の記者クラブでおこなわれています。ノヴァコフスカヤにロシアを批判させておいて――」

「まてまて。彼女に強制してロシアを批判させたわけじゃないぞ。あくまでも本人みずからの意思に従ってああいう発言をしたんだ。そうじゃないのか」

一理あったが、ねじ伏せるように吉良は続けた。

「世間がそう捉えるとは限らない。そう捉えない可能性のほうが高いと予想しています」

三波は吉良の〝予想〟にたいそう弱かった。

「彼女を見捨て、みすみすロシアに殺させたとなると、警察は無責任のそしりを免れ得ません。ノーヴ殺しについては、捜査の主導権は、北島情報官の肝いりで、非公式ながらＤＡＳＰＡが握っています。となると、ここで下手《へた》を打てば、三波チェアマンが北島さんからキツいお談義を食らうことになりますが、それでもいいんですか」

「それは勘弁してもらいたいな」

三波の勢いは急にそがれた。三波は北島情報官にもすこぶる弱腰であった。

「ロシア人がロシアに襲われるぶんには、日本にとってはたいした問題にはならないのでは、と考えたわけですね」

「一瞬そう考えたんだが、秋山の言う通り、まだまだ人気が出るのならもったいないからな。撤回するよ。そう怒るな」

「怒ってません」

「怒ってるだろうが」

実は怒っていた。だから、吉良は黙った。三波は視線を秋山に振り向けた。

「しかしまだ使い勝手があるのかね、あの娘は。どうなんだ」

「まさしくそれをいま検討していたところでした。テレビの出演依頼の数などから考えれば、先程申し上げた通り、〝保守論壇のアイドル〟になりつつあると判断していいのではないかと思います。それに、この短期間でびっくりするくらい日本語がうまくなっています。もちろんまだ、通訳をつけている状況ではありますが」

「俺も先日テレビに出て喋ってるのを見た。たいしたもんだな、ミュージシャンの音感っていうのは」

吉良は内心、ちがうぞ、と思った。もちろん、彼女の秀でた耳や才能があっての話だろうが、おそらくあの日本語はどこかで特殊な訓練を受けて習得した賜物《たまもの》だ。

「それで、彼女へのコンタクトなんですが、政治的なこととはまったく関係のない、例えばコンサートの依頼であったり、料理番組への出演だったり、レコード会社から契約締結のオファーだったりが来ています。当初は、安全面から考えて、警察《うち》が間に入っていたんですが、こちらがハンドルしていいんだろうかって悩むようなものも多くなってきたんですよね」

「たしかにそれも変な話だな」

「アンナさんも、練習する時間を確保したいと言ってきて。ただ、僕のほうも、どういうふうに断ればいいのかわからないので困っていたのですが、彼女を所属タレントとして迎えたいという事務所が連絡をよこしてきたんですよ」

「芸能事務所か」

「ええ、フリーのアナウンサーやニュースキャスターが所属しているところで」

「そこは慎重にやっとけよ、芸能事務所ってのは、な、わかるだろ」

「ですので、調べました。依頼があったところは、反社会勢力とのつきあいもなく、クリーンな事務所だと言えると思います」

「なら、さっさとそこに渡しちゃえ。いつまでもマネージャーの真似事《まねごと》はできないだろ、お前も」

そう言って三波が吉良のほうを向いて、どうなんだと問い質し、それでいいと思いますと吉良は答えた。

「よし、じゃあそうしよう。で、それまでは念のために監視を立てておくか。そのほうがいいんだろ」

いや、と秋山が口を挟んだ。

「実は彼女の警護はすこし前に解除したんですよ」

「そうなのか」

「それは俺が指示しました」と吉良が言った。

「だから、また張りつけと言ったらブーブー言うでしょうね」と秋山が言った。

「誰が言うんだ」

「誰といっても……。まあ新しく国テロ課の課長になった温井さんあたりとか。今回もいつまで続けるつもりなんだ、とかしょっちゅう問い合わせてきましたから」

「温井がどうしてここで出しゃばるんだよ」

「国テロ対策室からずいぶん人を出してもらいましたので」と吉良が解説した。

国テロ対策室の上には国テロ対策課があり、対策課課長だった吉良の後釜に据えられたのが温井だ。吉良に対抗意識を燃やす温井は、警備局長が納得しているとはいえ、今回の事件で対策室の捜査員が動員されることに対して不平不満を言っていることは国テロ課に残してきた曽我部からちょくちょく聞いていた。温井なんかどうだっていいんだよ。めんどくさそうに三波が言う。

「うるさいこと言うのなら上からおっかぶせて黙らしちまえばいいだろう。そこは俺が引き受ける」

「いや、温井課長に遠慮して警備を解除したのではありません」

三波は意外そうな顔をして、なぜだと尋ねた。

「ロシアは殺《や》ってないと言ってるわけです」

「ただ殺ってるわけだよな」

「ええ、殺っているんでしょうが、殺ってないと言っている。その舌の根も乾かぬうちに、こんどは娘をということは考えにくい。いま仮にアンナ・ノヴァコフスカヤが心臓発作《ほっさ》で死んだとしても、世間はロシアを疑い、エスカレーション・ラダーは一気に上がる。それはロシア側も望んでいないでしょう。いますぐどうこうするということは考えにくいと思うんです」

「ふむ。だったら、アンナをロシアが襲ったらって俺のたとえ話に、あんなに気色《けしき》ばむ必要もなかったじゃないか」

「それはまた別の話です。協力者を使い捨てにするべきではないってことを言いたかっただけです」

「そうかよ。けれど、それにしても意外だな、お前が警護を解くとは」

「なぜです」

「あの時、お前は温井の反対を押し切って俺に言ったんだ。警護をつけろ、と」

「あの時はあの時です。状況がちがいます」

そうかい。お前がそう言うならいいさ。吐き捨てるように言って三波は立ち上がった。

そして、帰り際に戸口で振り返り、

「じゃあ、金も使っているわけだから、あの娘を引き続き有効活用する方法を考えろよ」と課題を残して去っていった。

僕もちょっと不思議なんですよ。ドアが閉まるのを見届けてから、秋山が吉良に視線を戻した。

「無駄足になったってつければいいじゃないですか」

「なにを」

「警護ですよ。万万が一のことを考えると、あのとき警護をつけてりゃよかったってことになるよりも。——実際、あの時は三波さんにそう説得したんでしょう」

「だから、あの時はあの時だよ」と吉良は議論を避けた。

すみません、と横から声がした。

「あの時の話ってのを聞かせてもらってもいいですか」

矢作がこちらを見ていた。

「これから一緒に働く人間としては聞いておきたいんですよね。あの時、いったいなにがあったんですか」

秋山が吉良に遠慮して黙っているのを見て、矢作は続けた。

「このような状況下でロシアが手を出すというのは考えにくい、というサブチェアマンの意見には同意します。しかし、それでもなお警護はつけておくべしという意見も筋が通っている。そして、過去に吉良さんは、皆が警護の必要なしと判断する状況下で、警護をつけろと主張したんですよね。さっきから聞こえてくる話を整理するとそういうことでしょう。その時と今回の状況はどうちがうのか、それを聞かせてもらえませんか」

吉良はうなずいた。そして、椅子を引いて前屈《ぜんくつ》し、足元のヴァイオリンケースの把手を握った。

「矢作さんがそうおっしゃるのももっともです。秋山に聞いておいていただけますか。そろそろ出なければならないので」

吉良は上体を起こして立ち上がると、失礼しますとひとこと残し、部屋を出て行った。


あの時。――それは、北朝鮮からのサイバー攻撃が発端だった。

数年前、カリフォルニア州のソニー・ピクチャーズ・エンタテインメントのオフィスが激しいサイバー攻撃を受け、社内のパソコンがダウンし、データが削除され、個人情報や極秘データが抜き取られた。捜査に当たったＦＢＩは、北朝鮮の最高指導者・金《キム》正恩《ジョンウン》暗殺を題材にした映画『ザ・インタビュー』の内容に腹を立てた北朝鮮が配給元のソニー・ピクチャーズを狙って大規模なサイバー攻撃を仕掛けたと結論し、大統領もそう断言した。

個人やハッカー集団などではなく、国を挙げての攻撃であったという点が、こうむった被害の大きさよりも、深刻であった。それは宣戦布告なしの攻撃を意味した。

ソニー・ピクチャーズ・エンタテインメントはアメリカに本社を置く映画会社である。そこで働いているのはほとんどアメリカ人だ。扱っているのももっぱらアメリカ映画なので、アメリカ人のほとんどはアメリカの映画会社だと思っている。アメリカに本社を置く企業が外国からサイバー攻撃を受けた事実は、アメリカ政府としては看過できない。一方で、この企業は、日本企業ソニー株式会社の100％子会社である。

国家安全保障局《NSA》長官が、総務大臣と防衛大臣と話し合うために極秘で来日すると伝えてきた。日本政府はおそらく、日本企業がアメリカで海外からの攻撃を受けてしまったことについて責任を追及される、もっと露骨に言えば叱られると思い込み、大いにあわてた。

政府が言い訳を用意するのに大わらわで、警備の指示が手薄になっているのを感じた吉良は、護衛をもっと厚くした方がいいのではないか、と三波に進言した。この時、その必要はないと強く反対したのが温井であった。そして、三波は吉良の意見を退けた。理由は、警視庁の警護課の人員が不足しており、このような提案を公安からするのは余計な摩擦を生むのでできかねる、というものだった。

しかし吉良は、長官が駐日米国大使と夕食を取るのが、米軍の施設であるニュー山王《さんのう》ホテルではなく、帝国ホテルだと聞いて、なお一層の懸念を抱いた。そこで大枚をはたいて、同ホテルのフレンチレストランに長官の近くのテーブルを予約した。そして、なかなかに見栄えのする長身の女性を連れて出かけた。女性にはなにも伝えないまま、仲《なか》睦《むつ》まじいカップルを装い、屈託のない会話をしながら、長官のテーブルをさりげなく窺っていた。

壁際のテーブルに男がひとり。五分刈りで細い目をした浅黒い肌のちょび髭《ひげ》の男は、いかにも場慣れしていない挙動で、料理にもほとんど手をつけていない。やがて、この男がセカンドバッグを手に席を立った。少し間をあけて吉良も立つ。トイレに行くと個室がひとつだけ埋まっていて、中でゴソゴソやっている。ゆっくりと小用を足し、洗面台に立って手を洗いながら男が出てくるのを待っていると、個室の中で水が流れる音がして、のっそり現れた。カランから水を出して手を洗いだした時、鏡の中を窺うと、汗をびっしょりかいている。吉良は手をハンカチで丁寧に拭くと、こんどはその手で髪をなでつけて整えはじめた。普段は決してこんなことはしない。時間稼ぎである。ちょび髭はペーパータオルで忙《せわ》しそうに手を拭くと先に出ていった。

吉良はすぐ男が閉じこもっていた個室に入り、便座をはね上げた。思った通り、裏側にべったり可塑性《かそせい》爆薬が塗り込まれている。これだけ量が多いと、たとえこの個室を選ばなくてもふっ飛ばされてしまう。空いたわずかなスペースには小型の瞬発電気雷管が両面テープで貼り付けられていた。電気が流れれば雷管が即発し、その衝撃で可塑性爆薬が爆発する仕組みだ。吉良は雷管のコードをむしりとって、席に戻り、何食わぬ顔で骨付き仔牛《こうし》背肉のロティに添えられたジロル茸《たけ》にフォークを突き立てながら、「食べておきながらなんだけど、ジロル茸っていったいなんだ」などと言って向かいの女を笑わせた。

やがて、長官が口を拭ったナプキンを置いて席を立った。頃合いを見計らって男が上着の内ポケットに手を入れて、ゴソゴソやりだす。雷管を爆発させる遠隔装置のスイッチを押しているにちがいない。しかし、なにごとも起こらない。業を煮やして男が立つ。男はトイレの出入口のあたりに立って、もういちど、上着の襟の間へ手を入れている。その腕が摑まれた。ねじり上げられ、頭を下げさせられ、あっという間に床に這わされた。

吉良がペン型スイッチを取り上げると、一体なんの真似だ、と男は叫んだ。英語だった。吉良がさらに男の襟に手を突っ込んで脇の下からジュニア・コルトを抜き出して見せ、これは一体なんだ？　トイレに立たなければ至近距離からぶっ放すつもりだったのか、と訊き返したが、無論答えなど返ってこない。暴れ馬のように身体をのけぞらせて逃れようとするのを、後ろにひねり上げた腕に体重を乗せて押さえつけていると、制服警官三名が廊下を走ってきた。

この功績は吉良が独自に動いた結果であったが、ことの次第を話すときには、上司の三波を立てることにした。三波は、棚ぼたのこの手柄を自分のものにすることに頓着はなかった。その代わり、これ以来、吉良を盛んに取り立てるようになった。ただし、警備の必要なしと説いた温井はそれ以来、鼻を明かされたと根に持った。

このどちらも吉良は特に気にしなかった。しかし、この時、帝国ホテルに連れていった水野玲子が烈火のごとく怒ったのには面食らった。

「エスコート《護衛》していたのは私じゃなかったってわけね」

同じ警官だからわかってくれると思っていただけにこれは誤算だった。あれ以来、まともに口を利いてもらっていない。

「アンナとは会ってるの」

レッスンが終わったあとで後藤先生が訊いた。

「いや、最近はもう……」

「そうなの」

「どうかしましたか」

「いえね、吉良さんのおかげで有名になったでしょう、彼女」

そのもってまわった言いまわしは、なにかあったことを伝えていた。

「僕のおかげというわけではありませんが」

「全部が全部って訳じゃないと思うけど。――それでもアンナは吉良さんに感謝すべきよね」

「感謝と言われても、こちらは仕事としてやったわけですから」

後藤先生は、例のテレビ中継で、舞台袖に立っている吉良がチラと映ったのを目ざとく見つけたそうだ。しかたがないので、前回ここに来たときにことのあらましを話しておいた。

「だとしても。多少なりとも世話になった人には、礼を尽くすべきよね」

「一般論としては。いったいなにがあったんです？」

「坂上さんよ」

「坂上さん？　ああ、僕の前にここでレッスンしていた人ですか」

先日、インフルエンザで臥《ふ》した後藤先生の代わりに、アンナに指導してもらった人だ。

「そう。いまはもうここは辞めて、アンナのところに通っているんだって」

なるほど。そのときの教え方がよかったのか、それともアンナに魅力を感じて教室を変えたのだろうか？　どちらにしても後藤先生にとっては、生徒を奪われたに等しい。

「別にこっちは独占企業じゃないんだから、やるなとも言えないけど、生徒を引き抜くんだったら、せめて挨拶くらいはするべきじゃない。どう？　これって日本人だけの話で外国人には通用しないのかしら」

「僕に訊かないでくださいよ。先生だって、若い頃ドイツに留学していたじゃないですか」

そう言ってはぐらかそうとした。

「大昔の話よ。それにドイツ人とは馬が合わなくて一刻も早く日本に帰りたかったクチなんだから私は。もし、アンナに会うことがあったら、日本には義理と人情ってものがあるんだって教えておいてよ」

「だから、僕はもうアンナと会う機会はないんですってば」

「そうなの？　それは残念ね」

いやあ、と言ってその先どう答えようかと迷っていると、

「吉良さんもアンナにご執心だったものね」と決めつけられた。

「僕がアンナに？　どうしてそんなこと言うんですか」

「だって、あんな会見開いてあげちゃってさ。あれで彼女は時の人になれたんじゃない」

「だから、それはアンナのためというよりも……。とにかく警察の業務はあそこで終わりました。さきほど聞いた話によれば、彼女はプロダクションに所属するようです。となると、マネージャーがべったり張りついて、もう簡単には会えませんよ」

そんな言い訳をこしらえ、手早くヴァイオリンをしまうと、後藤邸を後にした。

夜道を歩きながら考えた。

俺がアンナに囚《とら》われているとなぜ後藤先生は見透かしたのだろう。単なる軽口か。三

波や秋山にも軽い調子でからかわれることがあるが、これも似たような冷やかしなのか。それとも、恋着の匂いを嗅ぎつけて、冗談めかして忠告しているのだろうか。

　西新宿の暗くて細い路地から、アパートの二階の部屋の窓を見上げると、ガラスは薄いオレンジ色に染まっていた。

　階段を上がってノブを回すと、ドアは抵抗を示すことなく開いた。

「なぜいるんだ」靴を脱いで上がるなり吉良は言った。「どうやって中に入った」

「合鍵に決まってるでしょ」

「いつ作ったんだ、そんなもの」

「あのことがあった次の日の朝。あなたが私のベッドで寝てるとき。クロワッサンを買ってくるついでにね。鍵屋さんに持っていったら、目の前で一分もしないうちに作ってくれた。私の部屋の鍵だと思ったらしく、もうちょっとましなものに替えないと危ないですよと忠告されちゃった」

　吉良は黙ってシンクの中のグラスを水ですすぎ、冷蔵庫を開けて取り出したオレンジジュースをそこに注いだ。

　私にも。アンナが手を伸ばした。いま注いだグラスをアンナに持たせ、自分は紙パックから直に口をつける。

「ここはどうやって見つけた？」

砂壁にもたれているアンナの前に胡坐《あぐら》をかき、吉良は紙パックからもうひとくち飲んだ。

「尾行した」

吉良はおののいた。公安が素人《しろうと》に尾行されて気づかなかったなんてのは、大失態もいいところである。

アンナはグラスに唇をつけたまま、いたずらっぽく笑って、嘘だよ、とつぶやいた。

「そうしようと思ってたんだけど、鍵を探すときにあなたの鞄をさぐったら、この住所宛のはがきが出てきたので、それをスマホで撮るだけで済んだ」

「はがき？　なんだ、それは」

「それが傑作なの。あとで調べてわかったんだけど。なんだと思う？」

「わかるもんか」

「図書館の返却の督促状。駄目だよ、借りた本は返さなきゃ。ロシアだと銃殺だな」

「嘘をつけ」

「もちろん嘘。それにしても、どうしてこんな安いアパートに住んでるの？　私に与えてくれたマンションのほうがずっと高級じゃない」

「君には関係ないだろ」

「関係ない？　関係ないってどういうこと」

「どこに住もうが俺の勝手だ」

アンナはきつい目で吉良を睨んだ。

「勝手かもしれない。けれど、なぜここに住んでるのかって、私が訊いちゃどうしていけないわけ？」

いけなくはない、と吉良は言わざるを得なかった。

「関係がないだなんて失礼だ」

吉良は黙った。

「あなたは私と寝た。そうでしょう」

口をつぐむしか吉良には選択肢がなかった。

「それなのに私を避けている。それはどうして？」

「なぜ君は俺と寝たんだ」

吉良が逆に問い返すと、アンナは鋭い視線を投げ返し、そして突然、笑った。

「あー、びっくりした。こんなくだらない質問をされたのははじめてだ。こういうのなんて言うの？　青天の霹靂《へきれき》？　それとも寝耳に水？」

吉良は驚愕《きょうがく》した。自分たちが日本語で会話をしていることに。おそらく彼女は、吉良と出会った時から喋れたのだ、連中に特殊な訓練を受けて。

「でもどうして？　私はダイスケの期待通りに動いている。いま私がやっていることは、あなたの公務に役立っているはずでしょ。そうじゃないの」

「ある意味では」

「スパイ防止法はいまも審議されている。でも、必ず妥協点は見つかるはず。私はその期待に応える努力をした。とてもハードにね。そして、いまもしている」

たしかに、この法案の成立に向けてアンナはおおいに貢献してくれている。万事快調《ばんじ》で、情報官もチェアマンも上機嫌だ。しかし、彼女の背後にいる連中は、吉良の首根っこを押さえるために、アンナを使って吉良と関係を持たせた。しかし、このような謀略をめぐらせてまで、彼らはいったいなにを狙っているのだろうか。

そもそも連中は何者だ？　吉良は、アンナを使ってロシアへの不安を煽《あお》り、これをスパイ防止法制定に向けての追い風にしようと目論《もくろ》んだ。この計画は周到に進めていたつもりだったが、実は連中の手の平の上で踊らされていただけという可能性も排除できない。では、連中とは反ロシア勢なのか？

反ロシア陣営の最たる勢力はもちろんアメリカだ。そもそもロシアなどのスパイ活動を抑止するために防止法を要請したのはアメリカである。そして、吉良はアメリカが要請したとおり法案を通過させるべく努力している。だから、アメリカが吉良をつぶそうとするのは理屈に合わない。

「――なのにどうして私を避けるわけ」

思索に耽っていた吉良ははっとしてアンナを見た。冷たい目で睨んでいる。それにしてもわけのわからない咎《とが》め立《だ》てだ。そもそも吉良がアンナに、寝た理由を訊いたのは、その背後にある狙いを問い質したのである。しかし、アンナはもっぱら男女の感情の機微に執着している。これもわからない。すっとぼけているだけなのだろうか。

ピン――。電子音が鳴って、ショートメールが届いたことを知らせた。吉良は手元のスマホのメールに素早く目を通した。

「でもどうして？　私はあなたになにも要求していない。日本を裏切って二重スパイになれとか、機密情報をよこせとか、そんなこと言ったことある？」

「それがないのが不思議なんだ」

「それどころかお人よしのあなたにちゃんと教えてあげたよ、あの夜のことは録音されちゃったよって」

「寝たあとでな」

「でないと意味がないでしょ」

「どんな意味だ」

「さあ。自分で聴いて考えたら？」

アンナはこちらが一番聞きたい質問にはまともに答えない。けれど、それが千々に乱れる心のせいなのか、それとも巧妙なはぐらかしなのかの判断が実に難しい。ただ、アンナに、そしてアンナの背後にいる連中に、決定的な弱みを握られてしまったということは確かだった。

「あなたの叫び声も私がダイスケって呼ぶ声もちゃんと入っているわよ」

「黙れ」

思わず吉良が気色ばむと、アンナは笑った。

「君は本当にロシア人なのか」

そう詰問すると、アンナは馬鹿にしたように笑った。

「どうでもいいじゃないそんなこと」

「いいわけないだろ」

「国家と出会うことで人は一人前になるって教えてくれたわよね？　じゃあ難民はまともな人間じゃないっていうわけ？　国のないクルドはどうなの？」

「そうだ。彼らの、そして君の不幸も、まともな国家がないことが原因なんだ」

「じゃあどうすればいい？　私やクルドにちゃんとした国を作れって言うつもり？」

そうだ。喉元まで出かかった言葉を飲み込むと、けだるい沈黙が生まれた。

ふと、アンナが畳の上に置かれたヴァイオリンケースに目をやって、修理には出した？　と訊いた。

吉良は首を振った。

「ちゃんとしたヴァイオリンを持とうよ。宇宙とつながりたいなんて大げさなこと言ってるんだから」

「俺は行く」

「宇宙に？」

「馬鹿。人と会うんだ」

「こんな時間に？　誰と？」

「言うもんか」

「ここにいなさいよ。レッスンしてあげる」

「冗談じゃない。こんな夜更けに弾いたら苦情がくる。それより、後藤先生の生徒には手を出さないほうがいいぞ」

「追い返せってこと？　私に教わりたいって向こうから連絡してきたのに」

　そんなところだろう。あの坂上って爺さんはアンナとのレッスンのあと、別れ際にやたら相好を崩してバイバイなんて手を振っていた。あの時点で完全にやられていたにちがいない。

「そんなことより宇宙の話をしようよ。あなたが大好きな宇宙の話」

「からかうな」

「からかっていない。あの夜、あなたは宇宙とつながりたくて私とつながった。――そうよね」

「出かける」

「あなたはあの時、幸福《しあわせ》だった？　そうであって欲しいと私は思っているし、私の目からはそう見えた。ちがうの？　けれどあなたは私を避けている。私にハメられたと思ってね。それは否定しない。でも、それだけ？　私がここに来たのは、それを確認したかったから。だってあなたは、宇宙とつながれるならなんでもやるって……」

ドアを閉めると、アンナの声はくぐもって判然としなくなった。吉良はまた鉄柵の階段を降り、アパートの前の通りから二階の自分の部屋を振り返った。淡いオレンジ色の光がぼんやり灯っている。振り切るように、吉良は先を急いだ。

新宿ゴールデン街。十二社《じゅうにそう》通りで捕まえたタクシーの運転手にそう告げて、吉良は目を閉じた。

5　彼の国　彼女の宇宙

二週間前、吉良は六本木のロシア料理店「バイカル」でアンナと落ち合った。吉良は後藤先生宅でのレッスンを終えて、アンナのほうは近くのテレビ局で収録した帰りだった。そこで吉良は、身辺の警護を解除したと伝えた。

「警護をつけてたのは私を守るため？　それとも私に不審な動きがないかを監視するため？」とその時はじめて警護の存在を教えられたアンナは訊いた。

「正直に言うと、最初は両方だった」と吉良は言った。「ただ、あの記者会見が終わった後は、安全のためだ」

アリガトウ。ということは私はダイスケのチームに入ったのね。このときはまだふたりの会話は英語だった。そして、いつのまにかアンナは吉良をファーストネームで呼ぶようになっていた。

「それで、何か身の回りで気になることはないか」

アンナは首を振った。

「警護の人が、レッスンに来た私の生徒さんを職務質問する以外は」

「それは、しかたがない」

「ヴァイオリンケースを提げているんだから、私の生徒に決まっているじゃない」

「楽器のケースはカムフラージュの手口の基本なんだ」

「でも、もう終わったのね」

「ああ、終わった」

「私への援助はいつまで？」

「もうしばらくは大丈夫だ。ただ、いまの額を払い続けることはむつかしい。オーケストラへの就職の話はどうなっている」

「いまはそちらは動いていない。もう覚悟を極《き》めてソリストに挑戦しようと思い始めたから」

それは大変に狭き門である。大丈夫か、と心配にはなったが、自分が口を挟むことでもない、と思って黙っていた。

「あとどのぐらいサポートしてもらえるのかな」とアンナが訊いた。

「できるだけ頑張るよ。ただそちらも努力はして欲しい」

そう言うと、アンナはきつい目でこちらを睨み、

「私は努力している」と言った。「とてもハードにね。そうじゃない？」

吉良はうなずいた。内調や警察庁・警視庁の公安、そうした界隈《かいわい》で、アンナの評価は鰻《うなぎ》のぼりであった。彼女が応じているテレビや雑誌の取材について、これらはみな我々への〝協力〟なのだと吉良が注釈すれば、彼女はまだしばらく報酬を支払う対象として留《と》め置かれるだろう。そうしてやりたいと、思わないではなかった。

しかし、アンナの努力は、吉良が目論んだ軌道から微妙にコースアウトしつつあった。もっとも、インテリジェンスの世界では個人的な価値観よりも、国益が優先される。そのままほうっておいても、吉良は褒められこそすれ、なんの咎めも受けないだろう。しかし、長い目で見れば、アンナの逸脱は国益を損ねるだろうという確信めいた予感が吉良にはあった。それは、〝日本のバージョンアップ〟を微妙にそして深刻に妨げるものだった。

アンナが期待に十二分に応えていたことは確かである。と同時にそれこそが〝逸脱〟の原因であった。要するに、出来すぎだったのである。しかし、その微調整までをアンナに要請することは難しいと判断して、吉良はこれを放置した。

そうだな、と吉良は同意した。よくやってくれているよ、感謝する。私もあなたにはとても感謝している。アンナも言った。この日本で、なんとか生きていけそうだという希望が持てはじめた。私にできることはいまはほとんどないけれど、いつかきっとこの恩に報いたい、と。

デザートのアイスクリームを舐《な》めながらアンナが口にした言葉は、厚情に謝辞を述べるというよりも、打ち明け話のように吉良の耳をくすぐった。最後に日本語でアリガトウとつけ加えたその唇の端には、スプーンから零《こぼ》れたアイスクリームがちょっぴりついていた。吉良が指をさして教えてやると、舌を出してそこをペロリと舐めた。

帰る方角は一緒だから送ってくれるんでしょ。勘定を済ませて席に戻ると、有無を言わせぬ調子でそう言われた。

ロシアの女性は、男から手厚くもてなされることを当然だと思っているので、そのつもりで挑むがよい、というい つ役に立つのかわからない教訓を、学生時代にロシア文学に傾倒している友人から聞かされたことがあった。なるほど、こいつがそれなのだな、と吉良は合点した。

この日、テレビに出演したアンナは、衣装が入った大きなバッグと、番組ですこしばかりヴァイオリンの腕を披露したことから、楽器も持参していた。吉良もレッスンがあったので一挺《いっちょう》提げて来ており、アンナの荷物を両方持ってやるのは難しかったので、タクシーを呼ぶことにした。

アンナがまた、衣装バッグと一緒に楽器もトランクに収めようとしたので、よせと止めたが、この時はかまわず入れてしまった。新しい楽器の交渉はうまくいっているのか、と吉良が訊くと、アンナは肩をすくめ、努力している。とてもハードにね、と言ってなぜか舌をペロリと出した。

後部座席に乗り込むと、ふたりの間に置かれた吉良のヴァイオリンケースを見たアンナから、修理に出したのかと訊かれ、まだだと答えたら、ちゃんとしたので弾かないと上達しないよ、と忠告された。

「きっと上達なんかしないんだよ。音楽ほど才能《ギフト》が与えられているのか否かがわかる技芸《アート》もない」

独り言のように吉良は言った。

「だから言ったじゃない、アーチストに頼らないと無理なんじゃないって」

「かもしれない」

「私たちアーチストを神官だと思うってのはどう？　自力では到達できない人に手を貸して、遥か彼方の宇宙へ案内する導き手なんだって」

「なるほど。それが妥当なところなのかも」

吉良がため息をつくと、アンナは愉快そうに笑った。それから急に真面目になって、もしあなたが望むなら個人レッスンをしてあげてもいい、と提案してきた。さすがにそれは後藤先生に悪いだろうと思い、アンナの気分を害さずに断る言葉をさぐっていると、本当に感謝しているし、なにかであなたの恩に報いないと居心地が悪いから、と胸の内を明かして迫ってきたのでたじろいだ。いいんだよ、そんなことは、と吉良が言い、だけど、とアンナがこだわる。その先を聞く前に、タクシーはマンションの前で停まった。

　金を払って先に降りた。振り返ると、降り口に座ってアンナが手を差し出している。ロシアでは、バスなどの降車の際は、婦人が差し出した手を、男が取ってアシストするのは当然である、と例のロシア文学かぶれの忠告を思い出して、ためらいなくそうした。地面に両足を着けたアンナは、そのままマンションのエントランスに向かう。吉良は、トランクから取り出した衣装バッグと二挺のヴァイオリンを両手に女の後を追った。

　十階までお供し、退散するタイミングを窺っていると、アンナは鍵を回して、さっさと中に入ってしまった。吉良は靴脱ぎに立ち、とりあえず衣装バッグとアンナのヴァイオリンケースを上《あ》がり框《がまち》に置いた。すると奥から、

「こちらに持ってきて」と呼ぶ声がした。

　吉良は諦めて靴を脱いだ。

　大きなバッグと小さなヴァイオリンケースを両手に提げて中に入ると、アンナはケトルに水を満たしてそれを電子コンロにかけようとしている。

「ジャムはカシスでいいね」とアンナは言った。

「僕のは必要ない。すぐに帰る」

「帰れないよ」とアンナは言った。「レッスンが終わるまでは」

はて、どう答えたものかなと思いつつ、吉良は部屋の中を見回した。すぐ目の先にベッドが見えた。まずいな。そんな気がした。

突然、見透かしたようにアンナが笑った。

「監視は解除したんでしょ。なに緊張してるの。とりあえずそこ座って」

ジャムの入った小皿とティーカップを載せたトレイを吉良に突き出して、アンナはベッドを顎で示した。腰を下ろせそうなところはほかにない。言われた通りにベッドの端に腰をかけ、匙《さじ》でジャムをすくって紅茶の中に入れようとしたらニェットと言われた。お茶を飲み、ジャムは舐める、これをくり返すのがロシア流なのだそうだ。

アンナはと言えば、膝上丈のスカートから出た長い足を交差させてチェストの傍らに立ち、優雅にティーカップを口に運んでは、ときおりチェストの上の小皿からジャムをすくって舐めている。

ふと、アンナは手にしていた紅茶をチェストの天板に置くと、吉良が運んできたケースからヴァイオリンを取り出し、肩と顎の間に挟んで調弦しはじめた。開放弦の上で弓を動かし、左手は糸巻きを握ってキュッと締めていく。音叉《おんさ》も電子メーターも使わない絶対音感によるチューニングを吉良は惚《ほ》れ惚《ぼ》れと眺めた。

なにを弾いてくれるのかな、と思っていたら、アンナは、調弦の終わった楽器を吉良に差し出した。

「じゃあ弾いてもらいましょう」

「俺が？　弾くってなにを？」

「決まってるじゃない、バッハのソナタ」

「冗談じゃない！」

「冗談は言ってない。はいこれ譜面《スコア》。いろいろ書き込んでるけど、とりあえず無視していいわ」

「自分ので弾くよ」

「駄目よ、あんなのじゃ。ちょっとでもいい楽器を使いなさい。でないと宇宙に行けないよ」

　諦めて、差し出されたヴァイオリンの首《ネック》を摑んだ。そして、もうどうとでもなれ、と思って、裏板を肩に載せた。

　弓を振って進んだ。しかし、数小節後には早々とよろめき、つんのめり、そして見事に転んだ。それでも立ち上がり、なんとか先に進もうとしたが、すぐに限界がきた。手を止めて首を振り、ヴァイオリンを肩から外すと弓と一緒にアンナに戻そうとした。

　アンナは笑った。

「宇宙どころか、カモメより低いところを飛んでたわね」

　受け取ったアンナはもういちど調弦をすると、ヴァイオリンを顎に挟んだまま、リモコンを手に取って部屋の電気を薄暗くした。

「さてと、行ってみましょうか。どこまで行けるかわからないけれど。ヨハン・セバスティアン・バッハ先生の宇宙へ」

リモコンを置いたアンナの手が弓を摑んだ。息を吸い込むと、弦に当てて、腕を振った。別次元の雅《みやび》で艶《つや》やかな音が紡ぎ出された。あっという間に音に取り憑《つ》かれ、心を奪われた。曲が進むにつれ、鷲摑《わしづか》みにされた彼の魂は高みへと召し具された。摑んでいるのはバッハの手なのか、それともアンナのものなのかは、わからない。ただ、弾き手は消えはしなかった。演奏家は生々しい存在感とともに存在していた。と同時に、吉良が聴いていたのは紛れもなくバッハだった。その深い悲しみの中に陶酔と喜びがあった。

……なぜあの日、自分はそこまで達してしまったのだろうか。いま思い返してみてもよくわからない。アンナとそうなりたいという欲望が、彼女の音に刺激されてはしなくも発露してしまったのか。それとも、明くる日の午《ひる》まで眠ってしまったことを思い返せば、あの赤みを帯びた黒いジャムの中になにか入れられたということも考えられよう。しかし、いまとなっては確かめようがないし、確かめたところでどうなるわけでもないのだ。

俺は、協力者と寝た。インテリジェンスに関わる人間として、致命的な失態を犯した。丸裸で目覚め、ベッドを抜け出して、床に落ちていたくしゃくしゃになったブリーフを拾い上げてそこに足を入れたとき、吉良は猛烈に自分を恥じた。彼は突き落とされた深い恥辱の谷底で呻《うめ》いた。

と同時に、しかし、と吉良は思った。やはりあの馥郁《ふくいく》たる音曲がなければ、そこにバッハがいなければ、アンナとはあそこまで進まなかっただろう、と。

タクシーを降りて、ドーナツショップの脇から入り、細く暗い遊歩道を進んでゴールデン街の標識をくぐり、「ウラル」という看板を見つけて、木戸を開けた。

いらっしゃいという声を聞きながら店内を見渡すと、熊のような体型の西洋人が狭いテーブル席に陣取って手を挙げている。

「キラ・ダイスケだな」と男は言った。英語だった。

「イエス。待たせてすまない」

「ポリスマンか。アレクサンドル・ノヴァコフスキーの事件を担当しているんだな？」

男は訛りの強い英語で言った。

「まあそうだ。ミハルコフだね？　ロシア大使館の」

広い額と濃い顎髭《あごひげ》の中に隠れそうな薄い唇、高くて短い鼻を持った男は、そうだとうなずいた。

「お前は『スプートニク』の記者のレオンチェフとはどういう知り合いだ」

「ああ。ここで酔い潰れたのを、高円寺のマンションまで送ってやったことがある。――ビールをください」

「ビールだって」ミハルコフは顔をしかめた。「ビールを飲むようなオカマ野郎とは真実を語れないな」

　毛むくじゃらのごつい手の指でつまんだショットグラスの中身はウオッカにちがいない。

「語ったほうが互いのためにいいと思う」

　吉良はそう言って、ビールの缶とグラスを受け取った。

「ふん、それはどうかな」

　ミハルコフはグラスをぐいと呷《あお》って空にし、テーブルに叩きつけるようにそいつを置いた。すぐに次のグラスが運ばれてきた。吉良はビールを注いだ自分のグラスを捧《ささ》げ持ち、演説調で言った。

「真の友情を得たしと思えども、いまはそのような状況下にはない。かりそめの交流ならば叶《かな》うかもしれないが、そんなものなど欲しくはない。真の友人になれるようなゆとりが互いの心に生まれることを願って――」

　ミハルコフは笑った。ロシアでは定番となっている乾杯の音頭をもじったものだということは伝わったようだ。

「未来の真の友情のために」

ミハルコフも小さな杯を持ち上げた。ふたつのガラスの器が合わされ、固い音を立てた。吉良はグラスを置いて前かがみになった。

「殺されたアレクの娘、アンナについて聞かせて欲しい」

「警察が疑ってかかるべきことがなにかあるのか」

「まず、彼女は本当にロシア人なのか」

ミハルコフはニヤッと笑った。

「いや、正確にはロシア人ではないな」

「いったい何人《なにじん》なんだ」

「ベラルーシ人だ」

そう言ったあとでミハルコフは、日本人のお前にロシア人とのちがいがわかるか、と笑った。

「あれの母親は旧ソ連時代にベラルーシのミンスクで生まれている。その時にロシア人の父親と出会って結婚した。本人は生まれた時からずっとロシア人だったが、いまはベラルーシ国籍だ」

「アンナはいつ国籍を変えたんだ」

「どうせ訊かれるだろうと思ったから、調べてきてやったぞ。——二年前だ」

「二年前。つい最近じゃないか。アンナはベラルーシに住んだことはあるのか」

「ないな。演奏ツアーで行ったことくらいはあるかもしれないが」

「つまり、彼女は在露ベラルーシ人ってことか」

吉良が確認すると、ミハルコフは愉快そうに笑って、その通り、と言った。

「だから彼女がロシア人かという質問については、ちがうというのが答えになる。けれどそれがどうしたっていうんだ。ベラルーシなんてほとんどロシアみたいなもんだろ」

このような思考は、ミハルコフという男がとりわけ無神経なわけではなく、行政に携わるロシア人がごく普通に抱いている感覚である。つまり、アンナが警告した通りなのだ。

「ベラルーシ語を話せる人間はベラルーシにはほとんどいない。どこに行ってもロシア語を話してる。そんな連中が民族だの独自の文化だのといったってしょうがないじゃないか」

ミハルコフは勝手な自説を披露した。このような暴論がかえって、ベラルーシ人としてのアイデンティティをアンナの中に目覚めさせてしまった、ということはあり得る。

「殺された二重スパイの実の娘だということにまちがいはないんだな」

「アンナのことか。そうだ。それがどうした」

「彼女が繰り広げている反露キャンペーンは、父親を殺された娘の復讐《ふくしゅう》であると同時に、ベラルーシの民族主義に根ざしたものだ。これはホームグロウン・テロリズムの変形じゃないか」

「そういうふうに考えたければ、そうしろよ」

その口調はどうでもいいという風であった。

「思春期を経て彼女がロシアを離れたがるようになった理由もよくわかる。けれど、ベラルーシに拠点を移すのもためらわれただろう。あんたらロシア人が、ベラルーシなんて自分の領土みたいなものだと考えているからだ。露骨なロシア批判をベラルーシでやったら、ある日突然街を占拠したロシアの軍隊に連行される可能性だってじゅうぶん考えられる」

ウクライナみたいにな。つまらなそうに笑ってミハルコフはウオッカを呷った。

「けれど、わからないのは、アレクサンドル・ノヴァコフスキーを殺した理由だ。日本で殺せば日本との関係は当然危うくなる」

ミハルコフは、酒瓶と一緒に棚に並べられているマトリョーシカの人形を据わった目で見つめながら、ロシア語でぶつぶつやりはじめた。この意味不明なつぶやきに被せるように吉良は続けた。

「サハリンでの液化天然ガスのプロジェクトなどで日本の協力はどうしても必要なのに、用済みになったスパイを殺したってなんの意味もないじゃないか」

赤、緑、黄色、と色鮮やかに塗られた人形に注がれていた視線がゆっくり吉良に向いた。ニェット、とミハルコフはつぶやいた。

「アレクはすでに引退した身で殺す価値なんてなかったんだ」

「俺たちもそう聞いている。だから、なぜ？」

「つまり、殺す必要などなかったんだよ」

「だけど殺した。なぜだ」

「もういちどだけ言うぞ、殺す必要などなかった」

ミハルコフは、目の前のショットをつまみ上げると、ぐいと呑《の》み干してから、意を決したように体を起こして立ち上がった。膝を伸ばしたとき、その太った身体がゆれて、カウンターにどん、とぶつかって派手な音がした。ミハルコフはふーと息を吐いて、ゆっくりと吉良を振り返ると、ぐいと人さし指を突きつけてきた。

「女には気をつけろ」

いきなり相手がこちらの心中に踏み込んできた。ありがたい忠告だが、遅すぎる。もっとも、同じ忠告はすでに上司からもらっていたのだが。

ミハルコフはふうともういちど熱い息を吐いた。

「女や子供が切々と語ることについては、人は嘘だと思わないからな」

そうつぶやいて、またロシア語でひと言つけ加えた。そして、狭い戸口に熊のような巨体をぶつけて出て行った。

吉良は、ウオッカのソーダ割りを頼んだ。ウオッカをソーダで割るなんてミハルコフにまた罵《ののし》られるかもしれないが。

スーツを着た客がふたり入ってきて、カウンター席にかけ、こちらはビールとロシア風の水餃子を頼んだ。これに吉良も食指が動き、おなじものをと厨房《ちゅうぼう》に声をかけた。画はいよと返事した店主は、リモコンを取って、店の壁に掛かったテレビに向けた。画面が明るくなって、UNIVERSALという映画会社のトレードマークが出た。そして、画面はいったん暗く沈んでまた明るくなり、縦に延びる通路の両端に向かい合って整列している兵士の隊列を映し出した。その中央の奥に、腰に手を当てた上官が立っている。海兵隊の兵舎である。

飲み屋のテレビに映画が映っていることは時々ある。もっともこういうケースでは、恋愛映画がほとんどなのだが。大抵は、客の社交を邪魔しないように、音声はミュートされ、奥に控えている格好だ。ただ客は、会話が途切れたときなどには、映像を一瞥し、目に映ったことを口にして間《ま》を取り繕うことができる。ひとりで飲んでる客なら字幕で筋《プロット》を追うことも可能だろう。そういうサービスなんだな。そんなことを思いながら、吉良はビールの残りで口を湿らせていた。

ナイーラ。ミハルコフは最後にそう言った。ナイーラ。吉良の耳にはそう聞こえた。

吉良はスマホを使って、ナイーラをロシア語表記に直す。ナイーラはНаираになった。それをGoogleの検索欄に移して、画像検索をかける。女たちが現れた。妙齢から老年、モデルのような体型から、ピロシキの食い過ぎだと思われる巨漢までがスマホの画面に並んだ。この中にミハルコフが「気をつけろ」と忠告した女がいるのだろうか。

すいません。手が離せないのでお願いします。店主の声が聞こえた。吉良が頼んだペリメニの皿とウオッカのグラスがカウンター台に載せられている。腰を上げて取りに行くと、カウンター席にいたサラリーマンらしき男が皿とグラスを取って回してくれた。すいませんと礼を言って受け取った。

カウンターのふたりは、テレビに映る映画を見ながら、これはなんの戦争を舞台にした映画なのかと議論しはじめた。ベトナム戦争じゃないみたいだな。なんだか中東っぽいぞ。じゃあ、中東戦争か。さっき字幕でイラクって出てたのは……。だったらイラク戦争？　中東戦争とイラク戦争はちがうんだっけ？　どうかな、イラン・イラク戦争っていうのも聞いたことあるけど。男たちは、当てずっぽうに言い合っていた。

テレビの画面では、射撃訓練のあと、兵舎で兵士たちがCBSニュースを見るシーンが映った。

「湾岸戦争ですね」吉良がこのクイズに答えを出した。

「わかるんですか」サラリーマンのひとりがこちらを向いて言った。

「ええ、イラクがクェートに侵攻したと言っていましたから」

「ほんとだ。〝湾岸戦争の真実がここに！　アカデミー賞受賞監督サム・メンデスが描く衝撃の戦争映画〟。――そう書いてある」

DVDのパッケージを手に店主が言った。教養ありますね。褒めてもらってテーブルに戻り、吉良もぼんやり画面を見つめた。戦争映画にしては、どうもノンビリしている。湾岸戦争って兵士から見るとこんな戦争だったのだろうか。待てよ。湾岸戦争の真実？　湾岸戦争の真実？　ナイーラ……女には気をつけろ……。わかった！　そうか、そういうことか！


十日ほどを経たある日の夕刻、三波がDASPAのインテリジェンス班主要メンバーに招集をかけた。

折しも、この日は、マリアナ諸島の東海上《ひがしかいじょう》で発生した大型台風がゆっくりと太平洋を北上し、夜中には関西地方に上陸せんと迫っていて、東京の天気も荒れ模様だった。お堀端の桜は強風にあおられざわざわと揺れ、徐々に強くなる雨足は舗道の上でしぶきを上げて激しく跳《は》ねた。気象庁は、深夜には紀伊半島に上陸すると報知した。

吉良は警視庁で打ち合わせをひとつ済ませて、内閣府庁舎に向かった。途中で、市ヶ谷から来た涼森に出くわした。激しい雨に、傘もあまり役に立たず、大いに制服を濡らした涼森は、よりによってこんな日にと不平を垂れた。

三波は、アルバート・ノーヴ殺害事件について、中締めの報告書を出すので、そのために各方面から情報収集をしたいようだった。有り体《あてい》に言えば、この会議の議事録を手際よくまとめて北島情報官に提出し、点数を稼ごうという腹らしい。

水野玲子もやって来て、事件発生から被疑者の身元特定までの経緯《けいい》をまとめたペラ一枚を配り、簡略に述べた。

ドアノブに吹き付けられた神経剤の特定に手間取り、DASPAの科学兵器開発班に先を越されてしまったことについては、今後の課題としたい。そのためにはより多くの情報収集が有効であろう。国際テロに用いられる武器、爆発物、それを作るための材料、さらに生物兵器などの分子構造のデータベースを参照できれば、機動力アップにつながる。そして、この方面のデータは、FBIやCIAが膨大に抱えているので、今後はアメリカと情報共有できるよう、DASPAにも協力を求めたい、と述べた。

あの時は一杯食わされたと気色《けしき》ばんだ水野だったが、ひとまず怒りを収めたようである。

それと知りながら、吉良はあえて言った。

「しかし、アメリカはその手の情報はくれないでしょう」

「どうしてでしょうか」いくぶんムッとしたような表情になって水野は問い返してきた。

「おそらくFBIはアメリカのセキュリティ会社にその情報パッケージを売るなり渡すなりして、アメリカの会社がそれを日本に売りつけるんじゃないかな」

「しかし、いちおう日米同盟でも情報交換は約束されているはずですが」と水野は抗弁した。

どうなんだ、と三波が防衛省の涼森を見た。

「いちおう情報交換は謳われていますが、そのあたりが対象になるかどうかは、不勉強で即座にはお答えできません」と涼森は明言を避けた。

「けれど、第一次世界大戦はテロから起こっています。そしてテロの手口はどんどん進化している。そういうことを考えると、さっきあげたような情報も共有していかなければ、同盟とは呼べませんよね。それに、日本に情報を渡すためにも特定秘密保護法だけは作って欲しいとアメリカに言われて強行採決したんじゃないんですか」と水野は切り返した。ここで吉良が、水野課長のおっしゃる通りです、と割って入った。

「アメリカは日本を同盟国だと思っていない。日米同盟なんて名称そのものが詐欺《さぎ》なんです」

涼森の顔がこわばった。

「いくらなんでもそれは言いすぎだぞ」

「いや、政府は、もっと具体的に言えば内調は、企業や学者らに中国や中東でスパイの真似事をさせて、そこで得た情報をアメリカに渡している。つまり、アメリカのためにスパイのお先棒を担いでいるってわけです」

だれもなにも言わなかった。デマゴーグのように聞こえる吉良の言葉も、ここに集まったメンバー間では言わずもがなの常識である。

「しかし、アメリカは日本に特定秘密保護法を作れ、作らないと情報を渡せないぞと脅しをかける一方で、自分たちは官庁や政治家、大手商社のエネルギー関連部門や官僚の電話を盗聴していた。これもやはり同盟国がやることですかね」

そんな馬鹿な。そんなことをするわけがない、などと言う反論も聞こえない。アメリカの情報機関による盗聴は数年前に露見し、官僚の間では広く知られた事実なのだ。

「さらに恐ろしいことに、これについて日本政府はたいした抗議もしていない。こんなになんでも言うことを聞いて、文句も言わないやつは、同盟国だとおだてておきさえすれば、顎で使えてとても便利、子分にはもってこいだ。そのようにアメリカが考えるのは不思議ではない。ただし、我々のガードがあまりにもユルユルで、簡単に盗聴できちゃうんで、北朝鮮やロシアや中国のことを考えると、スパイ防止法でも作ってもらわないとさすがにまずいと思ったんでしょうね」

誰もが黙りこんだ。口は悪いが、ごもっともだと思っているからである。ようやく、三波が口を開いた。

「けれど、スパイ防止法は必要だ。ものがわかってる連中はみんなそう思っている。だったら、アメリカの圧力があろうがなかろうが、スパイ防止法案が通るならばそのほうがいいだろう。むしろ首相や北島情報官などは、この圧力をうまく利用してやれと思っているようだぞ」

まあそうですね。そう言って吉良はいったん退いた。

「そのスパイ防止法は、いまは落としどころを探す段階まで議論が煮詰まりかかっている。委員会では激論が交わされている態《てい》にしてますが、もう野党側は、バーター条件をさぐったほうが賢明だと判断しているらしい」

「では、その法案についての妥協点とは？」と水野は訊いた。

「いや正確にはこれは妥協点ではないんですよ。法案を自分たちに都合よくアレンジするために〝妥協点を見つける〟って言葉づかいを政権側がしているだけなんです。そして、通すことは通すけれど、ある程度格好つけさせて欲しいと思っている野党には、これを〝妥協点〟と呼ばせて飴玉にするって魂胆なんです」

わかったわかった。面倒くさそうに三波が言った。

「きょうはそのくらいにしてくれ。お前の独演会は別途また用意してやる」

ではその時はよろしくお願いします、と吉良は軽く頭を下げた。

「それで、あのロシア娘の状況はどうだ。もうちょい使えるのか」

「使えるのかと言いますと？」

「あれ？　どこかの芸能プロダクションが預かりたいと言ってきたんじゃなかったっけ」

その件ですが、と秋山が口を挟んだ。

「吉良課長のほうから、しばらくこちらでコントロールするようにと言われています」

三波は首をかしげて吉良を見た。

「おかしいな。ちょいと前にこの話が出た時、いつまでも警察で面倒見るのもアレだし、預かりたいって言ってる芸能事務所があると秋山が報告したら、じゃあそこに渡してしまえと、お前も言ったじゃないか」

「それについては、考えが変わりまして」と吉良が言った。

「どういうことだ」

「アンナのテレビやラジオのトーク番組への露出は抑えようと思っています。芸能プロダクションに渡してしまえば、このへんのコントロールが効きません」

解せない、と言いたげに三波の表情がさらにこわばる。

「なぜだ。どんどんテレビに出してロシアはまったくもって恐《おそ》ロシアだって言ってもらったほうがいいじゃないか」

「いやその時期はもう過ぎました。いまはリミッターを効かせたほうが都合がいいのです」

「都合？　なんの都合だ」

「日本はバージョンアップしなければなりません」

でた。水野が小声でそう言って、涼森がくすりと笑った。やれやれと三波は首を振って、お前の独演会はまた別の日だって言ってるだろ、と注意した。そうでした、と吉良もそれ以上先へは踏み出さなかった。

「だけど、お嬢さんも生活があるんじゃないのか。協力費ですべて補塡《ほてん》しろって言われても無理だぞ」

「音楽活動の仕事はすべて彼女に渡しますので。それだけでスケジュールは埋まりますよ。むしろそっちの方をバンバン埋めて、トーク番組などは切る。本人もそのほうが喜ぶんじゃないですかね。それに、芸能プロダクションてのは、当たり前の話ですが、窓口をする代わりにそれ相当の中間搾取をしますから。そのあたりを考えると、いましばらくうちで仕切ったほうが、彼女の実入りだっていいかもしれません」

「しかし、スパイ防止法はあと一押しってところまで来てるんだぞ。なのにどうしてここで彼女を引っ込めるんだ」

「彼女は役に立ってます。ただ、軌道をすこしばかり修正する必要がある」

「なにかまずいことでもあるのか？」

「そのへんは任せてください」

吉良は三波の顔をまともに見据えながら言った。オシントによって、つまり、露出媒体数やその傾向、そこでの反応を秋山に分析させた結果、そうしたほうがいいと判断したんです、と説明した。横では、分析などしていない秋山がきょとんとした顔を晒《さら》している。

「まあ、お前のことは信頼してるが」

「信頼していただけるのなら中途半端なことは控えていただきたい」

上司に向かって発するにはずいぶんと剣呑《けんのん》な言葉である。会議室の空気は急に冷えた。さすがに三波は気色《けしき》ばみ、

「なんだ中途半端なことって」とすごんだ。

ややあってから吉良は、いえ申し訳ありませんでした、と形だけ詫びた上で、

「しかし、信頼しているのならば任せてください。任せてくださったのなら、信頼していただかないと困りますね」と粘着した。

吉良の物言いには故意に三波の機嫌を損ねようとするような、底意地の悪いものがあった。この態度に、この場にいる全員が驚いた。そして、一番驚いているのは三波だった。

「ふざけるな！」

怒鳴り声が会議室に響いた。

「ロシアが二重スパイを日本で始末した殺人事件に乗じて、スパイ防止法成立を後押ししようというお前の目論見は順調だ。それはちゃんと認めてるんだ。あのロシア娘をうまく丸め込んだお手並みも実に見事で結構だった。それも、ちゃんとお前の意向をこちらが汲んでのことだろう。嫌みな口の利き方をするんじゃない!」

ねじくれた調子でいちおう吉良を褒めつつ、しかしほかのメンバーの手前、上司としての威厳も保たなければならないので、こういう口吻《こうふん》になっているのだろう、と吉良は鑑定した。

「以後、気をつけます」

吉良は軽く頭を下げた。身も蓋《ふた》も無い空気が漂って、その後は、通り一遍の事実確認をして、会議は終わった。

参加者は椅子を鳴らして席を立ち、会議室を出て行った。

「ロシア娘を丸め込んだお手並みってどういうの?」

その声に振り向くと、部屋にひとり残った水野が、こちらを見ていた。

「丸め込んじゃいません。逆に丸め込まれそうになって焦っているんです」

「なにそれ」

水野は笑った。

「でも、三波さんにどうしてあんな憎まれ口をきかなきゃいけなかったの。みんなもそう感じたと思うけど、なんか変だったよあれは」

「そうかもしれませんね」

「それに、私に対しても。せっかくしおらしいこと言っているのに、どうしてアメリカは協力しないだろうなんて嫌み言うのよ」

「実はあれも、種まきなんですよ」

「種まきってなんの？」

「日本のバージョンアップのためです」

「また始まったか」

「昔は水野先輩だってそうだねって言ってくれたじゃないですか」

「あれは、合いの手だね。なんとなく私もそう思ってたし」

「なんとなくですか」

「そうだよ。でもね、そのうちだんだん怖くなってきたんだな」

「怖い？　俺がですか」

「そう、吉良君の真剣さがね。いまどき、日本よ国家たれ、なんてマジで言ってるなんてちょっと怖い。昔はその真剣さがいいなとも思ってたけど」

「いまも思うべきです」

「馬鹿。いまはそんな話をしたいんじゃないの。あのさ、アンナをいつまでも警察のコントロール下に置いておくのはなぜ？　私には個人的に未練があるとしか見えないんだけど」

「いやいや、ちがいますよ。野放しにしておくと危険だからです」

「どういうこと？」

「アンナはロシア人と呼んでもいいかもしれませんが、国籍はベラルーシです」

「わからない。ひょっとして彼女は殺されたノーヴの娘じゃないってこと？」

「娘ではあるんです」

母親の生まれ故郷ベラルーシの国籍をアンナが取得した経緯《いきさつ》を説明すると、ややこしいわねと水野は顔をしかめた。

「だからといって彼女のアイデンティティがベラルーシ人と判断するのは早計よね」

「そうなんですよ。反ロシアにはちがいないんですが、ベラルーシ人としてのナショナリズムからの反抗だと解釈していいのかどうかはわかりません」

「それに、ノーヴはアンナが物心つく前にアメリカに渡ったんだから、父親としての愛着は彼女にはないんじゃないの」

「そこはわかりませんね。勝手によき父親像を膨らませていたということはあるかもしれません。娘が会えない父親に対してファンタジーを抱くということはありますよ」

「でも、その妄想にしたって彼女の場合、いろんなインタビューで、自由の国と幼い頃に別れた父親のことが重なって、ほとんど知らないことが逆に父親への思いを募らせた、なんてことは言ってるわね」

「そこが大事です。自由諸国、西側の政治体制、西側の同盟、これらと父親を重ね合わせるような言葉づかいをしているんです」

「なら、彼女にとっては父親はどうでもいいってことにならない？　重要なのは、父親が住んでいる西側諸国。彼女は父親のことを語るんじゃなくて、そもそも父親との思い出なんかないわけだから語るに語れないんだろうけど、父親が目指した自由の国への思いを語っていくことになるわけね」

「そうです」

「でも、待ってよ。それって私たちにとってなにか不都合があるの？　どっちにしろアンナは反ロシアなんでしょ。それを吉良君らは利用している。むしろありがたい話じゃない」

それこそがこの事件の複雑さであり、核心だったのだが、時計を見ると、尻を上げなければならない時刻が迫っていた。

国会議事堂の分館の通路に立っていると、扉が開いて中からどやどやと先生がたの群れがあふれ出てきた。

待ち人はいちばん最後尾にいた。吉良は「スパイ防止法案に関する特別委員会」の看板の脇から声をかけた。

「先生、おひさしぶりです」

国会議員としてはがっちりした体格の精悍《せいかん》な顔つきの男は、足を止めて振り返った。

「吉良です。テロ対策委員会の折にはお世話になりました」

「おう君か。フランスに行ってたんじゃなかったのか」

議員は懐かしそうに吉良を見た。

「もう帰ってきました」

「いまはどこだ？」

「ＤＡＳＰＡの準備室です」

「まためんどうなところに行くんだな。気をつけろよ」

「なにをですか」

「なにもかもだ。内調の下になるんだろ。北島さんにいいように使われるんじゃないぞ」

「気をつけます。それで、今日は尾関《おぜき》先生に折り入って相談があるんですが」

議員は、ほお、と意外そうに顔をほころばせた。

「そりゃかわいい後輩が相談があるというのなら聞かないわけにはいかないが」

尾関一郎《いちろう》は警察官僚出身の衆院議員である。サラリーマンを経て警察庁入庁、勉強会で見初めた女の父親が政治家で、娘が欲しいなら地盤を継げと言われて立候補したという変わった経歴の持ち主だ。お願いします先輩、と吉良も調子を合わせた。

「早いほうがいいのか」

歩き出しながら尾関は言った。

横を歩きながら、できれば、と答えた。

「周りに耳がないほうがいいんだよな」

ええ、とうなずく。

「じゃあ、俺はこれからホテルに行くので乗ってけ。部屋で話そう」

そう言われて、議員の車に同乗した。車中で、尾関議員は現政権を辛辣にこき下ろした。共謀罪には終始反対し、強行採決の際には離席していた。周囲はこれを警察官僚出身なのにと意外に思ったようだが、吉良自身は警察出身者だからこその行動だと評価した。

行き先のホテルは赤坂あたりだろうと思っていたが、車は首都高に乗った。五分ほど走ってすぐ一般道へ。吉良の自宅のすぐ近くである。いつもヴァイオリンの練習のためにでかける新宿中央公園のすぐとなりのガーデン・ハイアットの車よせに停車した。

部屋に入って、ルームサービスのコーヒーが運ばれてくるまで、毒にも薬にもならない世間話を続けた。結婚はしているのか。してません。そろそろしたらいいだろう。先生はここでなにをするんですか。ひとりで考えごとをするために籠《こ》もるんだ。デートじゃないんですか。あはははは。君、身体は丈夫なのか。身体のほうは。だったらいい、身体が資本だからな。いけないのは頭のほうで、どうも変なことばかり考えてしまうんですよ。妄想癖だな。それは俺も同じだ。つい女のことなんか考えちまう……。

「で、なんだ、相談ってのは」

ボーイがコーヒー茶碗とポットを置いて出て行ったので、尾関があらたまった。

「はい。先生が委員をされているスパイ防止法の委員会なんですが、雲行きはいかがでしょう」

「難しい質問だな」

「難しいとは」

「まあ、いけるだろうよ。ロシアが派手なことをやってくれたおかげさ」

「では、先生が難しいとお感じになるのはどのへんですか」

「まさにそいつが難しいんだ。野党を説得するためにもここは一歩譲ってという路線で我が党もおおよそ一致してるんだが、俺は気に入らない」

「譲る必要がないと思っておられるんですね」

「ここで野党の顔なんか立ててどうするんだ」

「では、なぜねじ伏せないんですか」

そう言うと、尾関はかちゃんとコーヒーカップをソーサーに置いて、鋭い目で吉良を見た。

「相談しに来たんだろ」

「はい」

「その相談ってのはこの法案のことなんだな」

吉良はうなずいた。

「なにを知ってるんだ」

「知ってるというよりも、自分が妄想していることを先生に聞いていただけないか、と思いまして」

「お前の妄想を俺が聞く。――なにを言ってるのかわからんが、面白いから聞いてやろう」

「ありがとうございます。先生が気に入らないとおっしゃるその〝落としどころ〟あるいは〝妥協点〟なんですが、これがもし、自国民に対しては一定以上の監視をおこなわないなんてものなら、たいした問題にはなりませんよね」

ふむ。尾関はソファーにそっくり返って腕組みをし、後に続く言葉を待った。

「しかし、同盟国、要するにアメリカは適応除外にするなんてことになると、これは大変に問題なのではないかと――」

尾関は腕組みをしたまま吉良をまともに見据えた。そして、

「誰に聞いたんだ」と言った。

「いえ、誰にも聞いておりません。想像です」

「嘘をつけ。――まあいい、どこからか漏れるだろうよ。その通りだ、そこが落としどころになっている。それで？」

「警察出身でテロ対策特別委員会の副委員長も務められた先生には釈迦《しゃか》に説法ですが、これはアメリカの陰謀です」

そう言うと尾関は笑った。

「面白い。続けてくれ」

「スパイ防止法を作れと日本にプレッシャーをかけてきたのはアメリカです」

そうだ、と尾関はうなずいた。

「つまりアメリカは日本に対して、ロシアや中国のスパイが大手を振って活動できる国では困ると言っている」

「それについてはアメリカの言い分はもっともだ。というか、アメリカに言われるまでもなく、日本にとってゆゆしき問題だ。――そうだろ」

「しかし、我が国でのスパイ活動はアメリカだって盛大にやっております。先生の前で具体例を挙げて説明する必要はないかと思いますが」

「つまり、スパイ防止法は作らせたいが、そいつができると自分たちのスパイ活動には不都合だってことになるわけだ。まあ、虫のいい話だよな、まったく」

「そうです。そこでアメリカはかなり凝ったオペレーションを実行することにしました。まず、二重スパイとしてはもう用済みになったアルバート・ノーヴをお払い箱にして、日本に追い出した。日本のインテリジェンス関連機関で講師の口が空くから紹介してやる、と表向きは勧告して。もちろんこれは私の妄想ですよ」

吉良は笑ったが、尾関の形相は徐々に深刻の色を増していった。

「と同時に、一方のロシアには、ロシアに関するさまざまな機密を得るために、日本がアルバート・ノーヴをリクルートしたという情報を流した」

「そいつは偽情報だな」

「そうです。つまり、アメリカにいるロシアのスパイにそれと知りながらガセネタを摑ませたわけです」

「その情報を信じたロシアは殺す必要のないノーヴを日本で殺しちまったってことになるのか」

吉良がうなずくと、呻くような声が尾関の口から漏れた。

「この殺しで、外敵に対する緊張は国内で一気に高まり、この空気を国会も察知して、法案の通過にぐっと傾きました」と吉良は言った。

「しかし、あの時点ではまだ野党も元気だったし、うちの党にだって、ほら親露派の木《き》村《むら》先生なんか頭から湯気だして、『ロシアがやったなんて決め付けるのは早計だ！』ってカンカンだったんだ」

「そこでアルバート・ノーヴの娘アンナ・ノヴァコフスカヤが登場するんです。彼女がテレビカメラの前で父親の死を悲しみ、自由と安全がいかに尊いかを切々と訴えた。これでほぼ決定的になりました」

「たしかに、委員会に出席していても、あそこで潮目が変わったとはっきり感じたよ。君、あの子がテレビで木村先生と対論した番組は見たか？」

「いえ」

「『ロシアはいまではれっきとした民主主義国家だ』と木村先生に叱りつけるように言われたあの子が、『でも、ロシアに移民したいという人なんていませんよ』と逆捩《さかね》じを食らわせたのには笑ったよ」

絶妙な反論である。ただ同時に、と吉良は言った。

「彼女は別の方向へ主張を伸ばしはじめたんです」

ほお、と尾関は腕組みをほどいて、コーヒーカップに手を伸ばし、面白いな、とつぶやいて一口すすった。

「これは、それまでしてきた主張と矛盾しないので、僕らも気がつかなかった。ただ出来すぎだと思っていただけなんです」

「矛盾しないんだな。だけど、別の方向に主張が向きだした。どういうことだ？」

「日本は自由を尊重する同盟国と連帯を強固にするべきだというものです」

「なるほど、そこでスパイ防止法も同盟国は適用除外にして、つまり自分たちの都合のいいように骨抜きにしようって魂胆か」

「湾岸戦争の時にナイーラという少女がいたのを覚えてらっしゃいますか」

「ああクウェートの娘だな、どこぞの人権委員会で記者会見を開いた。イラク兵が病院で赤ん坊を殺したという証言をした」

イラク軍がクウェートに侵攻した時、これを受けてサウジアラビアにアメリカ軍兵が上陸した。アメリカはイラク軍を叩きたくてしょうがなかったが、そのためには世論の支持が必要だった。そこで、いたいけなクウェートの少女ナイーラがマイクの前に立ち、イラク兵の残虐行為を世界に訴えた。これで世論が決定的に変わり、アメリカ軍にゴーサインが出たのである。

しかし、戦後、実はナイーラは在米クウェート大使の娘で、クウェートに行ったことさえなかったという事実が露見した。ナイーラの記者会見そのものが、広告代理店がセットアップしたものだったのである。

「つまりアメリカは事実をねつ造した。別の言い方をすれば、人々が信じたいと思っている事実をそれらしくこしらえて目の前にぶら下げたわけです」

「ちょっと待ってくれ」尾関はコーヒーカップを皿に戻した。「君はアンナがそのナイーラだと言うのかね」

「ある意味では」

「なるほど。バックにアメリカが控えているということでは、話はいちおう通る。しかし、ナイーラのほうはわかりやすいが、アンナのほうはすこしややこしいな」

「とおっしゃいますと?」

「ナイーラはクウェートに行ったことがないにせよ、駐米クウェート大使の娘なんだから、クウェート人にはちがいない。そして、クウェートとアメリカの利害は一致している。だから、ナイーラの父親はアメリカに協力した」

「そうです」

「だが、アンナの場合は、もうちょっと複雑だろう。アンナの背後にアメリカがいるとしても、アンナはロシア人だ。なぜアンナは祖国ロシアを裏切ってまで、アメリカのオペレーションに協力するんだ」

「そこはまだ謎です。因みに、アンナのいまの国籍はベラルーシです」

「ということは、ベラルーシ内の反ロシア勢力に協力しているのか」

「いや、それはないと思いますね」

「だったらなんだ」

「彼女にとって、国ってものはたいした意味を持たないんですよ」

「なんだって?」

「俺の知り合いにもいますよ。すべては情報で、国民国家なんてそのうち消えてなくなると言ってるやつが」

「国民国家を信じないなんてのは俺には意味不明だ」

「同感です。しかし、そいつに言わせれば、俺は信じたいものを信じてるだけだということになります。つまり、国ってものを信じたいから信じてるだけで、国なんてものもそんなに確固たるもんじゃないんだということを言いたいようですよ」

「だったら、なにをよすがに自分は自分だと言えるんだ」

「音楽でしょう、アンナの場合は」

音楽。そうつぶやいて尾関は少し考えていたが、ふと、

「ただ、『日本人尾関一郎、ここにおります』と叫んだところで、国のほうは国民を単に情報としか見ていないってこともあるからな」と不思議なことを口にした。

「やはり情報……ですか」

だから、まあ、自分は自分だってのも怪しいんだけどな、と尾関はもごもご言って、それにしても女は怖いな、と後を足した。そして、思い出したように腕時計を見た。

「それで、いまの話はどこで仕入れたんだ」

「いや実はすべて妄想なのです」

呆れたように尾関は笑った。

「身体はいたって丈夫なんですが、頭のほうがおかしくていま話したような馬鹿げた妄想が沸々《ふつふつ》と湧いて出てくるんです。これは病院に行ったほうがいいですか」

そう言って吉良も笑ってみせた。尾関はその戯《ざ》れ言《ごと》の意味を推し量るように、黙って手元のコーヒーカップを見つめ、情報源は秘密ってことか、と独りごちた。そして、ふと顔を上げ、そろそろ客が来るんだと告げた。今日のところはこのへんにしよう。ありがとうございました、と吉良は立った。

退出の間際に尾関は、粘ってみるよ、どこまでやれるかわからんが、と約束してくれた。こんどは俺の相談にも乗ってくれ。——そうだ、連絡するので名刺に携帯の番号を書き込んだのをもらっておこう。

部屋を出た吉良が、エレベーターホールで箱が登ってくるのを待っていると、チンと鳴ってドアが開き、一目で水商売だとわかる女が出てきて、長い廊下を議員の部屋のほうへと歩いていった。

やれやれ、と吉良は思った。相談ってのは女のことですか。気をつけてくださいよ、先生。女は怖いっておっしゃってたじゃないですか。

雨の中を傘をさしてアパートまで歩いた。通りに立って自室の窓を見上げると、今日のガラスは黒く沈んだままだ。けれど、鍵を解いて部屋に入ると、やはり誰かが侵入した気配がする。上がってすぐにある簡素な台所のコンロに鍋がかかっていて、蓋を取ると赤いスープがこしらえてあった。箸立てがわりのマグカップに挿してあったスプーンを取ってすくって舐めた。——ボルシチである。

吉良の留守中にまたアンナがここに入ったに違いなかった。鍵を取り替えなければと思いつつ、時間がなくてそのままにしておいたのだから自業自得だ。それにしても、はめた男の部屋に入ってスープなんかこしらえるのは、どういう了簡《りょうけん》なんだ。

六畳間に入ると、文机のそばにヴァイオリンケースがふたつ並べてあった。ひとつは吉良ので、見覚えのあるもうひとつはアンナのである。この部屋に入って、ボルシチを作って、ヴァイオリンの練習をし、ついでに楽器を忘れていったらしい。どうもよくわからない。この楽器には不満だったようだが、それにしても商売道具をこんなところに忘れていくなんて杜撰《ずさん》すぎる。

出かけなければいけないので、ボルシチはタッパーに詰め、トートバッグに入れて持つことにした。ヴァイオリンは、さすがに忘れたことに気づいて取りに戻るとは思ったが、なにせ、お粗末な鍵しかつけていないこの部屋に放置して、盗まれでもしたら一大事なので、これから届けてやることにした。

簡易的な防水処置を施そうと、ゴミ出し用のビニール袋でケースをくるみ、把手《とって》がくる辺《あた》りを裂いてグリップを露出させ、そいつを握った。レインウェアを着て、両手にトートバッグとヴァイオリン、背中には大きめのリュックを背負った。両手がふさがっているので傘はさせない。雨の中を徒歩で向かう。

初台のマンションのエントランスホールでインターホンを鳴らしたが、応答はなかった。スマホを取り出し耳に当てた。聞こえてきたのはつなげない旨を告げる自動音声だった。

ヴァイオリンは管理人に預けるわけにもいかず、しかたないのでそのまま提げて、新宿駅までまたしょぼしょぼ濡れて行った。

雨粒がついたレインウェアを着たまま込み合った車両に立つのは気が引けたから、特急券を買ってあずさに乗りこんだ。連結部分で雨具を脱ぐとタオルで拭いてからポーチに詰めてリュックにしまい、指定席に身を沈めるとようやく安堵した。ウトウトしていると、ほどなく八王子《はちおうじ》というアナウンスが聞こえた。そこから快速に乗り換え、さらに西へ運ばれ、ついに降りたのは高尾駅であった。

改札を抜けると、男が立っていた。吉良と似たような年格好で髪は長い。こちらを認めるやいなや、くるりと背中を返して、歩き出した。すこし間《ま》を空けてからこれを追う。前をゆく男は駅前のスーパーに入り、入口に連ねて置かれているワゴンを引き出すと、その上にレジ籠《かご》を載せて、売り場へとこぎ出した。

「飯は食ってきてないんだろ」

横に並ぶと男が言った。

「まだだけど、ボルシチを持って来たぞ」

「ボルシチ？　じゃあ、肉でも焼くか」

男はパン売り場に向かい、躊躇《ちゅうちょ》なくバタールをひとつ取って籠に入れた。その後は酒類が置いてあるコーナーで、お前もべつにこういうものに凝ったりしてないものなと言いながら、適当に赤ワインをひと瓶摑むと籠にほうり込んだ。

それから、乳製品のコーナーに行ってチーズを取り、最後に、いちばん高い和牛のステーキ肉を選んで、勘定場へ押して行った。

「持たせようかと思ったんだが、結構な大荷物だな」

吉良の両手と背中がふさがっているのを見て男は笑った。スーパーのビニール袋に食品を詰め込みながら、じゃあタクシーだとひとりで決め、詰め終わった袋を提げると店を出て、駅前で客待ちしていた一台にさっさと乗り込んだ。

車はすぐに細い坂道を上りはじめた。そうとう登るなと思っていると、このへんで、と男が言った。

目の前は赤いレンガ造りの一軒家である。男が鍵を取り出し、錠を解いてドアを開けた。吉良も背中を追って敷居をまたいだ。短い通路の奥にある扉の向こうに、広いリビングが開け、作業台のような大きな木製机がまず目に留まった。机に固定されたアルミ製の支柱から伸びた腕が四面の薄いモニター画面を支えて、まるで株の値動きに目を凝らしているデイトレーダーの机のようだ。

リビングの中央にはソファーがあり、これと向かい合うように、合板を貼り合わせて組み上げられた木製の大きなスピーカーがふたつ、塗装もされずに左右に配置されている。

「向こうから持ち帰ってきたのか」

「いや、日本に戻ってきてから作った。完成したばかりだ」

男はスーパーのビニール袋を持って、リビングとそのまままつながっている台所へ向かった。

「ここは仮住まいなんだろ」

「そうだ。というか、生まれてこの方ずっと俺は仮住まいだけどな。あの豪邸に住まわせてもらってたときも」

この同い年の男と吉良は、幼少期から少年期にかけて、同じ屋敷で暮らしていた。とはいえ、こいつが起居していたのは母屋ではなかったが。

「じゃあ、そろそろ腰を落ち着けたらどうだ。お前ならいくらでも職はあるだろう」

「なんのために」

台所から声がした。

「なんのため？　たとえば国のためだよ」

聞こえてきたのは笑い声だった。

「あいかわらず馬鹿だな、お前は」

男は紙コップをふたつ手にして戻ってきて、ひとつを吉良のほうに差し出した。

「国家かよ。そんなものを信じられるほど、俺はロマンチストじゃないからな」

「じゃあ、なにを信じるんだ」

渡された紙コップから赤黒いワインを飲みながら吉良は言った。

「さあ、なんだろうな。できることなら信じるってことと手を切りたいと思ってるんじゃないのかな」

「お前こそあいかわらずわけのわからないことを言っているな。――それより、グラスはないのかよ」

「ない。俺のマグカップ以外、食器はみんな紙かプラスチックだ。また近いうちにここも引き払わなきゃなんないし」

そう言って男は大きなスピーカーの間にノートパソコンを持ってしゃがみこみ、そいつを小さなアルミボックスにつなぐと、銀箱についているスイッチをぴちりとはね上げた。背を向けたまま男はなにやらちょこちょことノートをいじっている。すると突然、透き通ったピアノの音が出現した。

バッハの「インベンションとシンフォニア」。反響音の少ない硬質な音である。男は立ち上がって、肉の焼き具合はミディアムレアを目指すが保証はしないぞ、と言いながら台所に戻っていった。

「それから、スマホはいつものように」

吉良は、電子レンジにスマホを放り込みに行くため、腰を上げた。ここの家主は盗聴を警戒する必要がある。そんなやつなのだ。レンジの扉をばたんと閉めて、キッチンテーブルの椅子を引いて座り、肉に塩コショウをまぶしている男の手つきを見ながら、リビングのほうから漏れ聞こえてくるバッハを聴いていた。これは誰だ、と訊くとバッハだよと言うので、馬鹿、誰の演奏だって訊いているんだよ、と質《ただ》した。

「ああ、俺だ」

「嘘つけ。お前はチェルニーも卒業できなかったじゃないか」

「だから打ち込んだんだ」

「打ち込んだ？」

男は、熱したフライパンの上に分厚い肉を載せてじゅうじゅう言わせたあと、タッパーからボルシチを鍋に移して温めはじめた。

「そいつはMIDIっていう形式でプログラムしたコンピュータの演奏だ」

「コンピュータの自動演奏？　それにしちゃあ、ずいぶん生々しいじゃないか」

「ピアノの音をきめ細かい情報で解析して標本化する。次に演奏技術を情報化してそいつと掛け合わせると、そのくらいの音にはなるよ、いまは」

「なるかもしれないが、手間隙《てまひま》がかかるだろう」

「それなりにな。サンプリングされたピアノの音源は市販のものを使っているけど、打鍵の強弱や、ペダルの踏み込みの深さや長さなんかは俺が全部プログラミングしたんだ。たまたまドイツにいたときに、バッハの生家を通りかかって、ふと思いついてやってみた」

「なんでそんな面倒臭いことをするんだよ」

「おや、お前がそう言ったからだよ」

「俺が？　コンピュータに演奏させろなんて言った覚えはないぞ」

「言ったようなもんだ。演奏家は邪魔だ、できればバッハと直接つながりたいって。

——どうだ、このバッハは？」

吉良はリビングに戻り、ソファーに座って「インベンションとシンフォニア」と対面した。スピーカーから流れてくる音の連なりは、無味乾燥で杓子定規《しゃくしじょうぎ》なものではない。バッハだ。ちゃんとバッハになっている。と同時に、プログラマーの存在がいやおうなく意識された。いましがた仰天してその事実を知ったからなのか、それとも音にやつの個性が刻印されているからなのか、にわかには判断できなかった。

「同じことはヴァイオリンでもできるのか？」

「ヴァイオリンはまだ難しい。サンプラー音源を使うとどうしても機械が弾いたようなものになっちゃう」

それを聞いて吉良は安堵した。

「けれど、ロボットに本物のヴァイオリンと弓を持たせて、運指と弓使いの動きをすべてプログラミングすれば、いけるんじゃないかな」

「マジかよ」

「コンクール形式で、プロの演奏家何人かと競演させて、ストラディバリウスを持たせてやりたい演奏家は誰かを音楽評論家に決めさせたら、案外と人類の遺産はロボットに行くかもしれないぜ。もちろんこれは審査員に目隠しをさせた上での話だけど。——焼けたぞー」

キッチンに戻ると、小さく切り分けられたステーキが紙皿の上に載せられている。ボルシチをよそったボウルも紙製だ。バタールは手頃な大きさに切って、木のまな板の上にチーズと一緒に載せられてからテーブルの真ん中に置かれてある。ナイフとフォークはプラスチックだった。

「みんな元気か」バタールをちぎりながら男が訊いた。

「ああ、元気といえば元気だ」

「事業のほうは？」

「海外はまだいいんだが、国内は厳しいみたいだ。そりゃそうだろ。鉄筋コンクリートで国を豊かにする時代なんてとっくに終わってるよ」

「おばさんはお前に継いで欲しかったんだよな。まだブーブー言われてるのか」

「さすがに最近はもう言わなくなったな」

「俺もお前が警察官になると聞いたときは首をひねった。ただ、昔からやたらとデカい話が好きだったからな」

「ただデカいだけじゃない。デカイだけなら国よりも国際社会のほうがデカいだろう。俺はな、お前とはちがうんだ。世界を飛び回って自分の才覚で金を儲《もう》け、それで満足してるやつとはな。愛国者なんだよ、俺は」

知ってるよ。男は笑いながら、フォークに突き刺したサイコロ状のステーキを口に運んだ。

「俺は日本を変えたいんだ」

吉良が思わず激してワインを呷《あお》ると、男はボトルを摑んで、空になった紙コップに注《つ》ぎ足した。お前のほうはどうなんだ、と吉良が逆に訊いた。

「どうって言われても、見ての通りだ」

「見ての通りなら、俺のところよりもはるかに住み心地がよさそうだぞ」

「引っ越してくるか」

「無理だな。こんなところから通えるものか。本当なら赤坂あたりに住みたいくらいなんだ」

「どうして」

「職場に近いからに決まってるだろ。俺は仕事に燃えてるんだ。日本を変えるんだ」

「ほんとにお前はロマンチストだな。言い換えると馬鹿ってことだが」

こいつに馬鹿だと言われても腹の立てようがないのが困る。中学まで同じところに通ったが、こいつのせいでずっと二位の座に甘んじなければならなかったし、数学では、こいつが教師に教えてやることさえめずらしくなかった。吉良が勝てたのは体育だけである。

「そっちの景気はいいのかよ」と吉良は訊いた。

「食うには困らないくらいは稼いでるよ」

「最近の仕事は？」

「バンクーバーで開かれたサイバーセキュリティ・コンテストでフランスのチームを優勝させたんだが、その賞金が結構でかかったな」

「どのぐらい」

「日本円だと二億くらいだ」

「なんだって」

「もちろん俺がもらったのはその半分だけどな」

吉良は呆れた。この男と吉良は幼少の頃からのつきあいだが、ふたりの財政状況はあの頃といまとでは完全に逆転している。

「それにしても、コンテストの賞金が二億ってのは驚きだな」

「本当はそんなに出ない。ただ、主催者側は賞金を上げざるを得なかったんだよ」

「どうしてだ？」

「主催者は、超有名なSNSサイトだ。俺たちはその社長の目の前で、そこのサイトをハッキングして個人情報をごっそりかっさらってみせた。当然、ぶっちぎりで優勝した。その上で、優勝賞金の受け取りを拒否したんだよ」

「拒否した？　どういうことだ」

「大会の規約では、優勝賞金を受け取ったら、それと引き換えに、脆弱性《ぜいじゃくせい》とセキュリティホールのこじあけかたのモロモロを主催者側に渡すことになっている。でも、考えてみてくれ、純資産総額が六兆円を超える企業が、自分たちの致命的な弱点を教えてもらうのにそんなはした金ですませようなんて虫がよすぎやしないか」

「殺されるぞ、お前」

「だから、相手が納得できる金額で手を打ってやってるんじゃないか」

「そう思ってるのはお前だけかもな」

「かもしれない。だけど、そう簡単に俺は殺せないんだ。俺が妙な死に方をしたら、この妙な死に方っていうのもいろいろと細かく規定してあるんだが、そうなった場合は二十四時間以内に、その情報はヤバいところに届くことになる。その企業どころか、その企業がとりあえず所属している国家にとっても絶対に渡したくないところにいくわけだ」

男はそう言って吉良を唸らせたあとで、コーヒーを淹れて、新しい紙コップで出してくれた。自分の分だけはマグカップがあるらしく、それを持ってリビングに移動し、作業デスクの椅子に座って足を組んだ。吉良も紙コップを持って、ソファーに腰を落ち着けた。

「それで」と男は言った。「ピンチってなんだ」

吉良は、ついさっき自分が叩いた大言と、これから打ち明ける失態との劃然《かくぜん》たる差に実に決まりが悪かった。しかし、こんな状況で頼りになるのはただ一人この男しかいない。こいつの協力を得るためには、告白するしかないのだ。

要するに俺が馬鹿だったってことなんだが。吉良は先にそう断って、ことのあらましを話しはじめた。男は終始愉快そうに聞いていたが、話が終わると快活に笑った。

「デカいことやりたいと言っていたわりには、実に凡庸な失敗だな。かっこ悪」

吉良は屈辱に耐えながらコーヒーを飲んだ。

「遠くの理想を追いかけているようでいて、目の前の色香に惑わされたってわけだ」

面目ない、と吉良はしおたれた。

「お前の話を整理すると、アンナのバックにいて、自分たちの都合のいいようにスパイ防止法をコントロールしようとしているのはアメリカだってことになる」

「そうだ」

「アルバート・ノーヴ殺しも直接手を下したのはロシアだが、アメリカがそのように仕向けたようなもんだ」

「そのとおり」

「ところが、警察官僚の中に日本の真の独立だのバージョンアップだのと騒いでる馬鹿がいて、こいつも邪魔なのでなんとかしなきゃいけない。ところが、いくらなんでも殺すわけにはいかないから、弱みを握っておこうということになった。そこでお前好みの美女の登場だ。そしてお前はホイホイと引っかかった」

断じてホイホイとじゃない、ゴキブリみたいに言うな、と口惜《くや》しかったが、黙って耐えるしかなかった。

「お前のことなんかほうっておいてもいいが、キャンキャンうるさいようだったら、女と関係を持った件を暴露《ばくろ》してしまえばいいわけだ」

ちくしょう！　まったくそのとおりだよ。吉良は泣きたくなった。

「そりゃそうだよな。アメリカの属国になるわけにはいかない、日本よ、真の独立国たれ、なんて力んでるやつが、アメリカの美人局《つつもたせ》に惑わされて、飛んで火に入る夏の虫。おまけに音声まで録られちゃったんだからな。完全にアウトだろ、こりゃ」

馬鹿野郎、お前はあのバッハを聴いたことがないからそんなことが言えるんだ。そう言って応戦したかった。しかし、だからといって結論部分の〝アウト〟が覆るわけではない。

「さて質問だ。このオペレーションはアメリカとアンナだけで仕掛けられたものなのか、それともお前は日頃からうるさいこと言ってるから、上司が裏切って部屋に盗聴器を仕掛け、お前を手なずけようとしているのか。まあハメられたお前にこんなこと訊くのもなんだが、俺はどちらを前提にして考えればいい？」

「そこは俺も迷った。ただ、上司は俺をハメていないと思う」

「その判断の根拠は？」

「今日会ったときにカマをかけてみて、その反応を観察しての鑑定だ」

吉良は三波に悪態をついた。三波の怒りの中には狼狽《ろうばい》があった。そこで盗聴器を仕込んだのは三波じゃないと判断した。録音を持っているならば、そのネタを匂わせて押さえ込みにかかったにちがいない。あの戸惑いがちの怒りを芝居できるほど三波は役者ではない。

「じゃあ、とりあえずお前のその判断が正しいとしよう。となると、消去法でいけば、お前をハメたのはアメリカだ」

「俺はそう見ている」

「だとしたら厄介だぞ」

「なぜ」

「俺はフリーランスのハッカーだが、仕事をいちばんもらっているのはアメリカの政府機関だ。つまりアメリカ政府は俺のクライアントだよ」

「クライアントを変えろ」

「いいのか。となると、中国、ロシア、イラン、トルコ、あとアラブ諸国あたりになるけど」

「よせ」

そんなところにこいつの技術が使われたらたまらない。

「日本でやれよ。DASPAで雇ってやる」

「無理だろ。払えないよ」

たしかに、前にいちどこいつがフランスからむしり取った額面を聞かされたことがあったが、そんな予算とてもじゃないけど通せない、と呆れた。

コンピュータはバッハを奏でるのを終えた。もともとはピザ屋だったというレンガ造りの建物は遮音性が高く、台風の影響で強くなっているはずの雨音も聞こえない。急に部屋はしいんとした。やがて吉良が、台風の状況を知りたいんだが、とぼつりと言った。

男は、作業台の上のモニターに気象情報を開いた。

「ぐっと西にそれて、間もなく紀伊半島に上陸する」

「勢力は？」

「かなり強いみたいだ。ただ、これだと関東地方にはたいした被害は出ないだろう」

関東は免れたとしても、どこかは蒙むるだろう。ここのところ、熱帯低気圧による惨《さん》禍《か》は世界的に急増している。

「しかし、ほかならぬお前の頼みだから、一回ぐらいはやってもいいかもな」

急にそう言われたのでなんのことかわからなかった。男は、こちらに背中を向けてモニター画面を見ていた。

「クライアントの話だ。一度くらいアメリカに楯突《たてつ》いてやってもいいぞ、ただしこちらの正体がバレないという条件でな」

そうか、と吉良は言った。

「で、お前のとりあえずの目標は、ハニートラップにひっかかって生じたいまの危機的状況を脱し、行政官僚の世界でサヴァイヴするってことなのか」

「そうだ」

「それだけでいいのか」

「とりあえず」

「なんだつまらんな」

「つまらん？」

「つまり、自分にかけられた手枷足枷《てかせあしかせ》をはずせれば、スパイ防止法が不満足な形で通ることについては致し方ないと受け入れるってんだろ」

「たしかに、それは不本意なんだが」

「その不本意な気持ちをどうやって納得させるつもりなんだ。それを聞かせろ。俺のような人間が警察庁にいないと、これからの日本はもっと駄目になる、なんて理屈を使おうとしてるんじゃないだろうな」

まさにその方向で自分を説得しようとしていたところであった。

「じゃあ、この案はどうだ。お前は武士の面汚《つらよご》しの汚名を甘んじて受ける。けれど、スパイ防止法は理想的な形で通過する。どっちがいい？　①自分はサヴァイヴするが、抱いていた理想は断念する。②自分は失脚するが、遺産としてかけがえのないなにかを残す」

吉良は黙った。かっこいいのは断然②だ。吉良はかっこよさを重んじてきた。デカいことはいいことだ。デカいことはかっこいい。かっこよさはデカさに宿る。だから、警察に入った。しかし、頭をもたげてきているのは①だ。実にかっこ悪い辻褄《つじつま》合わせだ。ディレンマの泥沼から頭をもたげて口を開きかけた時、話題を変えよう、と先を塞《ふさ》がれた。

「とにかく、敵がアメリカとなるとかなり厄介だ」と男は言った。「大体ハニートラップに引っかけられたってことは、要注意官僚としてお前はすでにマークされているってことだ。下手に動いて、それを見破られたら徹底的に潰しに来られるぞ」

いくらなんでも、アメリカを相手に、四《よ》つに組んで相撲は取れない。だとしたら、現実的な線としては①ってことになるのかな、などと吉良は考えていた。しかし、問題児は意外にも、

「ただ、①よりも②のほうが実現できるかもしれない」と言った。

「話せよ」と吉良は言った。「わかりやすくな」

「もし女がスマホなんかで録音してその中に音声ファイルを残している場合、これはスマホをハッキングして、中のファイルを消してしまえばいい。ところが、接触しないでスマホを完全にハッキングするには、いろいろと機材がいる。FBIが使っているスティングレイってのを改造したものは持ってるんだが、今回は日本に持ち込んでいないんだ。さらに、ICレコーダーや録音機で録られていた場合、それをネットにアップロードしてないで、録音機の中にしまい込んだままだとこれまた厄介だ。その録音を消去するには、部屋に忍び込んで機器を盗み出すしかない。俺はそういうことはやらない。お前がやるんだったら①でもいい。公安はそういうこともやってるんだろう。ただし、見つかった場合は、住居侵入罪で逮捕。お前はもう決定的にアウトってことになる」

「②はなんとかなるのか」

「博打《ばくち》の要素は多分にある。確実とは言えないが不可能ってわけでもない。ただし、お前の失態についてのフォローはしないからな。つまり、盗聴された音源についてはほったらかしだ。だから、お前が失脚するのはほぼ確実だ」

しばし吉良は考えて、じゃあそれでいこう、と言った。

「②でかまわない。法案が理想的な形で通るのならな」

相手はにやりと笑った。

「よし、わかった。そちらで考える。で、お前が警察をクビになるのはほぼ確実だろうから、いまのうちに仕事を探しとけよ」

次の職なんかこの段階で考えられるかよ、と吉良は思った。

「それよりも、②のオペレーションはどの程度確実なんだ」

「お前次第だ。最終的な駆け引きはお前にやってもらう。博打的な要素があると言っただろ。その不確定要素はお前の能力だよ」

そうして、作業机の上のモニターが、吉良が座るソファーのほうへ向けられた。そこには、ネット上のあるホームページが開かれていた。

「こいつを使ってみる」

そして、吉良は計画のおおよそを聞いた。それはひどく乱暴なもので、不確定要素も多かった。相当な困難が伴うぞ、と戦慄《せんりつ》もした。失敗すれば、警察にいられないどころか手錠をかけられる可能性もある。また、色仕掛けに屈した不届き千万な警察官なら辞職ですむだろうが、ここまで大胆な謀《はかりごと》をしかけてしくじったら、命まで取られかねない。たとえうまくいったとしても、深い遺恨を残すだろう。
②をそそのかすなんてひどい奴だ、と吉良は呆れた。
と同時に、さぞかし痛快だろうとも思った。痛快さで身を滅ぼすのなら本望だ、とも。

真夜中に紀伊半島を直撃した台風は、朝方には日本海上に抜けた。しかし、和歌山県南部や奈良の山間部では被害の爪痕《つめあと》が深く残った。海岸線では漁港に停泊していた漁船が陸に打ち上げられて大破し、水揚げのための施設の多くが損壊した。ただ、より深刻だったのは平地部と山間部で、平地では氾濫《はんらん》した河川の水で多くの家屋が床上浸水の被害に遭い、その正確な数字はいまだ摑みきれていない。多くの住民が、屋根の上や二階のベランダから消防署のヘリに救助を求めて手を振った。もちろん水害は田畑にも及び、農作物を駄目にした。土砂崩れや倒木の影響で、電信柱が倒れ、電気・ガス・水道のインフラが機能しなくなり、山道が倒木や落石で塞がれたため、山間部の村落は陸の孤島と化している。

その一方で、東京ならびに関東甲信越地方での大きな被害は報道されていない。中央線も通常通りのダイヤで運行しているようである。

吉良はキッチンのコンロの前に立ち、リビングのスピーカーから流れてくるインターネットラジオのニュースを聞きながら、フライパンの上に卵を落としていた。男がやってきて電子レンジを開け、中から吉良のスマホを取り出し、作業台のほうへ持っていった。自分のデスクトップにつないでなにか細工を施しているようだが、台所から見えるのは男の背中だけだ。吉良がハムエッグを紙皿の上に移すころに男は戻ってきて、テーブルの上にスマホを置いた。

「改良しておいた。これで、このスマホをハッキングして盗聴することは相当難しくなった。もう電子レンジに入れなくてもいいだろう」

吉良は、男の手によって改良が施されたスマホをしげしげと見つめた。表向きは別段なにも変わっているようには見えない。

「あと、盗聴器を検出するアプリも入れておいたから、アパートに戻ったらすぐに調べとけよ。これだ」

指さされたディスプレイ上には、新しいアイコンが増えていた。アイコンがバッハの顔なのは吉良への冷やかしだろう。

「仕掛けられた盗聴器はすべて検出できるのか？」と吉良が訊いた。

「いや、インターネットにつながっているものだけだ。録音機を仕掛けられて、録音したものをもういちど部屋に忍び込んで回収しに来るような手口だと検出できない。部屋の鍵は替えたのか」

「いや、替えなきゃなとは思いながら、まだやってないんだ」

そう言うと男は、まったくユルユルだなお前は、と呆れた。

「あともうひとつ入れておいた。いま説明したふたつは防御のアプリだが、こいつはちょっと毛色がちがう。この耳のアイコンを押してこのアプリを起動させ、相手のスマホと接触させれば、ペアリングして中の情報を一瞬で奪うことができる。通話も聴けるし、そいつのスマホを盗聴器がわりにも使えるんだ。相手の動きがどうしても気になるときにはこれを使うといい」

了解と言って、吉良は出勤の支度をはじめた。問題はアンナのヴァイオリンである。込み合った通勤電車にこれを持って乗り込むのは気が引けた。また、吉良のアパートに持ち帰って放置するには、鍵があまりにもポンコツすぎる。防犯の観点からして、ここに置いておくほうが安心だと思い、預かってくれないかと頼んだら、なら置いていけと言われた。持参した薄地の寝袋も、ここを引き払うときは捨てても構わないという条件で、残していくことにした。

高尾駅は中央線の始発駅なので、ひと便だけ見送れば、座ることができた。スマホを使って、和歌山がこうむった台風の被害について調べていると、八王子から意外な人物が乗り込んできた。スーツをだらしなく着て、リュックを前まわしに抱え、眠そうな目でつり革につかまっているボサボサ髪の男は、真行寺という古参の刑事だった。

こちらに気がついている様子はない。できればこの時間にこの場所で同じ組織の人間に姿を見られたくはなかったから、声はかけなかった。向こうは立川《たちかわ》の駅で幸運にも空いた席を見つけてそこに座り、乗り込んできた乗客が、ふたりの間に壁を築いてくれた。新宿駅で人垣が崩れた時には、もう彼の姿はなかった。

DASPAの扉を開けると、がらんとしたフロアで秋山が待ち受けていた。

「アンナさんのほうからなにか連絡はありませんか?」

いいや、と答えると、秋山の顔に不安の影が射した。

「連絡が取れないんです」

「いつから」

「三日前ほど前から」

おかしいな。少なくとも昨日アンナは、吉良の部屋にヴァイオリンを置いて、ボルシチまで作っている。いや、ひょっとしてあれはアンナに見せかけたカムフラージュなのか。

「部屋には?」

「行きました、昨日。そして先程も。インターホンを押してもなんの反応もありません」

「管理人に言って部屋を開けさせて、中を確認したのか?」

「それをしていいのかどうなのか、迷っていまして」

わかる。なにごともなければ、プライバシーの侵害になる。

いったん引き上げた秋山は、昼過ぎにこんどは電話で、初台のマンションにやはりアンナはおらず、連絡もつかないと言ってきた。

「もう一日待とう」

そう言って電話を切った。この時点でもう大騒ぎするべきなのかもしれない、と迷いながら……。アンナの身になにかあったら、と考えると落ち着かなかった。

ロシアがアンナを襲うことに合理性はない。しかしアンナを面倒な存在だと思っていることはまちがいないだろう。ロシアの行動を予測する方程式に入力しなければならない変数をまちがえたのか、それとも見落としている要因がほかにあるのだろうか。

夕方、コーヒーを買いにコンビニに出向いた時にスマホが鳴った。知らない番号だな、と思いながら耳に当てた。

――周りに人がいるのなら、気づかれないように生返事だけをすればいい。

「いや大丈夫です。わざわざありがとうございます」

金を払いレジから離れながら、吉良は言った。

「尾関先生、なにかありましたか」

――ああ、君が言ったことは妄想じゃないみたいだぞ。野党の顔を立てるとか、落としどころを見つけるとか言いながら、やっちゃいけない妥協をやろうとしてるんだ。

「どうやって突き止めたんですか」

――ほかの件もあったんで、北島さんを憲政記念館に呼び出した。それであのへんをぶらぶらしながら、探りを入れてみたんだ。

北島が議員の部屋を訪れるにせよ、議員が内調に出向くにせよ、それを目撃する人が出る。当然なんのために会ってるのだと勘ぐられる。だから尾関は、人影がまばらな憲政記念館で、偶然に会ったという体裁にしたのだろう。

――まあはっきりとは言わないんだが、君が睨んだ通りだろうよ。

吉良はほんの少し自信を回復した。

「先生はどう答えられたんですか」

――しっかりしなさい、そうどやしつけてやったさ。

官僚の北島は、国会議員の尾関に対して表向きは丁寧に接するだろうが、実際の力関係はいまや北島のほうが上であり、おまけに警察庁では北島は先輩であった。どやしつけるとは、さすがに熱血漢である。

――あの人も昔はああじゃなかったんだよ。まあこんなこと言ってもしょうがないな。こんどゆっくり話そう。俺はこれから和歌山に行く。台風でかなり痛めつけられたみたいなんだ。

そう言われて吉良は、尾関が和歌山三区選出の議員であることを思い出した。

――とにかく君も気をつけろ。

「気をつけろとは？」

――それはまた話すよ。こちらも君にいろいろ訊きたいことがある。こんどは俺の相談にも乗ってくれ。

喜んで、と吉良が言うと、切れた。

翌日も、その翌日も、アンナとは連絡がつかなかった。三日後、ついに秋山はマンションの管理人にドアを開けさせた。

部屋はもぬけの殻になっていた。秋山が言うには、争った形跡はなく、衣装や手荷物などはすべて消えて、引っ越したあとのようだったらしい。

「あの時、素直に芸能事務所に渡しておけばよかったかもしれませんね」

その口ぶりに、吉良の判断を非難する色がにじんでいた。いよいよ子飼いの部下からも反抗されるようになったな、と吉良は身の上の黄昏《たそがれ》を感じた。

「渡しておけば、この事態が防げたと言いたいのか」

「とりあえずは我々の責任にはならずにすんだって話ですよ。ただの出奔《しゅっぽん》なのか、何者かによる拉致なのかまだわかりませんが」

「拉致されたんだとしたら、部屋がきれいに片づいているのはおかしいだろう」

「だから、まだわかりませんって言ってるじゃないですか」

こちらが反省の弁を述べないのが気に入らないのか、秋山はいくぶん無愛想にそう言った。

「アンナのスケジュールはどうなっているんだ。穴を開けそうなものはあるのか」

「いえ、トーク番組などはすべて終了しています。本人からも腰を据えて練習や勉強をしたいので、この手の仕事はそろそろ控えてくれ、と少し前から言われてたので」

「こちらがトーク番組などの仕事は断るというのは知らせたのか？」

「いや、こちらが切り出す前に向こうからそういう話がありました。それは、先日のミーティングでも報告してますよ」

「練習時間を増やしたいというのは聞いたよ。とにかく、彼女のほうからもトーク番組のブッキングは控えてくれと言われたんだな」

「そうです」

おかしいな、と吉良は思った。どんどん出演し、吉良が望むのとは別の方向へことを発展させようとするはずなのだが。

「その演奏の仕事でこちらがブッキングしてたものはあるのか」

「それについても、トークショーとセットだったり、VIPが来訪するようなサロンで弾くようなものは断ってくれと言われてたんです」

それでどうしたんだ、と訊くと、断りましたよ、首に縄つけて引っ張って弾かせるわけにはいかないじゃないですか、と仏頂面で秋山は言った。まともな演奏の仕事はどうしたと訊くと、これについても、今後は演奏する曲目やホールなどもしっかり考えてから選びたいので、いちどすべてリセットしたいと言われたんだそうだ。とにかく、腰を据えて練習や勉強をしたいということらしかった。それはいつの話だと訊くと、いつだったかな、確かそのあとにぷっつり連絡が取れなくなったんですよ、と秋山は言った。そんなことを聞けば、山ごもりでもして特訓してるんじゃないか、などと考えてしまう。また、そこまでして練習時間を増やしたいというのは、なにか計画があってのことだったか。例えば海外のコンクールに出場するとか、と独り言のように吉良が言うと、そんなことまでは立ち入れませんし、立ち入るつもりもありません、とどこか棘《とげ》のある答えが返ってきた。ともかく、ドタキャンの処理で秋山が困っていることはないらしい。

「生活費のことについては心配してなかったか」

「そろそろ自分で何とかできそうだなんてことは言ってましたけど」

逃げたな、と吉良は思った。つまり、アンナはナイーラとしての役割を終えたと判断し、そして消えたのだ。

「だけど、そういう話じゃないんですよ」と秋山が言った。

「どういう話なんだ」

秋山はほんのすこし躊躇の色を見せた後で、

「家賃までこちらが払っている協力者が忽然《こつぜん》と姿を消したとなると、問題になりませんか」

「なるだろう」

「これって、三波チェアマンにはいつ報告するんですか」

「この後すぐに」

「どういうふうに」

「そのままだ」

「警護を解除したことについて、なにか言われませんかね」

「言われるかもしれない。――ていうか言われるだろうな。ただし、この件についてロシアが関与しているとはまだ俺は思ってないんだが」

「そのように三波チェアマンに説明するんですか」

「求められれば」

「それはあくまでも吉良さんの意見ですよね」

「お前の意見じゃないと言いたいわけだな。了解した。そのように言っておく。ついでにお前の意見があればそれもちゃんと伝えておくし、お前が個別にチェアマンにコンタクトを取って自説を述べるのも俺はいっこう構わない」

「そんなこと言ってませんよ。でも、吉良さんはどう思ってるんですか」

「真相はよくわからない。ただし、ロシアがアンナをなんとかしたって線はないと思う」

「……わかりました」

不承不承にそう言って秋山は帰っていった。

駄目だなと思った。ちょっと危ないなと思ったら保身に走る。こういうやつは国を支える警察官僚にはなれない。万が一、俺がサヴァイヴできたなら、一発ガツンと食らわして性根《しょうね》を叩きなおしてやる、と勝手なことを思った時、やはり俺は辞めたくないのだな、と吉良は自覚した。国を守るという大義の中に身を置いてこそ、存在意義を感じることのできる人間なのだ、とあらためて痛感したのであった。

秋山に約束した通り、三波にDASPAまで来てもらって、報告した。思った通り、上司は急に深刻な顔つきになった。

「だから警護をつけたほうがいいって言ったんだ」

「ただ、ロシアの線はないと思うんですよね、秋山はその辺を心配しているようですが」

「秋山の意見はこの際どうでもいい。お前はなぜロシアの線はないと判断する？」

「それはこの前も言った通りです。ロシアにとってアンナを襲うことには合理性がないからですよ」

「じゃあ彼女が姿を見せないことをどう説明するんだ」

「俺たちとの関係を絶ったんです。協力者の彼女と我々はある意味ギブアンドテイクだったんですが、彼女はこの相互扶助的な関係を一方的に終わりにしたんです」

「そうだとしても、なぜ一言も残さずに消えなきゃいけないんだ」

「そこは、わかりません」

「アンナは外国人だぞ。下手なことをしたら強制退去の憂き目に遭うんだぞ」

「それはそうですが」

「おい、お前なにか知ってるんじゃないのか」

吉良は、いや、なにも知りませんよ、と惚《とぼ》けた。ところが、いつもは鈍い三波はこんな時に限って、

「お前、あの娘《こ》となにかあったんじゃないのか」と鋭く肉薄してきた。

吉良が黙っていると、こちらを見据えていた三波は、あっと小さく叫んで口をあんぐり開けた。

「そうなのかよ。まいったな。あれほど女には気をつけろと言ったのに。お前は女でしくじるタイプなんだよ。こんなことになるのなら、都築って厚労省の技官にちょっかい出してくれてたほうがましだったな」

詰問はしだいに嘆き節へと変わった。どうせバレるのならもう白状してしまおうか、と思ったが、やっと立てた計画を実行するにはこのタイミングでは早すぎる、と判断した。

「そうかわかったぞ。だからお前は、ロシアの仕業じゃないという説に自信を持てるんだな」

三波が急にアンナの失踪《しっそう》へ話を戻した。

「どういう意味です？」

「とぼけるな。協力者を口説くなんてのはもってのほかだし、色恋沙汰がこじれて相手が姿をくらますなんてあるまじき失態だ」

「口説いてなんかいませんよ」

「黙れ。もうちょい俺に説教させろ。ただ、アンナがお前との関係に悩んで行方をくらましているのなら、むしろそのほうがいいんだ。ロシアに拉致されたり殺されたりしたら、判断ミスのそしりをまぬがれない。正直言ってお前に責任すべてを押し付けようとしても無理だ。俺も確実に叩かれる。なにやってんだ、まったく」

半ば得意げに妙な解釈をはじめたので、吉良は自分のミスを申告せずにすんだ。

「ちなみにこれだけは教えとけ。お前、起訴されるようなことはやってないだろうな。女に訴えられたら、不起訴処分にしてもらうには、いまのタイミングは最悪だぞ」

「馬鹿なことを言わないでください」

「ならいいんだ。それにしても、しょうがないな、アホタレ」

久しぶりに堂々と説教できるネタを摑んで喜んでいるようでもあった。

とにかく、この部下はまだ使えると判断してくれたようだ。首の皮一枚でつながった。そして、この上司の反応で、アンナの部屋に盗聴器を仕掛けたのは三波ではないということに確信が持てた。ひょっとしたら盗聴などされていない可能性も、と吉良は望みをかけそうになったが、それはあまりにも甘すぎる見通しだと思い直した。

いつになくあちこちから、批判され、警告されていた。この勢いは止まらずに、こんどは国際テロリズム対策課の曽我部が「ちょっと警視正の耳に入れておいたほうがいいと思いまして」と電話口で断ってから、DASPAまでやってきた。

曽我部はまもなく定年を迎えようという準キャリア警官である。吉良は曽我部を買っていた。特段にキレるわけではないが、浮ついたところがなく、終始落ち着いて状況を見定めようとする態度を評価していた。曽我部も吉良に忠誠心を示した。DASPAにも連れて行きたかったのだが、曽我部の年齢を考えると、新天地で大いに発展するという見込みはあまりなかったし、新設の組織では苦労することも予想され、そうなると警察官の最後を汚すことになると思い、置いてゆくことにした。

「耳に入れておいたほうがいい」ニュースが喜ばしいものであるはずはない。わざわざこっちまで出向くということは、国際テロリズム対策課では話しづらい内容なのだろう。

どうですか、国テロは。新課長とはうまくやってますか。世間話の口調で吉良が尋ねると、実はそのことで来たんです、と曽我部が顔を曇らせた。

「温井課長がなにかやらかしたんですか」

「いや、これからやろうとしているんです。日頃から、課長の批判がやたらと目立つんですよ」

いまの課長は温井さんですよ、と吉良は注意した。曽我部の中では、いまでも国テロ課の課長は吉良なのだろうが。また、温井があちこちで吉良の悪口を言いふらしているのは、すでになんども聞かされている。いまに始まったことではない。

「それが最近は度がすぎるといいますか……。とにかくことあるごとに、DASPA批判に絡めて吉良さんをじゅくじゅく非難するんです」

「どういうふうに」

「ああいうことは意味がないんだと」

「ああいうこと、とは？」

「そこがいまひとつ不鮮明なんですが、とにかくスタンドプレーが多くて……」

「例えばどんな？」

「例えば……、これからはサイバーインテリジェンスみたいなものが必要になってくるんだと」

「それはまあわかる意見ですね」

「そこのところを吉良さんは履きちがえているんだと」

「ほうほう」

「これからはヒューミントじゃなくてシギントなんだと」

ヒューミントとは、簡単に言えば、人間が動いておこなうスパイ活動だ。これに対してシギントは、ハッキングなどで通信を傍受し、それによって情報収集することを指す。アメリカでは前者をCIAが、後者をNSAが担っている。

「それはいまインテリジェンスの世界の常識ですよね。極端なこと言ってるわけではまったくない。それに、僕だってヒューミントだけが大事だと言うつもりもないですよ」

「だけど、人的情報と技術情報は複雑に絡み合っているので、どちらか一方だけでインテリジェンス活動はやれないんだと教わってきた私としては、新課長の発言には抵抗がありますね」

「確かに、あまり強調しすぎると問題です」

「それで、こんどシギントの専門家をアメリカから呼んで、勉強会をやることにしたみたいです」

「国テロ課で？」

「いや、キャリアのみの勉強会です。国テロ課が仕切って、公安調査庁や外務省の国際情報統括官組織にも声をかけると言ってました。これはもう完全にDASPAへの横槍ですよね」

早速きたな、と吉良は思った。

「曽我部さん、俺のことはともかく、シギントだけに頼ってはインテリジェンス活動ができないことは確かです。おそらく温井課長もそのことを近々再確認することになるでしょう」

吉良はそう慰めるように言って曽我部を帰した。帰りしなに元部下は重々注意してくださいよ、とまた言った。

「他にもいろいろ言ってますから」

「なにを言ってるんですか」

曽我部がためらっていたので、遠慮せずに言ってください、と吉良が促した。

「あいつは女にだらしないんだ。ロシア女を使ったキャンペーンも、自分があの女とつきあいたいからだ。警護に引っ張り出されるこっちの身にもなってみろ。あいつは必ず女で失敗する、なんてよく言ってますね」と曽我部は言った。

「まあ事実だからしょうがないんじゃないですか、そう言われても」

吉良が本音を漏らすと、それは曽我部の中で冗談となったらしく、それもまたヒューミントですね、などと意味不明な弁護をこしらえて去っていった。

しばらくすると、ネットでは真偽の定かでない噂が拡がり始めた。噂はウイルスのように次から次へと感染し、人々の心を汚染していった。

帰り道を変更し、溜池山王《ためいけさんのう》まで歩いて南北線に乗り、市ケ谷で降りた。先だって防衛省で映画を観せられたあと三波と入った喫茶店へ、この日は涼森を呼び出した。

「和歌山の件か」

アイスコーヒーを注文し終えると涼森はそう言い、吉良がうなずいた。

「お前はどう見ている」

「もちろんネット民の妄想だろ、あれは。――暑いな、汗かいちまったぜ。うちの喫茶室じゃだめなのかよ」

こともなげにそう言い放った涼森は、運ばれてきたアイスコーヒーのグラスを摑んでぐっと飲んだ。

「つまりデマだと？」

涼森は、口元をぬぐい、まじまじと吉良を見た。

「大丈夫か。あれがデマじゃないとお前が思ってるのなら……」

「もちろんデマだ」しまいまで言わせなかった。

ネット空間に、台風で被害を受けた和歌山のインフラがいまだ復旧しないのは、ロシアが電力や水道のシステムにサイバー攻撃を仕掛けているからだという噂が流れはじめた。ネットには根も葉もないデマがウイルスのように漂っている。しかし、たいていは大した感染力を持たずすぐに死滅するのだが、このロシア陰謀説はじわじわとネットを汚染していった。

「ただ、なぜこのデマがここまで盛り上がっているのか、俺はそこが気になってるんだ」

「それは、お前のせいだろ」

吉良は不可解な表情で涼森を見返した。

「つまり、あの殺しとロシア娘が引き起こした結果だよ。特にあの記者会見を見た日本人はロシアに対して疑心暗鬼になった」と涼森は言った。

「そこに台風が来て大きな被害が出たので、これと化学反応を起こしてってわけか」

「そうだ。日本は毎年のように台風に見舞われているから、ただ被害が出ただけならこういうデマが拡がることはなかったろう。いくらなんでも、ロシアが台風を発生させて、それを日本にぶつけたなんて考える人間はいないからな。台風はロシアのせいじゃない」

涼森にしてはなかなか笑える冗談である。

ともあれ、台風が去ってくれれば、元の日常へと戻れるはずだと人々は思っていた。ところが、今回は地割れによる水道管の破裂や電信柱の倒壊などがあちこちで起きてインフラが止まり、さらに倒木や橋の崩落などで被害地域への道が塞がれ、復旧作業が遅れている。ただ、状況をこんなふうに説明されたって人は納得できるものではない。納得できるなにか別の理由が欲しくなるわけだ。

そんなときに、これってロシアの仕業じゃないのかって誰かが言っているのを聞いたり目にしたりする。インフラがいまだに復旧できないのは、そのネットワークがロシアのマルウェアで麻痺させられているからだって。――実際、ロシアならやってやれないことはない。

「そういうストーリーのほうが納得できるってことだ。お前がよく言ってるじゃないか。――人は信じたいものを信じる、って」と涼森が言った。

「そうだな。ただし今回はその続きがあると俺は思ってるんだ。〝人は信じたいものを信じる〟ってことを利用して、もうひとひねり加えられてる気がするんだよ」

吉良がそう言うと、涼森は怪訝な顔つきになった。

「ちょっとこれを見てみろ。ただ単に、信じたいものを信じようとしているだけじゃ、ここまで書けないだろう」

吉良はスマホの画面を見せた。ロシアが、インフラのシステムをどのようにハッキングして、復旧させないようにしているかについて、やたらと詳しい書き込みがあった。

「こりゃまた真に迫ってるな」と涼森は顔を曇らせた。「コージーベアって集団を使ったなんて書いてあるが、これはたしかにロシア政府が使っているハッカー集団だし、ハッキングの手順もかなり正確だ」

「だろ。だからお調子者の評論家がテレビに出ていらんことを言うんだよ」

上司の三波が「あいつはいろいろと便利だ」という理由でときどき使う若手評論家が昼のバラエティー番組で、

「かなり信憑性がありますね。実際、この手口はハッキングによって引き起こされたカリフォルニアの大停電に酷似していますし」

などとコメントしたもんだから結構な騒ぎとなって、ロシア大使館が、我が国の品位を貶《おとし》める偏見に基づいたデマだという声明を出した。

「あの評論家は勉強不足だな。カリフォルニアの停電の犯人は中国だ」

「問題はそこじゃない」と吉良は注意を促した。「あの評論家だって、妄想としか思えない書き込みなら、あのコメントは出せなかった。つまり、あいつが〝これは、100%真実かどうかは定かではありませんが、ありうる話ではあります〟と乗っかれるほどには、そのコメントはリアリティを持っていたわけだ」

涼森は首をかしげた。

「お前が作った映画『明日《あす》なき明日《あした》』を観たあとで、俺の代わりに都築って厚労省の技官が質問したのはそういうことなんだ」

「そういうことってなんだよ。よくわからんぞ」

「つまり、これはあの映画に描かれていなかったサイバー攻撃だ。すごく地味だがな」

「おいおい、このデマがサイバー攻撃の一種だっていうのかよ」

「そうさ。人は信じたいものを信じる。この習性を利用して、信じてくれれば都合がいい勢力がそう信じなさいなと肘《ひじ》で突《つつ》いているんだよ」

「つまり、あの妄想めいた書き込みそのものが、誰かの仕業だって言うんだな」

「誰かじゃないよ、涼森」

「どういうことだ」

「あの日、俺たちに映画を観せたあとで、お前は壇上から話しただろ。自分が言ったことを思い出すんだ」

涼森の顔がこわばった。

「国家か……、国がやってるっていうのか。——あんなくだらない書き込みを？」

「やらない保証はないだろう。実際ＩＲＡはやったぞ」

「え、アイルランド共和軍が……」

「馬鹿、ロシアの組織だ。Internet Research Agency。表向きはインターネットのマーケティング会社を装ってるが、インターネットを使って世論操作を請け負う国策会社だ」

「まてまて、ロシアがあれを書き込んだって言うのか。自分たちがハッキングしてインフラを復旧できなくしてるって、そんなことを宣伝してどうするんだ」

「ちがう。このネットの騒動がロシアが仕組んだものだとは言ってないぞ。ＩＲＡにアメリカは過去にやられたってことを言いたいんだ」

「アメリカがロシアに？　なんのことを言ってるんだ」

「いろいろあるが、一番わかりやすいのは前の大統領選だよ。Facebook、Twitter、Instagram、YouTube、Google＋、Tumblr、使えるソーシャルメディアはみーんな使った。膨大なアカウントを作って、あることないこと書きまくり、現大統領が有利になるような情報操作をしてたんだ」

涼森は腕組みをして黙り込んだ。

吉良は、アイスコーヒーをひとくち飲んで喉《のど》を潤《うるお》した。

「だけど涼森、考えてみろよ。国の言いなりになってくれる広告会社を使って世論を操作するのは、アメリカのお家芸だ。湾岸戦争の『ナイーラ証言』を思い出せ」

「……つまり今回はアメリカが仕掛けてるんだって言いたいのか」

「そうだ、アメリカは過去にロシアにやられた教訓を生かして、先手を打ったんだ」

「先手……。これがアメリカの先手なら、ロシアが打とうとしていた手ってなんだ？」

「もちろん、アンナから食らったアタックに対する反撃だよ。『スプートニク』あたりで特集を組んで彼女の誹謗中傷《ひぼうちゅうしょう》を大々的にやろうとしていたんだろう」

「それは、さぞかしやりそうなことだな。じゃあ、なぜやってないんだ」

「勝てないと判断したからだ」

「なぜ?」

「勝てない理由はふたつある。ひとつは、日本人はロシアの美女が好きだから」

そこかよ、と涼森は苦笑した。

「いや、これは案外馬鹿にできないぞ。ロシアの美女が好きだってことは、アンナの言うことは、プーチンが言うことよりも正しいと信じるってこととほぼ同じだ」

涼森は真顔になって、そうだな、と言った。

「もうひとつは、日本でナショナリズムの気運が胎動しつつあるからだ。いま下手にアンナに手を出せば、かえってこの動きを加速することになりかねない」

「人は信じたいものを信じる、か」

「そうだ。それに、ロシアがよけいな殺しをやっちまったことは確かだからな。とにかく早いとこ忘れてもらいたいと思っているのかもしれない。実際、日本人があっさり忘れてしまう可能性はある。信じたいものを信じるってことは、忘れたいものは忘れるってことだ」

「つまりお前は、ロシアはこれ以上なにも仕掛けてこないと見ているわけか」

吉良はうなずいた。

「やはり警戒すべきはアメリカだろう」

そうだな、と涼森も同意した。この武官は、日米同盟は維持しつつ、アメリカ軍には撤退してもらうべきという持論を表明しているので、世間一般では過激に聞こえる吉良の意見も、彼の耳にはごく当然なものに聞こえているはずだ。

アメリカはやるときはやるからなと涼森が言った。そうだ、アメリカはそうと決めたらえげつないことをやる。少女を人前で泣かせて真っ赤な嘘をつかせたり、同盟国の首相の電話を盗聴したり、あるいは市街地のど真ん中に核爆弾を落としたり……。

「しかし、まいった」と涼森は言った。「ネット使ってデマをばらまいて、攪乱《かくらん》戦法に打って出るというのは想定外だった。これも映画に盛り込んどけばよかったな」

「だったら、撮り直すか」

「馬鹿いえ、いくらかかると思ってんだ」

そう言ったあとも、涼森はしきりに悔しがった。

数日後、吉良は、耳を疑うような一報に接し、仰天する。

尾関一郎が殺害されたのであった。

6　あいつ

現職の衆院議員が殺害されたというニュースは、またたくまに警視庁ならびに警察庁を駆け巡った。

しかも、毒殺である。

あのホテルの部屋に呼んだ女に渡されたコンドームに猛毒が塗り込められてあり、装着した議員はまたたく間に昏倒《こんとう》し、その場で死亡が確認されたという。

問題はどんな毒が用いられたのかである。もしそれがノビチョク、もしくはその類いであるならばロシアの関与を疑わざるを得ない。ロシアはいったん鳴りを潜めるだろう。警戒すべきはむしろアメリカである。そういう認識を涼森と共有した吉良は、このニュースにうろたえた。いったい俺はどうしちまったんだ。まったくもって不調だ。あの日、あのアンナに、あのバッハに拐《かどわ》かされて以来、てんで駄目じゃないか、だらしないじゃないか。

ともあれ、掌握すべきは、またしても毒の正体である。そう思っていると、水野のほうから鋭い牽制球が飛んできた。

「こんどは、手を出さないで」

吉良が電話に出るなり、水野は鋭くそう言い放った。

「少なくとも三日間は静観していてください。それでも愚図つくようなら、こちらから援軍を要請させていただきます」

水野は急に口調を整えた。わかりましたと吉良も調子を合わせた。もっとも、科捜研の様子からすると、そんなに手間はかからないと思うけど。とにかく、また連絡します。じゃあね。と最後にはくだけた調子に戻っていた。

そりゃそうだろう。ノビチョクの分子構造のデータはＤＡＳＰＡから渡され、いまは科捜研のデータベースにも保存されている。ノビチョクである場合はこれと照合さえすればいい。水野がどことなく自信ありげだったのは、ノビチョクだという線が、ほぼ確定されているからではないか。だとしたら今日中に解析結果がもらえるだろう。

案の定、その日の夕刻に、もういちど電話が鳴って吉良が取ると、わかったわ、と水野の張りのある声が聞こえた。

しかし、その猛毒の名を吉良は耳にしたことがなかった。メチルリコチン酸ＶＷピナコリルガス。正式な学術名だとこうなるらしい。俗称はないのかと訊くと、わからないと水野は言った。

「ノビチョクとの類似性は？」

――ない。――科捜研の分析結果によれば。だからといってロシアの犯行ではないというふうに考えるのが妥当かどうかは、わからないけれど。

もっともな意見である。吉良は礼を言って切り、厚労省にかけた。医系技官の都築は、今日は多摩に詰めているらしい。東京の西の外れに建てられたばかりのDASPAの研究所である。吉良はかけ直した。電話口に出た男は、都築はいま機器の搬入に立ち合っているので、と取り次いでくれなかった。神経ガスの名前を読み上げて男に書き取らせ、これについて都築技官に聞きたいことがあるので、折り返し連絡をもらいたい、と念を押して、切った。

およそ一時間後、吉良の机の電話が鳴った。

「メチルリコチン酸VWピナコリルガスがどうかしましたか」

電話口に出た都築の口調は訝しげであった。

「これはどのような神経剤なのでしょうか。殺傷能力よりもむしろ、どの国が開発して、過去にどのような場面で使用されたのかを教えてもらいたいんです。これは厚労省の技官に訊いてるというよりもむしろ、そのようなデータを有しているであろう、DASPAの科学兵器開発班の都築さんに向けての質問です」

勢い込み、堅苦しくそう言うと、相手はDASPAの正式スタートは来月ですが、とはぐらかそうとした。

「ですが、いま都築さんがいるのはDASPAの研究所ですよね、厚労省の施設ではなく」

吉良がそう言うと、つかの間の沈黙の後に都築は、私よりも適任がいるので、そちらから連絡させましょうか、とまたいなそうとする。

「いや、都築さんから伺いたい」

——どうしてでしょう。

「ほかに回されたら、そこからまたよそに回されて、教えてもらえない気がする。それに、この電話の受け答えから察するに、あなたには回答できるんです。お願いします、教えてください」

すると都築は、かけ直します、と断って吉良が返事をしないうちに切った。なぜだ。まず考えられるのは、同僚の耳を避けて場所を変えるためだ。では、なぜそうする必要がある？

——失礼しました。

吉良の耳元に都築の声がふたたび届いた時、木々のざわめきと鳥の声も一緒だった。研究室を出て、屋外を歩いているにちがいなかった。鳥の声の賑やかさから、またずいぶん奥まったところに建てたんだな、と彼女のいるDASPAの研究所を思い描いた。

――メチルリコチン酸VWピナコリルガスですよね。逆に、どうして、これが過去にどこで使われたのかを知りたいのですか？

「尾関議員殺害に使用されたことが科捜研の調べでわかったからです」

都築に代わり、鳥がさえずる。

――確かですか？

「ええ」

――吉良さんはDASPAではどこに所属予定でしたっけ？

なんだよ、覚えてくれてないのかよ、と悔しがりつつ吉良は、インテリジェンス班ですと告げた。すると都築は、DASPAでは情報共有を奨励されていますよね、と不思議な質問を発した。ええ、そうですね、と吉良が応じると、電話の向こうはまた小鳥の歌だけになった。

そうなんだよね。誰にともなくつぶやいた都築の言葉が、吉良の耳にコロンと転がり込んで、続いて衝撃的な回答がこれに続いた。

――その神経ガスは厚労省で作成されたものです。DASPAの科学兵器開発班の厚労省チームが手がけているものになります。

吉良は足がすくむ思いがした。

事態は混沌《こんとん》としてきた。尾関殺害の報に接した直後は、尾関に肉薄された北島が手を回して、裏社会から誰かを差し向けたのではないか、と疑った。もしくは、北島がアメリカに相談して、CIAの日本支局が動いたのではないか、とも。

しかし、北島がやるにしては品《ひん》がなさすぎる気がした。警察官僚が反社会勢力と馴れ合ってお咎めを受けるということはある。しかし、その方面の力を使うということはまず、ない。また、日本には、暗殺までやってくれる政府機関は存在しない。となると、やはりアメリカがあやしいと睨んでいた。しかし、くだんの猛毒はDASPAの科学兵器開発班の手によるものだと教えられ、彼の推理は袋小路に追い込まれた。まったくもって不調だ！　吉良は叫び出したかった。

「前言撤回するようですが」と吉良は言った。「たしかにDASPAでは情報の共有を奨励しています。しかし、このことは内密にしておいたほうがいいでしょう」

なかば無理やり吐かせておいて、こんな直言もどうかと思いつつ、

「僕も都築さんからこの情報をもらったことは伏せておきますから、ほかには一切言わないでください」と念を押した。

——なぜ。

その屈託のない素朴な問いは、小鳥の声のようである。

「なぜでも、です。——いいですか、誰にも口外してはいけません」

そう言って切った。

女の声と一緒に、小鳥の歌も消え、吉良は内閣府庁舎の地下フロアに戻された。

吉良は途方にくれた。尾関一郎議員の死について、その因果関係の糸を手繰《たぐ》り寄せていっても、その先がプツンと途絶えてしまう。水野に捜査の進捗《しんちょく》状況を尋ねれば、

「そっちこそなにか情報はないの、もうすでに公安が動いてるって話じゃない」

などと言われる始末。そもそも公安は事件が起こらぬように動くのであって、事件後はおとなしくしているはずだから、これは言いがかりだ、と思った。

そしてアンナの消息もまた音沙汰がなかった。三波のほうからは、

「大丈夫か。早いとこ始末をつけてくれ。そろそろ上の誰かが気がついて言ってくるころだぞ」

などとせっつかれはじめた。

部下の秋山は態度も日増しによそよそしくなっていく。尾関を殺した犯人はどうにも見当がつかない。アンナは帰ってこない。三波からはお談義を食らう。水野は相変わらず冷たい。

とどめを刺すかのようなタイミングで、吉良を目の敵にしている温井の音頭取りで、当代きってのハッカーをアメリカから招き、警備局主催の勉強会がおこなわれることになった。

吉良にも出ろと案内が来た。警備局長も出席の予定であるから、制服を着てこられたしなどと添えられてある。外務省や法務省、さらには内閣情報調査室にも告知して、参加を求めている。温井の意気込みが窺えた。曽我部が言うように、DASPAに対抗意識を募らせていることは明白だった。

ひさしぶりに制服に袖を通し、階級章もつけて、吉良は警備局の大会議室に出かけていった。

会議室に入ると、錚々《そうそう》たるお歴々《れきれき》が顔を揃えている。北島情報官の姿もある。その横にぴったり張りつくようにして三波も制服を着てかしこまっている。涼森も自衛隊指揮通信システム隊司令の蒼井とともに背筋を伸ばして座っていた。そのほかにも警備局から主だったキャリア官僚が勢揃いしている。観客席の顔ぶれは申し分ない。演者にとっては晴れ舞台であろう。

檜舞台を踏んで役者が現れた。温井がまず口上を述べた。

今後のインテリジェンスはインターネットを使っておこなわれるだろう。そして、これからはアナログなヒューミントではなく、デジタル技術を駆使したシギントがインテリジェンスの主役となる。この流れは変えられない。そして、今日は特別にアメリカ切ってのハッカーを招いて、どのように情報システムを守ればいいのかについてこの場で実演を披露してもらいつつ、学んで行きたい。

次に、ポケットから紙片を取り出して、ゲストの経歴を読み上げた。

黒木良平《くろきりょうへい》氏は情報工学博士。NASAやCIAやハーバード大学やマサチューセッツ工科大学のシステムに侵入して情報を盗んだり改竄《かいざん》を加えたりしていた悪名高きハッカー、ケヴィン・スティーブンスをほとんどひとりで追跡し、逮捕させたことで一躍有名になった。現在は、フリーランスという立場で、CIAやFBI、NSAなどの特別顧問を務めている。

「ではどうぞ、黒木良平博士です」

そう言われてひょいと立ち上がってぺこりと頭を下げたのは、あいつだった。

「黒木です。どうぞよろしくお願いいたします。こうしてお招きいただき、久しぶりに日本に帰ってくる機会を頂戴いたしました。心より感謝申し上げます」

これまで一度も見せたことのない丁寧さで、堂々と大嘘をついている。

にせ黒木は、紙のように薄いノートパソコンを取り出し、会議室のプロジェクタにつながっているケーブル端子に接続した。キーをちょんと叩くと、スクリーンに文字が躍った。

——明日なき明日をどう生きるか？

会場から笑いが漏れた。とりわけ温井は大きな口を開けて笑っている。涼森を見ると、こちらの口はきゅっと結ばれたままだ。自分が製作した映画のタイトルが揶揄されているのだから、笑うわけにはいかないだろう。

にせ黒木はまず、アメリカでもインテリジェンスはヒューミントからシギントへの流れが強化されております、と温井を立てるようなことを言った。当然、温井の顔は満更でもない。しかし、シギントからの攻撃を完璧に防御するというのは非常に困難です、ともつけ足した。

「ここにおられる皆さんは、この方面の専門家ですので、サイバー戦争においては攻撃よりもむしろ防御のほうが難しいということはすでにご存知だと思います。ただ知っていたとしてもそれができなければ意味がありません。では、いまから警察庁並びに内閣情報調査室のシステムに僕が侵入を試みますので、それを前提にお話しいたしましょう。僕がセキュリティホールを見つけられない場合は、まず、現時点では誰も侵入できないと考えていいと思います」

そう言って、にせ黒木は会議室の机の上にある小さな蓋を指で突《つっ》いてひっくり返した。そこには、警察庁内部のネットワークにつながる接続端子があった。多くの警察官僚が見守る中で、やつはＬＡＮケーブルを堂々と差し込んで自分のパソコンにつないだ。

「さきほど温井さんに聞いたところによりますと、このネットワークは外部のインターネットには接続されていないそうです。ですから、ここに入るには少し手間がかかります。これをエアギャップというのですが、ここを飛び越えることも可能です。ただし、今日は時間がないのでここの部分は省略して、ここから先のセキュリティホールを探してみたいと思います。はい、この画面で見ていただければわかるように、ログインしようとしてもまずここでパスワードを求められ、これがなければ、いったん退却しなければなりません。――ほら、はじかれましたよね」

画面には、〝パスワードがちがいます〟というメッセージが浮かんでいる。

「ところが、このようなネットワークには、言ってみれば迂回路《うかいろ》が存在します。まともにぶつかると跳ね返されるので、遠回りして飛び越えて行くことにいたしましょう。少しお時間をいただけますか。…………はい。いま侵入しました」

スクリーンでは、真っ黒い画面に、意味不明な記号の列がスクロールしている。

「といっても画面は、こんな具合になっていてわかりにくいと思いますが……でもいま僕は警察庁のシステムにすでにお邪魔しています。その証拠に、ちょっと警備局の人事のファイルを覗かせていただきます。もちろん目にしたことは外部には漏らしません。お約束いたします。というのは、こうでもしないと、本当に侵入してるのか、それとも変な画面を見せて、侵入しているぞとはったりをかましているだけなのかが判断つかないでしょうから。また、人事のファイルを選んだのは、機密文書を見るよりも問題にならないだろうと思われるからです。そうこう言ってるうちに、………人事のセクションにやってきましたよ。今日は出席者の名簿をいただいておりますので、それを参照させていただいて、そうですね………ご出席いただいてる方の中に、笠井《かさい》警視正はいらっしゃいますでしょうか。……あ、そちらですね。北海道の北広島《きたひろしま》市出身でいらっしゃいますか。………そうですね。いや、このくらいは事前に調べてきたと思われるかもしれませんのでもう少し見てみましょう。大学時代は将棋部に所属しておられた。……ですよね。お子さんは来年高校受験。さすが警備局だけあって情報が非常に豊富です。とにかく情報はなんでもかんでもすべて収集するのが警備局や公安の基本ですからね。………例えば、榊原洋一《さかきばらよういち》という野党の先生がいらっしゃいますが、この先生が北方領土に視察に行った時に、夜間は外出禁止なのにもかかわらず、宿舎に酒がないのに腹を立て外に飲みに出て捕まったなんてことも僕はいま知りました。まあ、このくらいの閲覧は許してください。あくまでも侵入できたことを皆さんに示すためですので」

出席者の多くが驚きの表情を浮かべた。

「さて、こうしていったん警察庁のネットワークに入ってしまえば、お隣の内調にも簡単に出入りできるようになります。もちろん、このふたつのネットワークシステムはダイレクトにはつながっていません。けれど、警察庁のシステムと内調のシステムを両方利用している方がおられます。内調には警察官僚出身者が多いので当然ですよね。そこで、こういう方のPCを結節点として、内調へと侵入することができるんです。少しお時間ください。……はい、ただいま内閣情報調査室にお邪魔しております。なんだか、テレビの情報番組のレポーターみたいですが……。そうですね、警察に比べると、部屋の広さは狭いかな。だけど、ここはもう重要機密文書だらけでしょうからそのへんは触《さわ》らずに、やはり人事のファイルを参照させてください。……北島情報官はいらっしゃいますか」

北島は低い声で、はい、と返事はしたものの、

「ただ、人事の書類となると、家族構成なんかも入っているでしょうが、そのへんは見ないでいただきたい。家族の情報などが万が一にでもよからぬ勢力に漏れた場合、そこを弱点として突かれる可能性がありますので」と釘を刺した。

「了解しました。……では、これなら問題ないでしょう。北島情報官の卒業論文のタイトルは『戦後外交史から見た岸田信介《きしだのぶすけ》日本的保守の誕生』ですね」

北島はひとこと「……なつかしい」と苦笑した。

「当たってますね。では、これで私が、警察と内調のシステムに潜り込めたということがわかっていただけたと思います。さて、なぜこのようなことが可能なのかということについて、簡単に説明いたします」

そう言ってやつは話しはじめたのだが、吉良にはさっぱりわからない。席を連ねてい

るほかの出席者もチンプンカンプンにちがいない。会場が焦《じ》れはじめた空気を察し、温井が「黒木さん」と手を挙げた。

「この中にはシステムエンジニアがいないので、あまり詳しい説明は必要ありません。それより、このような事態に備えてどのようにセキュリティホールを塞げばいいのかを概念的に説明していただけませんか」

やつはペコリと頭を下げて、「これは失礼しました」。

「ただ、セキュリティホールをふさぐ方法について説明するのは難しいので、いまここで応急的な処置を施しておくことにしましょう。こういうのをパッチを貼るといいます。とりあえず絆創膏《ばんそうこう》を当てるようなイメージで理解していただければ結構です。この絆創膏もプログラムです。いま処理しました。少なくとも、先程と同じ手口で侵入を試みても、システムのほうで弾《はじ》き返してしまいます」

「いま、貼ってくれた絆創膏は警察庁のシステムにだけかね」と北島情報官が言った。

「ついでと言っちゃなんだが黒木さん、内閣情報調査室のシステムにも同じように施術していただけるとありがたい」

かしこまりました、とやつはまたキーボードをカチャカチャ鳴らし、十秒もすると顔を上げて、完了した旨を報告した。

それから、アメリカのサイバーセキュリティの内幕話が始まり、これがやたらと受けた。

最近は非常に予算が豊富になっているとか、組織間のライバル意識も強く、自分のようなフリーランスのハッカーは、アメリカの組織の中でも取り合いになって、返事を濁しているとギャラがどんどんつり上がっていくので面白い。最近はテイラード・アクセス・オペレーションズという組織が羽振りがいい。これは、オサマ・ビンラディン暗殺に貢献したので一気に評価があがった。と誠にありそうなことをペラペラと喋った。

黒木さんが最近なさった仕事はなんですか。少し前まで警察庁の外事情報部の部長を務め、現在は警察大学校の教授に収まっている警視長が訊いた。北の将軍様が発射したミサイルをコントロール不能にして落としちゃったことですかね。やつはそう言って周囲からまた笑いを取った。

しかし、質問した警視長は、北朝鮮のミサイルが発射されて五秒後に爆発したのはアメリカのサイバー攻撃によるものらしいという情報をどこかから入手していたらしく、あれはほんとうにアメリカが計画的にやったんですか、と真顔で問い返した。そうです、レフト・オブ・ローンチです、とすました顔でやつは言った。そこで、涼森が手を挙げた。となると北朝鮮の、ミサイル制御システムにマルウェアを埋め込んだってことですよね。どのようにしてエアギャップを越えたんですか。それは、私の口からは申し上げられません。日米同盟の中でしかるべき筋から正式な情報をもらってください。日米同盟では情報の共有も謳われているそうですから。しれっとやつが言って、室内にはまた気の抜けた笑いが漂う。

調子に乗ったやつは、アメリカのサイバーインテリジェンスの最新事情についても語った。アメリカの某情報機関は新しい超高速の検索システムを開発中であると暴露して驚かせ、IS、いわゆるイスラム国との戦いでアメリカが勝利したのはサイバー攻撃が重要なウェイトを占めていた、と教えては唸らせ、さらには、CIAとNSAの食堂のメニューを比較すれば、どちらかというとCIAのほうが美味《うま》いのでそちらの仕事を優先させたいのだが、CIAはやたらと殺し屋みたいな剣呑な顔つきの職員が多く、そんな面相を見てると気が滅入るので嫌だ、などとくだらないことを喋って、また笑わせた。そして、こういう場面では、温井は無闇にデカい笑い声を立てた。

そして最後に、これからはシギントの時代だというのがアメリカのインテリジェンス・コミュニティの目下の総意であると言っていいでしょう、とくり返した。このとき温井が大きくうなずいたあと、おい聞いたかと言わんばかりにチラと吉良を見た。恐れ入りましたという具合に、吉良もペコリと頭を下げた。

それではこのへんで。温井が閉会を告げ、出席者が拍手した。吉良もしないわけにはいかなかった。

お開きになったあと、すこし前まで警察庁の外事情報部で部長を務めていた警察大学校の教授が、やつに歩み寄った。今日の話は大変に興味深かった。よろしければ警察庁と警視庁をご案内いたしましょう。そう言ったのが警視長だったから手厚いもてなしである。温井はむろん喜ぶ。さすがに情報官や警備局長クラスは帰ったが、数名がお供することになった。どうだ、こいよと温井に誘われ、吉良もこの一行《いっこう》に加わった。

警備局や、国テロ課の部屋を覗いたり、警視庁の本部指令センターに連れて行った。警視庁刑事部のフロアを覗いた時に、ではそろそろこのへんでとやつが言ってくれたので、エレベーターに乗せてみんなで見送った。

やれやれと全員が自分の持ち場に帰ろうとしていた時、吉良さん、と声をかけられた。先日、中央線で見かけたあの刑事が立っていた。真行寺巡査長。警察官僚組織の最下層をウロウロしているくせに、ここぞと言うときの押しがやたらと強く、油断してると鋭く切り込んでくる曲者《くせもの》である。吉良は警戒しつつも、にこやかに笑いながら、前に出て、

「その節はお世話になりました。お久しぶりです」

と言って敬礼して見せた。

「吉良さん、いまはどちらに」

「警備です。でも、また警察庁を離れるんですよ」

「ひょっとしてまた留学ですか」

吉良は若い頃、真行寺と出会った六本木署で勤務した後は、テロ対策の勉強のため、フランスに留学した。

「いや、新しい部署が内閣府にできるのでそちらで修行です。まあ島流しってとこです」

「そうですか。ところでいまエレベーターに乗って行かれた方はどなたですか?」

「ああ、黒木さんというコンピュータ技術者です。アメリカやヨーロッパで活躍している」

「どうしてその方がここに」

なんで真行寺が、あいつのことを気にかけるのだろうか、吉良はむしょうに気になった。

「帰国しているところを捕まえて、警察庁がサイバー犯罪の実態と対策について講義をしてもらったんです」

「そんなにえらい人なんですか」

本物ならな、と吉良は心の中で吐き捨てて、

「FBIが手を焼いていたハッカーを、ひとりで洗い出して逮捕させちゃったので有名みたいです。今日はオフレコでもっとすごいことも聞きましたが」と説明してやった。

「たとえばどんな」

「北の将軍様のミサイルを落としちゃったとか。さすがにそれは本当かなあとは思いますが……」

冗談にしてくれればいいと思って口走った言葉に、相手はなぜか顔をこわばらせていた。

7　ヒューマン・ファクター

ホテルのラウンジに入っていくと、ソファーに座っていたやつは、のろくさと立ち上がり、奥へと動きだした。吉良は歩速《ほそく》を速め、エレベーターホールの手前で追いついた。ともに乗りこんだ箱はいっきに上昇し、十二階で停止した。先にやつが出て、すたすたと廊下を行き、カードで錠を解いて入室した。すこし遅れて部屋の前にたどり着く。ドアとドア枠の間にスリッパが挟み込まれ、ロックがかからないようにしてあった。

やつはふたつ並ぶベッドの奥のほうに寝転がっていた。

窓辺に置かれた椅子に座らせてもらった。大きな窓に、成田空港から飛び立つ機影が見える。

「出発は明日早くに？」

なんてことはない質問のはずだが、返事は返ってこない。危ない橋を渡っているから当然かもしれないが、ここまで秘匿するのか、と呆れた。ただし、間もなくこいつは日本の警察から追われることになるので、知ってしまえば、それはそれで厄介だ。

「調子はどうだ」ややあって逆に訊かれた。

「あまりよくない」と吉良は言った。「なにせ協力者としてマスコミに担ぎ出した女に行方をくらまされてるんだから。あちこちからやいのやいの言われてるさ」

「そこはもう諦めるんだな」

「諦めてはいる。けれど、行方をくらました理由が解せないのが癪に障る。あともうひとつ、俺がこの件で相談していた尾関って議員が殺されたんだが、その殺害の指揮系統が摑めないのも気に入らない」

やつはベッドの上でむくりと起き上がり、ビールでも飲むかとつぶやいて、部屋の電話で注文した。受話器を置くとふりかえり、女が消息不明なのは俺にもよくわからないが、殺されて山中に埋められてるなんてことはないだろう、と寸評した。

「だといいんだが」と吉良はつぶやいた。

「なんだ、ここにきて考えが変わったか」

「変わってはいないんだが……、とにかく、ここんところどうも不調なんだ、勘がうまく働かないというか」

「だとしても、ほっておくしかないだろ」

「まあな、来週いっぱいまで待って消息が摑めなければ、公開捜査に踏み切らざるを得ない。その時は彼女を担ぎ出した組織の人間として、大変なお咎めを受けるだろうな」

「しょうがないだろう。色香に惑わされたお前が悪いんだ。それにどうせ辞めるつもりでいたんだろ」やつは冷淡に言った。

まったくもってその通りであり、だからこそ辞職覚悟でこいつの協力を仰いだのだが、現職への未練は日増しに募るばかりだ。降格処分を甘んじて受けてでも、残れるものなら残りたいという思いが抑えきれなくなりつつある。

「ともあれ、早いとこ次の仕事を見つけたほうがいいぞ。もっとも、いくら東大出ていたって、ハニートラップに引っかかってクビになるような元警官を雇うところもないだろうから、兄貴に頼んであの会社に平取《ひらとり》の地位でもこしらえてもらうんだな」

いや、雇ってくれるところはそれなりにあるだろう、と吉良は思った。給料だっていまより上がるはずだ。けれど、そんなことはどうでもよかった。

「中卒のお前に言われたくないね」

やつは笑って、ベッドの下に手を伸ばした。床に置いてあったカーボンケースを取り出して、それを羽毛布団の上に置いた。高尾の家に置き去りにしたアンナのヴァイオリンである。

ノックの音がして、やつがドアを開け、ビールのグラスがふたつ載ったワゴンを押して戻ってきた。グラスを合わせ、乾杯と声を合わす。ただ、なんのための乾杯かはわからなかった。

「それから、もうひとつのほう、それはまた別の話だ。お前は忘れてろ」

いきなりそう言われた。なんの話だ、と吉良は訊き返した。

「尾関という代議士が殺された件は別の人間に任せるんだ」

やつは再びベッドの上に寝そべると、口元にグラスを寄せてそう言った。

「別の人間ってなんだよ。お前なにか知っているのか」

「知ってるよ。いずれお前にもわかるだろう。ただ、それはまた別の話だ。いいか、別の話なんだ」

吉良の脳裏に、電話とホテルで二度くり返された尾関議員の言葉が響いた。

――こんどは俺の相談にも乗ってくれ。

その相談ってのが別の話なのか。吉良に考えるいとまも与えず、いまはお前の話をしようとやつは言った。そして、ジーンズの前ポケットに手を入れると、そこからなにか引っ張り出して、テニスのバックハンドスローのように、体の内側から外へ腕を振って投げた。それは綺麗な弧を描き、座っていた吉良の腹のあたりに落ちた。見ると、小さなジッパー式ポリ袋に収められたSDカードだった。

「あの時に掠《かす》め取った公安と内調の内部資料だ。短時間だったので全部というわけにはいかなかった。機密特A級ってラベルがついているものを中心に無作為にかっさらった。ただ、そいつをしっかり調べれば、どう攻めればいいのかはお前にもわかるだろう。わからなければお前は本当にアホだ」

　恩に着る。吉良は上着の内ポケットにその〝お宝〟を入れた。

「ホンモノの黒木先生は、明日、山から下りてくる。おそらくカトマンズのホテルに預けてあった荷をほどくと、すぐにネットに接続するだろう。なにせ一ヶ月間、ネット断ちして、チベットの山の中でガチで瞑想修行してたんだからな」

　この悪太郎は、黒木良平という超有名ハッカーが山ごもりする前に閉じていったホームページを無理矢理こじあけて眺めていた時、そこに警察庁からの数度のアクセスがあることを確認した。「公的機関からの質問等はお気軽に、講演やレクチャーなども承っております」などと書き加え、このホームページを親しみやすいものに改竄した上で、警察庁のパソコンの画面になんどもこのページがポップアップされるように細工して、誘惑した。

　誘惑された警察庁の人間が温井である。別に温井である必要はなかったが、とにかく、温井は黒木良平の名前をよく知っていて、崇めてさえいたので、好都合だった。温井はいくつか質問した。黒木からは（もっともニセモノだが）、「おっしゃる通りです」「いい質問です」「まさにそこが急所です」「よくわかっていらっしゃいますね」などというくすぐったいコメントつきの返事があった。

「このようなテーマで警察で話していただくことは可能でしょうか。もちろん、謝礼の金額が折り合えばの話ですが」と温井が尋ねると、「そこまでわかっていらっしゃるのなら温井様がお話しになれば充分かと思いますが」などとおだてたうえで、「もっとも、そのあたりは自分の得意とするところです。近々日本に赴く予定もあるので、ご協力いたしましょう。私はアメリカ市民ですが、ルーツは日本にあり、さらに言うまでもなく日本とアメリカは同盟関係にあります。日本のサイバーセキュリティの向上にお役に立てるのならば私もうれしく存じます。謝礼については当日キャッシュでいただけるのならば、そちらの規定の料金で問題ありません」などと言って、こんどは安堵させた。ホンモノの黒木がプライバシーを重んじて、自分の顔を世間にいっさい公開していないことも、この不良ハッカーにとっては都合がよかった。

「このやりとりを見たらご本人はびっくりするだろうな」

そう言ってニセモノは笑った。

「自分が日本の警察まで出向いてお偉方《えらがた》の前で演説し、礼のメールまでもらっているんだから。カトマンズから、すぐ温井にメールを送るだろうよ。しかし、チベットの山奥にこもって瞑想した御利益《ごりやく》ってのは、こういう時にこそ効くのかもしれない。泰然として、澄んだ心で、抗議文を綴るのかもな。俺もいちど行ってみようか、チベット」

そろそろ帰ってくれないかと言われ、アンナのヴァイオリンを提げて部屋を出た。

成田空港駅ホームに立って特急を待っていると、到着した車両から、出くわすには不都合な人物が降りてきた。あの面倒なベテラン刑事である。非番なのか、年甲斐《としがい》もなく派手なTシャツを着て、麻のジャケットをだらしなく羽織っている。すこし背を丸め、改札を出ていった。これから海外に飛ぶようには見えない。だとしたらこんなところになぜ。幸い、こちらには気がついていないようだ。吉良は踵《きびす》を返して、あとを追った。ついさっき自動改札機をくぐらせたチケットを係員に見せ、忘れ物をしたからと断って、改札をまた外へ出た。

あの日、黒木良平に扮《ふん》したやつが一課の前からエレベーターに乗って降りていったあとで、真行寺という刑事はついとそばに来て、やつの身元を尋ねた。なぜそれが気になるのか、とこちらが訊きたかったが、藪蛇《やぶへび》になるかもと思ってよした。そして、目の前の刑事はいま、やつが泊まるホテルの最寄り駅構内を歩いている。どう考えてもまずい状況だ。

吉良は、前を行く刑事と距離を保ったまま、スマホを取り出した。交換手が出ると、やつの部屋番号を告げ、回してくれと言って待った。しかし、部屋にはいない、と返された。ひょっとしてもう感づいてすでに逃走したあとなのだろうか。やつのスマホにはは電話をするなと注意されていたが、緊急事態だと思ってかけた。やはりつながらない。

地上に出た。夏の到来を告げる強い日差しに襲われ、突然世界が白光した。目を細め、前を行く刑事の背中を追うと、その足取りはやはりあのホテルへと向かっている。噴き出てきた汗をシャツの袖で拭って追う。ついに、刑事はホテルのエントランスホールをくぐった。フロアで立ち止まり、あたりを見渡している。やつがいる。あろうことか、エントランスホールのソファーで手にしたタブレットをのんきに眺めてやがる。刑事がやつを見る。やつも刑事を認める。そして立った。やつが歩き出したその先はティーラウンジだ。刑事もそちらへ動く。万事休す！

チン。吉良のスマホが鳴った。ＳＭＳでショートメールが来た。

〈帰れ。別の話だ〉

新宿駅に降り立った頃には、日差しはすこし和らいでいた。

自分のアパートに戻り、やつがインストールしたアプリを使って盗聴されていないことを確認してから、水野の携帯に電話した。どうしたの日曜日に、よっぽどの急用でしょうねと、あいかわらず木で鼻をくくったような応答である。

「尾関先生の事件ですが、新宿署の一課に帳場が立っているんですよね」

――そうよ。進捗状況を聞きたいのなら、そちらに電話して。

「本庁から誰か新宿署には行かせましたか」

沈黙があった。

——質問の意図は？

「本庁の一課、つまり水野先輩の下に真行寺って刑事がいるでしょう。いま彼はどうしてますか」

——つまり真行寺が、新宿署に出張っていたかどうかを知りたいわけね。

「そうです」

——答えはイエス。そして週明けから本庁に戻す予定になっている。

「つまり、尾関先生の事件を捜査していたんですね」

——それがどうしたの。

「この事件はどういう幕切れになりそうですか」

——実行犯のふたりは挙げられているのは知っているよね。

「デリヘル嬢と、彼女に毒入りのコンドームを渡した役者志望の男ですよね」

——そう。もちろん彼らが計画したわけではないけれど、彼ら自身が誰に頼まれたのかわからないと言っている。売上はゼロではないけれども、事実上の迷宮入りね。でも、こんな電話、私にしてくるなんておかしいわよ。

なぜだ。刑事部の事件だろ、と吉良は思った。

——灯台下暗しってやつ？　もう少し自分の足場を固めてからかけてきてよ。——じゃあね。

切れた。あいかわらず冷たい。そういえば水野は前に言っていた、公安が動いていると。言いがかりもいいとこだ、と思ったけれど、あれは本気だったのかもしれない。だとすると、一体どういうことだろう。もういちど水野に電話してみようかと思っていたら、チンと鳴った。

〈別の話はいったん忘れろ〉

やつが送ってきたショートメールを吉良はしげしげと見つめた。おそらく、別の話は別の話でやたらと込み入っているのだろう。そこに真行寺という刑事が絡んでいると考えておそらくまちがいない。そして刑事は、持ち前の勘を発揮して尾関議員が殺された謎を追っている。だけど、真行寺とやつとの関係は？　吉良は猛烈に気になった。ただ、やつと水野は偶然にも同じ忠告を吉良に与えていた。自分の足場を固めろ、と。そうかもしれない。いまの吉良には〝別の話〟に首を突っ込む余裕はない。やつとの計画に集中しなければ、頓挫《とんざ》する可能性は一気に跳ね上がる。――吉良はそう思い定めた。

立ち上がって、靴箱の上に置いてあるWi-Fiルーターのスイッチを切り、立ったついでに冷蔵庫からアイスコーヒーの紙パックを取り出し、グラスに注いで文机に戻った。ひとくち飲んでやつがくれたＳＤカードをＰＣに読み込ませる。この中から形勢逆転を狙うに足る情報を得られなければ、計画はここで終わりだ。吉良は閲覧をはじめた。トイレに立つ以外は脇目もふらずに読んだ。

夜中近くになって、アンナのヴァイオリンケースとパソコンを抱えて、近所に夕飯を食いにいった。オペラシティの裏手のファミレスに座り、なんどかアンナと食べに来たことを思い出した。この先の角を曲がり甲州街道沿いにすこし行くと、アンナのマンションだ。いもしない住人のために家賃を払い続けるわけにはいかないので、間もなく解約する予定になっている。

俺は警察を辞めざるを得なくなるだろうが、この近くを通るたびにアンナのことを思い出すだろう。そしてバッハの無伴奏バイオリンソナタとパルティータを耳にするたび、あの夜がよみがえり、感傷に耽るのだ。なんて愚かなんだ。

そそくさとカツカレーを平らげ、途中のコンビニでアイスコーヒーを買い足して、アパートの文机に戻った。腰を落ちつけ、またひたすら読んだ。ふと、目的のものではないと思われたが、面白そうなファイルを見つけた。

『戦後外交史から見た岸田信介　日本的保守の誕生　北島圭吾』

あの勉強会で、ネットワークに侵入できているという証拠にやつが引っ張り出した文書だ。内閣情報官の卒論である。公安はなにからなにまでやたらと情報収集するのが習い性であるが、こんなものまで取っているとは念が入っている。機密特A級扱いのものだけをかっぱらったといってたが、これもそうなのだろうか。まさかそんなことはあるまい。ではなぜやつはこれを？　興味をそそられ読みはじめてしまった。

すこし読んで、ちょっと面白いなと感じた。さらに読んで、いやかなり興味深いと引き込まれ、ついに、これは無視できないと痛感し、最後には、これだ！　と震えた。これはいい、これは使える。なぜ学生の卒論が機密文書として格納されているのかもおおよそ推測できた。そして、このファイルと一緒に保存されているほかのファイルを片っ端から読み込んでいった。

北島さん、あなたはとても面白いよ。吉良は思わず笑った。自分にその資格がないことを承知の上で、遠慮なく笑わせてもらった。白々と、夜が明けた時、吉良は北島情報官のことが好きになりかけていた。

アンナのヴァイオリンを提げて、この日はDASPAより先に、古巣の国際テロリズム対策課に顔を出した。吉良を見つけるやいなや、曽我部が飛んできた。

「温井課長は？」

「局長に呼ばれています」

「なにかあったのか」すっとぼけて訊いてみた。

「例の勉強会のことのようですが、詳しいことはまだ……。ただ、かなり深刻なようです」

早い。カトマンズと東京の時差は約三時間。さすが、瞑想修行するだけあって早起きだ。

「ヒューミントってやつを軽々しく考えすぎましたね」と吉良は言った。

年上の元部下ははっとして吉良を見た。

「曽我部さん、俺たちは国のために仕事をしている。ところが温井は縄張り争いしか眼中になかった。こういう輩《やから》ってのは保身のために国を売りかねない。俺はちょっとした温情で温井を課長に推薦してしまった。短期間だがみんなには迷惑をかけた。申し訳ない」

驚いた曽我部は、

「ということは、温井課長は……」と言ってそのあとを濁した。

「まあ、新しい課長とはうまくやってください」

「吉良さんがここに戻ってくるとか、兼任されるなどということは」

吉良は笑って首を振った。俺も同罪みたいなものです、という言葉は飲み込んでそそくさと退室した。

人は騙される。なにかを信じるからである。温井は信じた、騙した、これからのインテリジェンスで重要なのはシギントだ、と。それはインテリジェンス・コミュニティでの常識ではある。そして、この常識は温井にとって都合がよかった。敵視する吉良がヒューミントを重視していると映っていたからだ。だから信じるに値する説であった。

さて、ではこの俺はいったいなにを信じているんだろうか？　国を信じている。そう宣言してよく馬鹿にされる。心底信じてるのか、信じようとしているのか、それは正直言ってビミョーなところだ。国民国家なんてものは実はアヤシイ。この先いつまであるかわかったもんじゃないぞ。こんな意見をしょっちゅう承っている。これも、インテリの間ではなかば常識だ。だけど、とりあえずこれしかないという思いで信じている。俺の信心は素朴でもなければ純真でもなく、どこかで戦略的なのかもしれない。ということは温井と同じだ。

アンナは国なんて信じないと言った。宇宙の奥底から届けられる音楽を信じていればこと足りると言いたいらしい。

人は信じたいものを信じる。そして騙される。しかし、それは愚かさにだけ帰せられるものだろうか？　信じることといっさい手を切って、人は生きていけるのか。

車中、何度かスマホが鳴っていたが、ほうっておいた。

目的地がある駅のホームに降り立った時、また鳴ったので、ようやく出た。

――おいどこにいる。

「三鷹《みたか》です」

――そんなところでなにやってんだ。すぐに戻れ。緊急会議だ。知ってるんだろう。

「この間、出席した勉強会についてですか」

――そうだ。その勉強会そのものがサイバー犯罪だったっていう、笑うに笑えない事態が発覚した。今日のうちになんとか態勢を整えておかないとまずい。三鷹なら、すぐに引き返せば一時間もかからないで戻ってこれるだろう。

「いや、今日はお休みを頂戴しております」

――なんだって。

「言った通りです。公休をいただいていますので、動けません」

――その予定は変更できないのか？

「そうですね。変更しないほうがいいと思います」

――妙な言い方だな。なんの用で休んでいるんだ。

「それはちょっと……」

――言えないのか？

「はい」

業を煮やした三波は、単刀直入な物言いに切り替えた。

――予定を変更して出ろ。お前のためにも言っておく。

「どうしてでしょう」

――この一件で、警備局は査察される。ひいてはインテリジェンス界隈全体が反省を余儀なくされるだろう。お前がロシア娘でしくじったこともきっとほじくり返されるぞ。

「その件に関しては、もう覚悟を決めていますのでなりゆきにまかせます」

――どういうことだ。

「どんな処分も甘んじて受けるということです」

これ以上話していると、現職への未練がまたぶりかえすと思い、もう切りますと言って、一方的に通話を終えた。それから改札をくぐり、ヴァイオリンケースを提げて三鷹通りをまっすぐ南に向かう。

芸術文化センターまでは十五分ほどで着いた。ホールの入口付近に、「武蔵芸術大学附属高校発表会ヴァイオリンの部」というサインボードが立っている。

入場料は取っていないようなので、そのままエントランスを抜けて奥へと進んだ。ロビーに溢れていた来場者は演奏会場へと吸い込まれはじめたところだった。吉良はさりげなくこの人群れの中にお目当ての人影を探しつつ、この流れに紛れて場内へと流されていった。

後方の席に腰を下ろし、膝の上にアンナのヴァイオリンケースを置いて開演を待った。やがて舞台に、校長と思《おぼ》しき人物が出てきて、マイクを使って開会宣言をした。生徒には、日頃の練習の成果を存分に発揮するようにと激励し、父兄を中心とした来場者には温かい拍手で励ましとねぎらいを表してやって欲しい、と述べた。

発表会が始まった。演目はヴァイオリンソナタが多い。コンチェルトはオーケストラではなくピアノ伴奏によるものだ。当たり前だが、どの生徒も吉良より断然うまかった。音大の附属高校に通っているのだからなんの不思議もないけれど。

それでも、演奏にはところどころ瑕《きず》があった。そのあたりが気になり出すと、聴いているのがベートーヴェンなのか、壇上の生徒の技巧なのか、よくわからなくなる。スキルのチェックばかりに気を取られると音楽が聴けなくなるので、審査をする先生がたはそのあたりはどうしているのだろう、などと余計なことまで考えてしまった。

会場の前方で紳士がひとり席を立った。後方にある扉へ引き返す彼は、吉良の席からは、こちらに向かってくるように見える。脇を通り過ぎ、扉の向こうに姿を消した時、吉良も腰を上げた。

観音開きの分厚い扉を押してロビーに出ると、紳士の後影がトイレに消えるところだった。ロビーの壁に沿って備え付けられた木製の長椅子のひとつに腰掛けて待つことにした。

再び姿を現した時、紳士はハンカチを使って手を拭いていた。吉良は、かけている眼鏡のレンズが中庭から差し込む光で白く光るまで近寄った。相手は驚いたように、吉良の顔を見た。

「君は?」

「吉良大介です。ＤＡＳＰＡのインテリジェンス班に配属予定の――」

「ああ、いちど会ったな、たしか三波と一緒に。どうしたこんなところで。君も弾くのか」

吉良が右手に提げたヴァイオリンを見て、北島は言った。いえ、これは預かりものでしてと吉良は言い繕った。だとしたら、娘さんか親戚が？

「いえ、私は情報官に会いに来たのです」

北島の態度は落ち着いたものだった。沈んだ声で、私に？　と問い質した。

「すこしお時間をいただけませんか、お嬢様がチャイコンを弾くのはもう少し先になりますから」

「なんの件かな」

「情報官から仰せつかった宿題のことで」

「わからん。なんだそりゃ」

「スパイ防止法です」

「その話を君とするのか。少なくとも三波を通すべきじゃないのかな」

「いえ、ふたりで話したほうがいいでしょう、情報官にとっても」

「まず三波に言いなさい」

「明日、内閣情報調査室に入れば、すぐに警察庁から誰かが飛んできます。そして、先日招聘《しょうへい》したアメリカの凄腕《すごうで》ハッカーが実は偽物だったということを報告します」

その時、北島のスマホが鳴った。演奏会の間も実は切っていなかったらしい。困ったものだと吉良は思いつつ、警備局からでしょうと告げた。

スマホの画面を見つめる北島の表情に、かすかな翳《かげ》りが現れた。

「いま大わらわで対策を練ってるようですが、明日まで待つよりもいまお耳に入れておいたほうがいいと思ってかけているのかもしれません」

北島は、スマホを耳に当てた。そして、ふむふむふむとうなずいて、わかった明日詳しく聞こうと言って切った後、吉良に視線をふり戻し、鋭くそれを浴びせてきた。当たっていたようだ。吉良は黙ってヴァイオリンを持っていないほうの手を差し伸べた。その先には先程まで彼が座っていた木製の椅子があった。北島はむすっとした表情でそちらに向かうと、大儀そうに腰を下ろした。

失礼します、と言って吉良はその隣にかけた。

「スパイ防止法については、野党に配慮する体裁を取った上で修正を施し、明後日には委員会を通す。——そういう筋書きですね」

北島は何も言わなかった。

「その妥協点についてです。このスパイ防止法は同盟国には適用させないという件ですが」

「そんな話どこから聞いたんだ」

「そんなことはどうでもいいんです。時間がないから先に進ませてください」

そう言うと北島は、怒るというよりも驚いたような顔つきになった。

「そんな妥協案をくっつけたら、日本はますますアメリカの属国に成り下がる。そのまま通すべきだ。野党には騒ぎたいだけ騒がせておいて、ここは数の力でねじ伏せるべきでしょう」

そう言うと、北島はあっけに取られたように、

「君はそんなことを言いに、こんなところまで私を追いかけてきたのか。しかも公休を取っている私を」と言って吉良の顔をまじまじと見つめた。

「ええ、そのために私も休みを取りました」

「なぜそんなことを君が私に言えるんだね」

「国を守るためです」

「国を守る？　驚いたな。何様のつもりだ君は」

「国に仕える身であります。情報官と同じように」

「身の程をわきまえて、筋を通すべきなんじゃないのかね」

「制度的にはつまり階級はあなたのほうが上でしょう。しかし、精神となると話は別です。私がしたいのは精神の話なんです」

「なんだその精神ってのは」

「あなたが仕えているのは国家ではなく、現首相にすぎません」

「君は誰に向かってそんな口をきいてるんだね」

「北島情報官、いや北島圭吾さんに言っている。『戦後外交史から見た岸田信介 日本的保守の誕生』を書いたあなたに」

「あれがどうかしたのか」

「読ませていただきました。あのハッカーが機密特A級のラベルを剝がしておいてくれたので」

これは嘘だった。

「もっとも、いまは警備局が大あわてで補修して、簡単には読めなくなっているかもしれませんが、その前にコピーを取ったりコピーを取らせていただきました」

「なんのためにコピーを取ったりなんかするんだ」

「なかったことにさせないために。あなたがあれを書いたのだということをはっきりさせるためにです」

「学生時代に書いた論文を脅しのネタにするってのか、それは無茶っていうもんだ」

「普通はそうですよね。ではなぜ、学生が書いた卒論が公安の保管庫に格納されていて、機密特A級の扱いになっているんでしょう」

「私に訊かれても困るな。教えてくれ」

「そうですか。では僭越《せんえつ》ながら申し上げます。あなたが指示したからです」

「ほお。なぜそんな指示を私がしなければいけないんだ」

「あなたが入庁したときと現在では政権運営の質が変わってきたからです」

北島情報官は黙っていた。

「『戦後外交史から見た岸田信介　日本的保守の誕生』はあなたの入庁に当たって少々問題となった。だから、いちおう公安の資料として保管されることになった。ただし、あくまでも一応だ。とにかく情報を集めたがる習性が抜けない公安は、これも一応保管しておけとばかりに保管庫に放り込んでおいただけでした。その後あなたは年とともに、この論文のような過激さをなくしていったので、問題はますます希薄化した。それなのになぜあなたは数年前にこれを機密文書扱いにしたのか？　おかしいと思いませんか」

「さあ、どうだろうか」

「それは、あなたを拾ってくれた現政権の親玉である愛甲豪三への忠誠のためなんですよ」

「ほお。どんな理屈なんだ」

「あなたは自民党が一時《いっとき》野に下ったときに情報官に任命されました。しかし、このときの政権は経済政策を中心に次々とヘマをやらかし、あっという間にひっくり返され、ふただび自民党が政権を取り戻すに至った。こうなると、愛甲さんにとっては政敵の懐刀《ふところがたな》を務めたあなたは、詰め腹を切らされるはずだったんです。しかし、あなたはここで粘った。是非もういちどチャンスをくれないか、と」

「そういう噂が立っていることは知ってるよ」

「あなたにとってラッキーだったのは、愛甲首相が小心者だったということです。あの人は、自分にへつらう人間を100%拒絶するということはしない。どんなに見込みのない候補者も、比例の一番下には置いてやるとか、LGBTなんかで問題発言をした議員も最終的な責任を取らないですむように手心を加えてやるとか、就職相談に来たジャーナリスト志望の女性を食事に誘って、一服盛った上でホテルに連れ込んでやっちまうようなクソが伝記を書きたいとすり寄ってくれば、取材に応じてやるとか、まあとにかく自分の味方には寛容だったので、忠誠心を約束したあなたにもういちどチャンスが与えられたわけです」

なるほど。北島は笑ってみせた。

「あなたは一念発起《いちねんほっき》して首相の期待に応え、首相もあなたを気に入りました。いまやあなたは、どの担当大臣よりも愛甲さんに意見できる御仁だと評判です。だからこそ、あの卒論はあなたの隠れたアキレス腱《けん》となっていったのです。だから警察官僚出身のあなたは、こっそり手を回してあれを機密文書扱いにした。破棄してもよかったんだが、破棄すれば破棄したという履歴が残る。そのことを恐れたのでしょうね。ここで危険を冒すよりも、自分が定年を迎えるまであと少しのあいだ、眠っていてくれればいいと判断した」

分厚い扉の向こうから、うっすらと拍手が聞こえてきた。

「なぜあなたはそれを気にしたのか。実は私はその論文を読んでなかなか感銘したのです。いまの私の考え方と似ているんじゃないかとさえ思ったくらいです」

「どこがだね」苦々しく北島はそうつぶやいた。

「論文の中であなたは、岸田信介の戦後外交を痛烈に批判した。岸田は一九六〇年の安保改定に際して、内乱条項を削除させ、在日米軍の装備や作戦について日本側と事前協議が必要だということをアメリカ側に認めさせた点で、大いに評価されています。しかし、あなたはこれに手厳しい批判を加えた。簡単に言えば、当時のアメリカ政権にいいように使われてしまったと難詰しているわけです。若かったあなたは安保改定によって日米安保が正当化され、日本の真の独立というものが妨げられてしまったと嘆き、安保改定を優先するあまり、沖縄返還交渉の手を緩めてしまったことに対しても非常に厳しく論難した」

ちらと横を見た。北島はかすかにうなずいている。

「ほかにもあります。岸田政権がとった外交における三つの方針。①国際連合中心主義。

②自由主義諸国との協調。③アジアの一員としての立場の堅持。この三つのバランスの悪さをあなたは鋭く突いた。①の国連中心主義はまあいいとしても、②において日本が協調しているのはアメリカだけではないか、と。そのことを一九五八年にイラクで起こった革命に際して、国連の決定を待たずにアメリカがレバノンに出兵したことについて、抗議ひとつできなかったことなどを例に丁寧に説き、さらに国連のハマーショルド事務総長から自衛隊の将校を派遣して欲しいと要請を受けたときにこれを断ったことを、①の国連中心主義は単なるお題目に成り下がり、さらに②の自由主義諸国との協調なんてのも、とどのつまりはアメリカに限定されているにすぎないことの証拠だと喝破する。このへんは読んでいて私などその通りと膝を打ちたくなったくらいでした。しかし、鋭いが故にこの論文はあなたにとっては是非とも反故《ほご》にしたいものになっていったのです。なぜなら、あなたが仕える愛甲豪三は、祖父岸田信介をこよなく尊敬しているからです」

北島の口から唸り声ともため息とも見分けがつかない低い声が漏れた。

「いや、その過激な言葉遣いで、入庁時に際して多少問題視されたものの、あなたの批判は極めて真っ当です。孫に当たる愛甲豪三が、このような批判にも耳を傾けた上で、それでも祖父を敬愛するのならあなたにとってはなんの問題もなかった。しかし、あなたは知っている。愛甲豪三という人間は、先程も言ったように、自分の敵か味方かでその人物を鑑定する、自分に対する忠誠心をなによりも重んじる人物だということを」

それで？　北島は重々しく口を開いた。君はなにが言いたいんだね。

「言いたいところをまだもうすこし言わせていただければ、あなたが筆誅《ひっちゅう》を加えた岸田信介は、孫の愛甲豪三と比べたら、政治家としてははるかにスケールが大きく、志も高かった。警職法改正も安保改定も、憲法改正への布石だった。そのように評価してやりたい気持ちが私にはある。それに比べたら、孫の愛甲豪三なんか月とすっぽん、鯨とメダカでしょう。そのことはあなたにだって分かっているはずです。それなのにあなたは、あれだけのことを書きながらなぜ愛甲の対米追従路線に唯々《いい》諾々《だくだく》と乗っかっているのか。もういちどあの論文を書いたときのあなたに戻り、そして、余計なオプションをつけずにスパイ防止法を通すように愛甲豪三を説得していただきたい。これが今日私がここに来た理由です」

突然、北島は笑った。

「いや驚いた。まさかそんな用件でここに来たとは夢にも思わなかったよ」

カラカラと笑ったあとで、北島はふと口を閉じ、それからまたその口を開いたかと思うと、ふーっと深いため息をついた。

「それは無理だな。お前は僕を買いかぶりすぎている。僕にはそんな力はないんだよ。お前が言うように野党なんかどうにでもなるだろう。けれど、問題は愛甲さん本人だ。

愛甲さんはとてもアメリカを恐れている。それはな、あの地位にいないとわからない恐怖感なんだよ。お前のような学生気分がまだ抜けきれない小倅《こせがれ》にはわからないとは思うがね」

「つべこべ言わずにやるんだ」吉良の声は低く沈んだ。「さもないと、この卒論を愛甲首相に見せる」

たちまち北島の顔は憤怒《ふんぬ》に染まった。

「いい加減にしろよ。おとなしく聞いていればどこまでつけ上がれば気がすむんだ。そんなもの見せたきゃ勝手に見せろ。首相には俺がきちんと説明する。首相はかならず理解してくれる。理屈ばっかりこねまわしていた学生時代の俺と、国家に仕えて数十年、首相に仕えて七年の俺とを混同して、総理大臣が務まるか、ばかたれ！」

そう一気に吐き捨て、こんどは笑ってみせた。

「そういえばお前は、スパイ防止法制定の世論形成のために、ロシア娘を担ぎ出したよな。最初のうちは、うまくやるもんだと思って感心してたが、お前がよからぬいたずらを仕掛けたかなんかして、その娘が嫌がって姿を消したって聞いたぞ。三波が言ってたのを思い出したよ、優秀なんだが、すぐ女にのぼせ上がるのが玉に瑕だって。いいか、お前は俺のウィークポイントを見つけたつもりで脅しているのかもしれないが、やろうと思えば俺がお前の弱点を暴き立てるのなんかわけないんだ、そのことを忘れるな」

そう言って北島は暗い笑いに口元をゆがめながら、吉良を睨んだ。

その通りです。申しわけございません。吉良は神妙に頭を下げた。

情報官の顔に戸惑いの色が走った。態度があまりに素直すぎる。そう感づいたようだ。

「そういう意味でも、私はあなたに似ているのです」

北島の瞳孔が開くのが見えた。

「私がなにを話そうとしてるのか、ご承知のようですね」

「まさか、お前それを」

「私にはあなたを咎める資格はない。しかし、愛甲首相はどうだろうか。ファーストレディーである自分の妻が自分の側近の情報官と寝たということを知ったら。俺も若い頃はよその女に入れあげて痛い思いをしたことがあるからおあいこだ、そういうふうに言って肩を叩いてくれますかね」

北島は深い深いため息をついた後、蚊の鳴くような細い声で、

「あれは事故だ」と言った。

「ええ、夫人の警護を解いたつもりが、手ちがいがあって待機していたんですよね。事故といえるかもしれない」

そう言って吉良は、自分の場合はどうだったんだろうかと思った。――あれは事故だったのか。

「お前はそれをバラすというのか」

「あなたがスパイ防止法を妙な衣を着せずに裸のまま通せば、私はこの話を墓場まで持って行きます。それさえしてくれれば。あなたが私の弱いところを突いても結構です。そうされたとしても、この件を持ち出して防御することはいたしません」

北島の顔が苦笑で歪《ゆが》んだ。

「そんな間抜けな取引はおかしいだろう、誰が信じられるんだ」

「考えてみてください。スパイ防止法を裸のまま通すように首相に進言することは、あなたをさほど不利な立場に追い込まないはずです」

「そこが甘いと言ってるんだ。お前のような下っ端からはそう見えるだけだ」

「かもしれません。しかし、それはこの国にとっては喜ばしいことではないのですか。あなたが体を張ってそれを実行すれば、むしろあの論文を書いたあの頃のあなたは称賛するはずです」

北島はうめくような息を漏らした。額《ひたい》には脂汗が浮いている。

「そう考えると、あなたがとる選択肢なんて決まっているようなものなんですよ」

北島は返事をしなかった。ただ、汗が一筋、額から頰を伝わって顎の先端に留まったかと思うと、こらえきれずに、落ちた。

それを見て吉良は、じゅうぶんだと思い、ケースの把手を握って立った。失礼します。

そう言って頭を下げた後、背中を向けて出入口のほうへと踏み出した。

しかし、五メートルも歩かないうちに、鈍い音を背中で聞いた。振り返ると、北島が床にうつ伏せに這っている。駆け寄って、ゆっくりと仰向けにしてやると唇が震えていた。内調で会った時、心臓が悪いんだと言って薬を飲んでいたのを思い出した。ショックが強すぎて冠動脈《かんどうみゃく》が攣縮《れんしゅく》したのかもしれない。吉良は青くなった。これしきのことで日本を動かしている男がと苛立ちながら、北島の胸ポケットからスマホを取り出し、北島の右手親指を使ってID認証させ、一一九番した。

北島は意識があったので、心臓マッサージもAEDもお呼びでなかった。ただ救急車が一刻も早く到着することを願うのみだった。

救急車に運ばれ搬送されている間も、北島の意識ははっきりしていた。上着の内ポケットを探っているので、

「一刻も早くと思い、無断で拝借しました。私のは電源を切っておりましたので」

そう言って吉良はスマホを北島の手に握らせた。北島は仰向けになったままスマホを耳に当てた。

「ああ、俺だ。実は倒れてな。いや、心配することはない。例のアレだから。お前のほうから宝条《ほうじょう》先生に連絡して、ベッドに空きがないか、確認してくれ。いま？　救急車

の中だ。おそらく三鷹近辺の救急病院に運ばれるんだろうが、早いとこ先生に診てもらえるように頼む」

北島はスマホを内ポケットにしまい、目を閉じ、細く長いため息をついた。なるほど、そうかと悟った。吉良の舌打ちが聞こえたのか、北島は薄く目を開けて微《かす》かに笑った。

搬送先の救急病院で診てもらったところ、バイタルサインにはなんら問題はないとのことだった。すぐにかかりつけの信濃町《しなのまち》の病院へ連絡が行き、先方が受け入れ可能だというので、その日のうちに転院の手続きが取られた。吉良は病室から出てきた医師を捕まえ、職場の部下に当たるのですがと断って、容態について尋ねてみたものの、家族以外には話せない、そのように本人からも言われている、と告げられて、通路に置き去りにされた。

信濃町の大学附属病院では、個室があてがわれ、案の定、ドアには面会謝絶の札《ふだ》がかけられた。仮病を使い病室に引きこもってしまい、その間にくだんの法案を目論み通りの形で通してしまおうという魂胆が透けて見えた。搬送される救急車の中で電話をかけた際に北島が口にした「例のアレだ」も、夫人との間で取り決めていたサインなのかもしれない。

とりあえず今日のところはもう攻めようがないなと諦め、吉良はいったん退くことにした。

病院を出て、国立競技場駅から地下鉄に乗って六本木へ。徒歩で赤坂へ出て、小ぶりなホテルを見つけて、部屋を取った。提げてきたヴァイオリンをベッドの上に置き去りにしてからまた外出し、内閣府の手前まで歩いていった。時計を見ると、約十分。まあこんなもんだろうと思い、こんどは国会議事堂前駅から地下鉄で新宿のアパートに帰宅した。ワイシャツと上着を鞄に詰め込むと、ふたたび赤坂のホテルへと舞い戻った。

夕食には、途中で調達したサンドイッチと唐揚げに、宿泊客にホテルが無料で提供してくれるコーヒーを添えた。夜になると、むしょうに体を動かしたくなり、ホテルのジムでウエアを借り、トレッドミルの上を一時間ほど走った。最後の五分は全速力でバーンアウト。ベルトの上を走る足音がやたらと大きくなり、ほかの利用者が怪訝な顔でこちらを見ていた。

部屋に戻って風呂に浸《つ》かってベッドにもぐりこんだが、体力を消耗させたにもかかわらず、悔しさがこみ上げ、なかなか寝つけなかった。

あくる朝、部屋にヴァイオリンを残して、ホテルから出勤し、まず内調に顔を出すと、北島の急な入院を受けて、部下たちはスケジュールの調整に大わらわであった。

受話器を握ったひとりが「はい、もし可能なら場所を信濃町に変更していただければと。いえ、容態のほうは落ち着いておりますので大丈夫です——」と言ったかと思うと、別の者が書類を詰め込んだトートバッグを肩に「信濃町へ行きます」と告げて部屋を出て行く。

どうやら北島は病室で執務するつもりのようだ。信濃町なら霞が関からほど近いので、北島から「来てくれないか」と言われれば、たいていは出向くことになるだろう。

「北島情報官のリスケで新たに加わった人はいらっしゃいませんか」

受話器を置いてディスプレイを睨みはじめた秘書に声をかけると、怪訝な表情で見つめ返された。

「あなたは？」

「すみません。DASPAに配属予定になっている吉良大介です。いまは一応こちらに籍があることになっています。もっとも準備に追われて、ずっと地下にこもっているんですが」

秘書は吉良が首から下げているパスをしげしげと見た。そこには国家防衛安全保障会議という文字と内閣府のロゴマークがある。

「実は昨日たまたま情報官と会っていたもので、そのときに容態が急変し、私が救急車を呼んだのです」

吉良がそう知らせると、秘書は警戒を解いて、それはそれはと応じた。

「で、なんでしたっけ。情報官のスケジュールですか」

「そうです。病室に呼んだ人に、当初のスケジュールにはなかった方はいらっしゃいますか？」

「それはまだ……。いろんなところから連絡はいただいてますが」

「例えば？」

「いやもう本当に沢山、総理からも」

「なるほど。とりあえず、急に会いたいと言ってきた人はまだいらっしゃらないわけですね」

「ええ、情報官からも、見舞いには及ばないと伝えるよう言づかっておりますので」

吉良は北島情報官がスケジュールを調整してでも総理と面会するのではと期待していたのだが、それはいまのところないらしい。総理のほうから会いに行く予定もないようだ。

「あ、でも、情報官のほうから部屋に呼んでくれと言われた人がひとりいました」

秘書がディスプレイを見ながら言った。

「誰ですか」

「三波さんです。情報補佐官の」

なるほど。敵は病室という塹壕《ざんごう》にとじ籠もって、そこから強烈な一発を発射するつもりらしい。面会時間を訊いた。十時からだという。その早い時刻から、急《せ》き立つ心中が察せられた。

礼を言って内調を出て、DASPAへと降りた。扉を押し開けると、フロアの景観はまたすこし賑やかになっていた。すべての机の上に液晶モニターが載せられ、そこかしこに散らばったスタッフが画面を見つめていた。どうやら、ネットワーク回線の確認に来ているらしい。

吉良が座るあたりにも人影があったが、こちらは作業している様子はない。曽我部だった。こちらの姿を認めると立ち上がり、おはようございます、と頭を下げた。

「待ってたんですか」

近づいて吉良は言った。

「はい。お伝えしたほうがいいと思いまして」

「大変ですか？」

そう問いかけながら吉良は、自分の席のデスクトップのパワースイッチを押した。

「ええ、てんやわんやの大騒ぎです」

「まあそうでしょうね。――で、監査はもう動いていますか」

「はい。温井課長は昨日はずっと監査に呼ばれておりまして、今日は自宅待機となりました」

メインターゲットではなかったものの、ハメたことは事実だったので心が傷んだ。とはいえ、インテリジェンスに携わる者なら簡単にハメられてはいけない。さらに、これからのインテリジェンスはシギントを中心にして動くと主張するのも結構だが、アメリカから凄腕のハッカーを呼んで、お墨付きをもらうという杜撰さとセコさも気に入らない。まあ、しかたがないだろう。

ただ、自分も見事にハメられたので威張れはしない。人はだまされ、ハメられる。信じるからである。信じたいものを。信じることと人は手を切れない。それが人間だ。人間は人間であることだけからは逃れられない。

「まあクビにはならないでしょう」と吉良は言った。

「ただ、私が心配しているのは、温井課長の件ではないんです」

「というと？」

「昨日の夜、今回のことに絡めて、警備局というかインテリジェンスの規律が緩んでいるんじゃないかという指摘がありました」

「何時頃」

「七時ぐらいですかね」

「その連絡は誰から」

「警備局長の名前で通達されています。警視庁の公安部にも。その中に、『協力者との関係についていまいちど規定を見直すこと』という一文がありました。課の中では、アンナ・ノヴァコフスカヤの件で吉良さんに責任追及が及ぶのではという噂が立っています」

だろうな。吉良はつぶやいた。おそらく、昨日あれからすぐ北島は動いた。後輩の頼木局長に電話して、温井の件を聴取すると同時に、吉良に一発お見舞いするための下ごしらえをしていたわけだ。こうなると、温井のことなど心配してやる余裕はない。馘首《くび》にならないだけマシだと思ってくれ。そう思って時計を見ると、あと十五分ほどしかない。吉良は机の上の上着を取った。

内閣府庁舎を出ると曽我部と別れ、急ぎ足で六本木通りを赤坂方面へ下った。

宿泊しているホテルに戻ると、部屋に入り、補助錠もかけて、ベッドの上に飛び乗った。イヤホンを両耳に突っ込み、スマホを手にして、ディスプレイ上の耳のアイコンをタップ。そのとたん、両耳の間に音場《おんじょう》が開けた。

〈すみません、驚いて駆けつけてきてしまい、果物ひとつ持ってこなかったんですが〉

三波の声である。間に合ったようだ。

三鷹ホールのロビーで、北島からスマホを取り上げて一一九番し、救急車の中で、家に電話をさせてくれと言われてそれを返すまでの間に吉良は、やつがインストールしてくれたアプリを起動し、北島のスマホと自分のそれを接触させてペアリングし、盗聴器がわりに使えるようにしていた。

　ボリュームを上げた。

〈そんなものお前からもらわなくても、すぐにお裾分けできるほど届くだろうよ。――まあ座れ〉

〈昨夜のうちに、ここにお移りになられたのですか〉

三波の息はまだかすかに乱れていた。

〈そうだ。藪医者に下手にいじくり回されたらかなわないからな。なんだ、ずいぶん汗をかいてるじゃないか。冷蔵庫の中に冷たいものがあるから、好きなものを飲め〉

〈よろしいでしょうか。ではお言葉に甘えて。――いやもうすっかり夏ですね〉

冷蔵庫を開ける音がした。吉良もむくりと起き上がり、ライティングビューローに置いてあったミネラルウォーターのボトルからひとくち飲んだ。

〈ちょっと折り入って相談があってね〉

沈黙。三波は北島が言葉を継ぐのを待っている。

〈俺はな、将来あの部屋をお前に使って欲しいと思っている〉

三波の笑い声。意外の感に打たれたような、戸惑いを含んだような……。

〈もちろんそれは俺が決めることでもないが、応援はしたいと思っているんだ〉

〈ありがとうございます〉

その声には張りがなかった。

〈そのためには、優秀な右腕がいるな〉

〈はい〉

〈前にいちど信頼できる部下を同行させろと言ったときに、連れてきたのがいただろう〉

〈吉良ですか〉

〈そうだ。女にだらしないのが玉に瑕だとお前が言っていた〉

〈吉良がなにかやらかしたんですか〉

〈アンナってヴァイオリン弾きに入れあげて迫った挙げ句に、身の危険を感じて女のほうが連絡を断《た》ったという噂を耳にしたんだが〉

〈というか、それを情報官のお耳に入れたのは私ですね〉

〈そうだったか。改めて考えると、それはちょっと問題じゃないかと思ってな〉

〈そうですか。では私のほうから注意しておきます〉

〈注意。それですませていいのかね〉

〈と言いますと〉

〈DASPAはお前の発案でできた組織だよな〉

〈はい。情報官には大変なご援助をいただいてのことで、それについては日々感謝申し上げております〉

〈そしてDASPAは各省庁からの優秀な人材が集まった精鋭部隊という触れ込みだ〉

〈は、頑張りたいと思いますが〉

〈そこにそういうおっちょこちょいが混じっていて大丈夫なのか〉

沈黙。

〈DASPAはいわばお前の部隊だ。DASPAの今後がお前のキャリアに大きく影響してくる。これはわかるよな〉

三波は蚊の鳴くような声で、ええ、と言った。

〈だったら、あいつは外すんだな〉

ついに塹壕から迫撃砲が発射された。

〈どうなんだ、三波〉

追い討ちをかけるように、北島が迫った。

〈外せと言われましても……〉

その声は実に弱々しかった。

〈……困りましたね。DASPAのスタートは目前ですし、代わりになる者もおりませんので……。第一に外す理由ってのが私には思いつきません〉

肝はさぞかし冷えているだろうが、とりあえず三波は粘った。

〈おいおい、なにを言ってるんだ三波、大丈夫かお前は。インテリジェンス・コミュニティで最も気をつけなければならないひとつが、ハニートラップだってのは常識だろう〉

〈いや、まあ、そうなんですが〉

そう言って三波はその先を濁したが、弁護の言葉は添えられなかった。

〈そういう脇の甘さで、警備局も変な奴をアメリカから連れてきて大混乱になってるんだろうが〉

〈……ええ。まあ、脇の甘さという括りではたしかに同じかもしれませんが、あれと吉良がしでかした件は別物ではないでしょうか。いや、なんといいますか、その……むしろああいう風にわかりやすくしくじってくれると、私も外せるんですが、いまのところロシア娘のほうからセクハラを訴えられているわけではありませんし〉

〈だが、担ぎ出した協力者と連絡が取れないというのは問題だろう〉

うーん、と三波はうなって、ただですねえ、と煮え切らない返事をした。

〈ただ、なんだ〉

〈いや、まあ、もしそれを情報官がお咎めになるというのであれば、その責任を吉良だけに押しつけるわけにはいかないのではと思いまして、立場上では、まず私が責任を取

らなければならないということになりますので……困りました〉

こんどは北島が黙った。やがてまたうーんという三波の唸り声が聞こえた後で、

〈ひょっとして……情報官は吉良となにかあったのでしょうか〉

ややあってから北島が、わかったよ、と言った。

〈じゃあここだけの話だ。誰にも言うなよ、いいな〉

返事は聞こえない。うなずいたのかもしれないが……。

〈実は吉良というお前の部下は俺に会いに来た。昨日のことだ。お前も知っている通り、プライベートで休暇を取っていたところに、あいつはのこのこ現れたわけだ〉

いぜん三波は黙っている。ひょっとしたら、驚いて二の句が継げないのかもしれない。

〈そしてこともあろうか、俺を脅すような態度に出た〉

返事はない。

〈いったいどんなネタを握って脅迫したのかなんてことは訊いてくれるなよ。とにかくその内容は極めてプライベートなことだ。おかげで俺は持病の心臓が悪化してこのざまだ〉

三波はまだ黙っている。そして情報官のほうも自分がぶつけた弾の効き具合を確認するかのように沈黙している。

〈私としても、お前を応援してやりたい気持ちはやまやまだが、ああいう手合いを片腕

に使っているとなると、考えざるを得ないんだよ。それはわかってくれるよな〉

やはり三波は黙っていたが、やがておずおずと、

〈考えざるを得ないというのは、どのようにでしょうか〉と尋ねた。

〈お前が俺の言うことを聞いてくれなければ、極端に言えば……まあこれはよそう〉

聞いていた吉良は笑った。見え透いた手だ。こう言えば相手は当然、その先を求めるだろう。

〈極端に言えば……どうなるんでしょうか？〉

〈そうなるとDASPAをつぶす方向で動かざるを得ない〉

〈そこまでの話なんですか、これは〉

〈ふん。俺にそんな力はないかもしれないから、そちらに賭《か》けてみるのも手だけどな〉

そんなことしても無駄だからよせという警告の裏返しである。常日頃、情報官の御機嫌を伺っている三波にはとてもそんな勇気はないだろう。案の定、三波は観念したように、

〈……そうですか〉と言った。

〈もちろんこの段階で自分の片腕を取り替えるのは大変だろうから、俺も協力する。確かな人材をどこかから調達できるようにな〉

すると三波は、

〈いやいや、北島情報官の手をそこまで煩わせるには及びません〉と言った。

〈そうか、なら人選は任せるよ〉

〈任せていただけるのでしょうか〉

〈ああ、好きにしろ〉

〈なら、やはりサブチェアマンは吉良でいこうと思います〉

北島が黙り込んだ。さぞかし現場は気まずいことになっているだろう、と吉良は三波の身を案じた。

〈任せてくださったのなら、信頼していただかないと困ります〉

どこかで聞いたような台詞である。

〈いいのか〉

そう問い返したくなったのは、吉良も同じだった。北島が露骨に「忖度《そんたく》しろ」という態度を露わにしているにもかかわらず、三波がこのような抵抗を示すとは吉良も予想だにしていなかった。

〈俺がここまで言っているのに、突っぱねる理由はなんだ〉

それは吉良も聞きたいところだった。

〈はあ。私の目から見てあいつは優秀だからです〉

〈そこまでお前の下には人材がいないのか〉

〈そう言われると、申しわけありませんと言うしかないのですが〉

〈そうか、俺の見込みちがいだったな〉

〈いやあ、とんだ体たらくで……。結果論でものを言わせると達者なやつは腐るほどいるんですが、目端が利くというか、使って便利なのとなると、あれくらいなんですよ〉

〈あの程度でか〉

〈まあ、そうですね。不甲斐《ふがい》なくてすみません。だからこそなおさら、手放せないんです。私自身がたまたま情報官にかわいがっていただいていまの位置にいるというボンクラなので、ちょいとばかりキレるのが欲しいんですよ〉

〈俺はボンクラを引き立てたわけか〉

〈ええ、それは情報官もご存知の通りでしょう。おそらくこいつなら操縦しやすいと思っておられるのだなとは感じておりましたし、そのつもりでお仕えしようと思っておったんですが〉

〈だったら、そうしろ〉

〈……いや、だんだん話が露骨になってきてアレなんですが、DASPAのチェアマンを務めるとなると、ただ目をかけてもらってやっていくわけにもいきませんので、私のような唐変木《とうへんぼく》は、あの手の人間を使えるかどうかが勝負の分かれ目になると思っているんです。そうですねえ、いやあ、まあ、態度は悪いし、向かっ腹が立つようなことも言

うんですが、それでも収支はトントン以上だと判断しておりまして……〉

情報官は盛大に息を吐きだした。あてつけがましい深いため息である。しかし、驚いたことに、それを聞いた三波が返したのは投げやりな笑い声だった。

〈しかし情報官、吉良が脅迫したというのなら、せめてその内容を聞かせていただかないと……。それは聞くなと先程おっしゃられたのはもちろん覚えております。けれど、私もガキの使いではないので、はいそうですかと言って部下を切っていては、下からの信用もなくなりますので……〉

北島に押し立てられれば、あっさり土俵を割るだろうと思っていた三波が、際《きわ》でここまで踏ん張ることに驚いた。目端が利くと褒められたくせに、そう褒めた三波がなかなか骨のある人間だと推し量れなかった自分の不明を恥じた。頰が紅潮する。人を見くびって、真価を理解し損ねることほど恥ずべきことはない。

〈情報官が口にしたくないのであれば、私が吉良を問い詰めましょうか〉

返事はない。

〈しかしなんなのでしょうね。……プライベートな内容で脅迫まがいと聞けば、想像力のない私などは、女のことかなと思ってしまうわけですが、吉良が女にだらしないことを見咎める情報官が、女のことであいつに脅されるなんてことは考えに――〉

〈もういい！　お前には頼まん！〉

〈申しわけございません〉

ノックの音がした。三波が詫びを入れたとほぼ同時だった。どうぞと言う前にカチャリとドアが開く音がして、野太い声が届いた。

〈なに怒鳴ってるんだ。廊下まで聞こえてたぞ。おっと失礼、先客がいたのか。電話で叱責《しっせき》してるのかと思ったよ〉

〈いえ、もう引き上げるところでしたので。私のほうこそお邪魔いたしました〉

椅子が鳴った。お大事になさってください、と三波の声。返事はなく、ドアの閉まる音がした。どうしようかと思ったが、このまま聴くことにした。

〈で、どこが悪いんだ、情報官〉

〈鴻上《こうがみ》先生にわざわざお越しいただくほどのことではありません〉

鴻上。見舞いに来た客は、鴻上康平《こうへい》というベテラン議員のようだ。

〈じゃあ、なんでこんなところに蟄居《ちっきょ》してるんだ。ちょっとやそっとのことじゃ休まない男だろう〉

〈いや、寄る年波には勝てません。日頃から狭心症の薬の世話になっている老いぼれですよ〉

〈そうか。俺も一週間くらい入院したいもんだ。ゼキちゃんがああいうことになってどうも寝覚めが悪くてな〉

〈尾関もう少し物分かりがいいと思ったんですが〉

殺された尾関の名前が出て、吉良は緊張した。そしていま喋っている鴻上康平は内閣閣僚でもある。しかも、あの尾関を殺害したメチルリコチン酸なんとかという神経ガスを製造した（少なくとも都築はそう明言した）厚労省の——。

〈そうだ、その尾関なんですが、鴻上先生はスパイ防止法案に関する特別委員会で一緒でしたよね〉

〈そうだったな、死ぬ間際にはこっちのほうにもやたらと噛《か》みついてきたが〉

〈私も言われました。余計なところに忖度しているんじゃないのか、と〉

〈余計なところってのは、野党かい〉

〈いや、あの口ぶりは明らかにアメリカを指してました。野党に気を遣っているふりをして、実はアメリカの言いなりになっているんじゃないかと、ここらへんは露骨にはならないよう遠回しに、しかしはっきりとわかるように指摘してきたんです〉

〈なんだって。なぜゼキがそんなことを〉

〈さあ、思い当たるのがひとりいるんですが〉

〈誰だ、ゼキにそんなことを吹き込んだのは。俺がなんとかしよう〉

〈警備局の若造です。こんどＤＡＳＰＡに行く予定になってますが〉

〈そうか、ゼキは警察出身で北島さんの後輩だったからな。ただ、だったらそんな若造、

俺よりむしろ情報官が抑え込めばわけないじゃないか〉

〈ただまあ、尾関には色々と世話にもなりましたし〉

〈なんだい、急に〉

〈ですから、あっちでも尾関には泣いてもらったんで、ここは弔《とむら》いの意味も込めて、花を持たせてやれませんかね〉

〈なに。どういう意味だ。今日の午後の委員会で修正案を通すことになっていて、おおよその根回しもすんでいるんだぞ〉

〈鴻上先生、ひと肌脱いでもらえませんか?〉

〈俺になにをやれと〉

〈つまり修正案は切り落として、そのままスパイ防止法を通す方向でひと踏ん張りお願いできませんか〉

〈ははあ……ゼキの意を汲んでやれということかい〉

〈いや、たしかに尾関が言ったことにも一理あるので〉

〈一理はあるかもしれないが、アメリカが黙っちゃいないぞ。もともとこれはアメリカにやれと言われて動いた案件だろう。出てきたものが自分たちに都合が悪ければ必ず突き返してくるぞ。それに、愛甲さんがなんと言うか。いまアメリカの大統領とうまくやれるのは自分しかいない、とそればかり売りにしている、それをばかりと言っちゃあ失礼だが、ここのところ経済政策もボロが出てきたから、さかんにそこを押し出しているのは確かだろ。今更、スパイ行為を見つけたらアメリカ人だろうがなんだろうが、無期でぶち込みます、なんて法案を通す度胸があの人にあるのかね〉

〈首相については――〉

突然、着信音が激しく鳴った。割り込み電話だった。こういうのは鳴らないようにこしらえとけと忌々しく思いながら、吉良はディスプレイを見た。案の定、三波である。病院を出るやいなや怒り心頭でかけてきたにちがいない。耳のアイコンをタップして、盗聴をやめ、おつかれさまですと言った。

「赤坂です。チェアマンは信濃町の駅あたりですよね」

――ほんとつかれたよ。どこにいる？

「内調の勤怠管理ソフトを見たら、情報官とチェアマンが十時に面会すると出てました」

――なぜわかる。

「よろこんで」

――話したい。というか話さにゃいかん。

――なにがよろこんで、だ。で、場所はどこにする。警察庁も内閣府庁舎もできれば避けたいんだ。

「ですよね。万が一を考えて喫茶店もよしましょう」

そして、すこし考えてから吉良が言った。

「信濃町におられるのなら、総武線に乗れば市ヶ谷までふた駅ですね」

防衛省の正門には涼森が立っていた。内閣府のＩＤカードを見せ、涼森が用意してくれていた入館証をもらって、ゲートを通過した。

「三波さんは」

「もう来ている。Ａ棟だ。行こう」

正門を抜け、儀仗《ぎじょう》広場を突っ切って、正面に聳えるビルに入った。

三波と打ち合わせるのに、涼森に頼んで防衛省内の会議室を取ってもらった理由は、内調や警備局の目も防衛省のフェンスの中までは届くまいと踏んだことのほかに、もうひとつあった。

エレベーターを降りて、涼森に案内してもらい会議室に入ると、三波と蒼井、ふたりのチェアマンがこちらを向いた。

吉良は長テーブルの短辺に腰を下ろした。広い窓に背中を向けて座る三波を左手に、そして出入口を背にした蒼井と涼森を右手に見た。

「あいかわらず、ずいぶんと派手な立ち回りをしてくれているみたいだな」

　皮肉たっぷりに三波が言い、防衛省のふたり組も苦笑に口をゆがめた。

「それほどでもありません」

「なにがそれほどでもありません、だ。おかげで朝っぱらから散々な目にあったぞ」

では、あとはおふたりで、と蒼井が立とうとしたのを、いや、いてくださいと吉良が止めた。

「DASPAのサイバーテロ対策班のおふたりにもいていただいたほうが。これをインテリジェンス班とサイバーテロ対策班の横の連携のスタートにできればと……」

　この言葉に、蒼井が浮かせた尻を下ろすと、永年ライバル関係にある三波が、

「いいのか。とんだとばっちりを食らうかもしれないぜ。気苦労でさらにハゲるぞ」と不吉な冗談を飛ばした。

　髪のことは関係ないだろ、と蒼井はいたって真面目な顔つきで抗議した。

「それに、まずいと思ったら、聞かなかったことにして退散するさ」

　俺もそうしたいよ、と言って三波は冷たい眼を吉良に向けた。

「その前に、お前、昨日は三鷹にいたと言っていたが、なにしてたんだ」

「北島情報官に会いに」

「昨日は情報官は休みを取ってたぞ、それを承知で出かけたんだな、お前は」

「そうです。そうでもしないと、お会いできないので」

「俺を通せばいいだろう」

「話の内容を三波チェアマンの耳に入れるのは酷だと思ったからです」

「ふざけるな。向こうは脅迫されたと言ってるんだぞ、これは本当か」

「本当です」

「馬鹿野郎。お前は馘首《くび》だ」

「そうなる前にやっておきたいことがあるのでそれを伝えに参りました」

「お前のやっていることは、明らかに規律に違反しているんだぞ。規律に違反してやることはすべて無効だ」

実に正しい意見である。——建前では。

ここで蒼井が口を挟んだ。

「まず、北島情報官に対しておこなったという脅迫について、その内容と目的を教えてもらえないかな。まずは目的だ。情報官といえば、警察組織ではトップ中のトップ、うちで言えば統合幕僚長みたいなものだろう、そんなお偉方を脅してなにをやらせようと思っていたんだ。まずこれを知りたい」

「私が情報官に要求したのは、日本の国益が最大となるようなスパイ防止法を作成し、これを通過させる、ということです」

座に沈黙が降りた。

「ということは、いま委員会で通過目前だと聞いて我々が喜んでいるスパイ防止法はまがいいものだと言うんだな、君は」ややあって蒼井が口を開いた。

「そうです」

「というのは」と涼森が訊いた。

「スパイというと、一般人が思い浮かべるのは、ロシアと中国でしょう。これに北朝鮮や中東からの工作員を加える人もいるかもしれませんが。しかし、アメリカだってやりたい放題やっているわけです。環境サミットの前には経産省や環境省の人間の電話が盗聴されている。このような蛮行を阻止するためにもスパイ防止法は必要なんです。しかし、現政権はアメリカの機嫌を損ねるのが怖くて、アメリカをスパイ防止法の適用から外そうとしている。これは売国行為なので、スパイ防止法は当初の予定の姿で通すように進言したというわけです」

左に背広、右に制服を着た三名の聴衆は腕を組んで黙った。

「それで、まず情報官は認めたのか、スパイ防止法をいびつな形で通すんだ、通さざるを得ないんだ、という事実を」と蒼井が尋ねた。

「認めたようなものでしょう」

蒼井が三波を見た。

「今朝、北島情報官に呼び出されて、信濃町の病院に出向いたら、こいつを外せと言われた。外さないとDASPAを潰すそうだ」

「それはただごとではないな」と蒼井は驚いた。「たとえ吉良君が非公式に会いに行って直訴したとしても、無視すればすむことだ。そんな手を回さざるを得ないというのは、つきつけたネタがよっぽどどぎついものだったんだな」

三波が吉良のほうを向いた。

「話せ」

吉良は、北島情報官が戦慄したふたつの話を暴露した。とりわけ、情報官と首相夫人の関係は三人とも知らなかったらしく、啞然としていた。

「それはゴリ押ししてでも外そうとするだろう」

と涼森が笑って言った。しかし、三波と蒼井の表情はいたって深刻だった。

「やってることがめちゃくちゃだよ」三波が口を開いた。「情報官を官邸の二重スパイとして使おうとするようなものだぞ」

「それでいいじゃないですか、国がよくなるならば。おっしゃるようにやろうとしているのはヒューミントなのかもしれません」

そう言うと三人ともに呆れられた。

「この防衛省で先日見せてもらった映画に描かれていたのは最新のサイバー技術でした。けれど、あの映画が、ヒューマン・ファクターについてなにも言及してなかったことが気になりました。人間はデマに誘導され、インフラが復旧しないのはロシアのせいだと信じてしまう。これが高じると、戦争もやむなしとさえ考え出す愚かな存在です。そんなシビリアンにコントロールされたら防衛省だってたまったもんじゃないなんてことも思うのですが、その話はまたこんどにしましょう。ともかく、サイバー空間では、人間の愚かさは増殖する。我々はこの愚かさを逆手にとってスパイ防止法案を成立させることにほぼ成功していたわけです。しかし、これに不合理なひずみを加えようとしているのも人間的な要素であると思わないではいられない。愛甲首相の政治戦略というよりは、弱腰で、ヘタレで、保守として志が低いというキャラクターを抜きにしては理解できない。いまのアメリカの大統領もそうですが、いまや世界の安全保障は、政治家の個人的なメンタリティを抜きにしては語れません」

ここまで喋ると、もういい、と言って三波が制した。

「首相の動向を調べてくれ」

いったん涼森が席を離れ、ノートパソコンを小脇に抱えて戻ってきた。テーブルのコネクタにノートをつなぎ、ネットワークに接続すると、「おっ」と声を上げ、ディスプレイを見た。

「今晩、スケジュールを変更して、北島情報官を見舞うようです」

三波と蒼井は顔を見合わせた。

「ということは、北島さんは首相を説得しにかかるということか」誰にともなく蒼井が言った。

「スパイ防止法案の委員会は？」三波が尋ねた。

「今日の午後、これからですね」

「この委員会で鴻上先生が頑張って、現状でのスパイ防止法案がいったんペンディングになれば、北島さんは首相を説得しにかかる。そういうことだよな」

「ではそうなったとしよう」と三波は言った。「首相夫人と関係を持ったことをどうしてもばらされたくない北島は、もっと健全な形でスパイ防止法を成立させましょうと首相に進言する。動機はともかく、筋が通った話にはなる。さて、これを聞いた首相はどう反応するだろうか」

「いやあ、首相にしてみれば、なぜこのタイミングで、といぶかしく思うのでは」

涼森は渋い予想を口にしたが、

「そこはうまく取り繕うでしょう。そのくらいできなければあの地位にはいませんよ」

と吉良は別の予見を述べた。

「じゃあ、最終的にはどうなる」と三波が訊いた。「腹心の情報官が全方位に適応するスパイ防止法を成立させましょうと迫ったら」

「びびるだろう、愛甲さんは」と蒼井は言った。「吉良君が言うように、ヘタレだからな」

「びびったその後《あと》は？」と三波が訊いた。

蒼井は少し考え、

「アメリカにお伺いを立てるだろう」

これは最悪の展開である。

「北島情報官がそれを予測しつつ、うまく回り込んで粘る可能性は？」

皆が黙った。ここに来て吉良は北島情報官の手腕を高く買って弁護するという立場に鞍替《くらが》えしていた。

「五分五分だな」ようやく三波が口を開いた。

「ともあれ、情報官がそう仕向け、さらに愛甲さんが頑張ったとして、理想的な形に持ち込める可能性は一割ぐらいじゃないか」と蒼井が補足した。

「逆に、もし午後の会議で、鴻上先生の健闘空しく、不完全な形のまま法案が成立したとする。そのあとで北島さんが首相と会って話すことは？」

三波の言葉の続きを三人は待った。ため息ひとつついて、三波は口を切った。

「DASPAは失敗でした。大事に至らないうちに潰しましょう。そう言うんだろうな」

それから、映画を観に来た時に来そこなった展望レストランに案内してもらい、四人で昼飯を食った。防衛省はもともと高台にあるので、そこに建つ十八階からの眺めはなかなかのものである。

「吉良君は、どうして三波が防衛省を辞めて警察に乗り換えたのか聞いたことがあるか」と蒼井が訊いた。

カツカレーをほおばりながら吉良は首を振った。

「防衛大学の最後に、アメリカの海軍士官学校との合同勉強会があった。その時に、アメリカの学生が日本の自衛隊をジャパン・アーミーと呼んでいるのを、こいつが、ご丁寧にアーミーではない、我々はセルフ・ディフェンス・フォースだと自衛隊の正式な訳語で訂正したら、そこにいたアメリカ人が大爆笑したんだよ」

「お前らは『空手で戦うのか』とか言われてな」三波が苦笑しながら言った。

「どういう意味ですか」と涼森が訊いた。

「あいつらは self defense と聞けば、護衛とか護身みたいなイメージしか浮かばないんだそうだ」蒼井が解説した。

吉良は三波を見た。

「左翼の連中に悪口言われるのは屁《へ》でもないが、同じ軍人に馬鹿にされるのがどうにも我慢できなくてな」

そう言って三波はもりそばをすすった。

DASPAに戻り、パソコンのネットワークを確認していると、ひとつ置いて隣の席に座っている平沢の電話が鳴った。ええ、ええ、とうなずきながら平沢は受話器を耳に当てて相槌を打っていたが、わかりました、伝えておきます、と言って切り、吉良を見た。

「委員会室に出入りして様子を窺っていた矢作さんからです。きょう委員会で通過することになっていたスパイ防止法案ですが、土壇場でまとまらなかったそうです」

「原因はなんですか」

「詳しいことまでは聞けませんでしたが、どうも急に態度を硬化させた先生がひとりいらっしゃったそうですね」

鴻上議員だ。北島に約束したとおり頑張ったようだ。

ここで明白になったことがある。尾関議員殺しの原因はスパイ防止法ではないということだ。

あの日病室に見舞いに来た鴻上に、スパイ防止法を丸裸で通せないか、と北島は相談した。北島はそれをあたかも尾関の供養であるかのように伝えた。しかし、実のところは、吉良を切ることに三波が首を縦に振らなかったので、このままでは、吉良がなんらかの形で首相に接触し、北島と夫人との過去をバラしてしまうのではないかと恐れ、吉良の要望に沿うように路線を変更したからに過ぎない。

そして、これを頼まれた鴻上のほうも、渋々ながら「じゃあやってみようか」というような態度であった。つまり、スパイ防止法案の改変に対して楯《たて》を突いたから尾関を殺したのであれば、スパイ防止法を元に戻す理由が尾関に対する〝弔い〟だというのは理屈に合わない。やはり、やつが言ったように尾関が殺されたのは、「別の話」絡《がら》みなのだ。

吉良はDASPAのネットワークに入って首相の動向を確認した。たしかに今夜、信濃町の病院に北島情報官を見舞うことになっている。となるとあとは、情報官が首相をどのように説得するかだ。

「ちょっとええですか」と公安調査庁から来ていた田井中が声をかけてきた。「警備局、えらいことになってますな。うちのほうにも協力者との関係について規定を精査して見直すようにって通達が来とるし。けどなあ、そんなこと言われても、ある程度は柔軟にことに当たらせてもらわんと協力者の信頼なんか得られへんよって、みんな不満たらたらや」

田井中はニコニコと笑顔を絶やさないかわりに、持って回った言い方で警察の勢力を牽制しにかかっていた。

申し訳ない。とりあえず吉良は謝った。この騒動は自分が仕組んだものだったから。田井中のほうはそれを警察を代表してのものだと受け取って、

「サブチェアマンのせいとちゃうけど、正直言うてとんだとばっちりですわ」と破顔した。

レッスンがあるので定刻に出た。自分のヴァイオリンを取りに新宿まで行く時間はない。今日まで部屋を取っていたので赤坂のホテルに戻り、アンナのヴァイオリンを提げて、後藤先生宅を目指す。

赤坂道を檜町《ひのき》公園に向かってゆるい坂道を上りながら考えた。田井中によれば法務省の公安調査庁でも協力者との関係の見直しが始まっているという。ならば間もなく、アンナの件で呼び出しを食らうことはまちがいない。では、そのあとの展開はというと、矢継ぎ早に慌ただしくことが起こったので、身の処置も含めてそこを考える余裕がなかった。この一件が終了したら、落ち着いて、しかるべき覚悟をこしらえよう。――吉良はそう考えた。

しかし、と吉良は首をひねった。抑制が利かないほどに思いを募らせ、恋情が公務に背かせたんだとしたら、俺はその愚かさを愛するだろう。しかし、彼女への思いはそれほど激しいものだったのだろうか。端麗な容姿に惹かれはしたが、距離を縮めることに

は慎重だったはずだ。にもかかわらず、ことに及んでしまったのはやはりあのバッハのせいだったのではないか。アンナのバッハは防壁を楽々と越えてやってきた。いまでも頭の中でなんども自動再生され、突然、それが奏者のアンナと渾然《こんぜん》一体になり、痺《しび》れるような陶酔状態に至る。ハメられてしまったいまのほうがむしろアンナに対する思いは強い。まったくもって罪なバッハだ。

「あれ、楽器変えたの？」

ケースの留金を外していると後藤先生が言った。とりあえず言い訳しなければと思い、

「実はこれはアンナのものなんです。今日は自分のを持って来れなかったので拝借してきました」

持ち主が不満を露わにしていたとはいえ、プロの楽器を、アマチュアの、しかもその中でも初心者の部類に入る自分が、事後承諾で使うなどというのはもってのほかなのだが、意外なことに後藤先生は、

「あーん、どうりで見覚えがあると思ったよ。でも、もうアンナには必要ないから、もらっておけば」などと箆棒《べらぼう》なことを言った。

もちろん冗談だと思ったが、どうして必要ないんですか、と吉良はいちおう尋ねた。

「知らないんだ。そうか。我々の業界にとっては大事件だけど、吉良さんが知らないのは無理ないかもね。——ミハイル・ハンドシキンって知ってる？」

「ロシアのヴァイオリニストの？　演奏は聴いたことありませんが」

「随分と古い人だから、録音はほとんど残ってないんだけど」

名手として名高いが、もう死んでずいぶん経《た》つ。そんなヴィルトゥオーソとアンナになんの関係があるのだろう。

「ハンドシキンが使っていた名器グァルネリをアンナが貸与してもらうことになったんだって。しかもデル・ジェスよ」

驚いた。グァルネリはストラディバリウスと並んで名器として名高い。グァルネリの場合、とくにデル・ジェスの手になるものは価値が高いと言われている。パガニーニも愛用していたというくらいだ。——この程度のことなら吉良でも知っている。そのくらいの名器である。

「ハンドシキンが使ったデル・ジェスは、アメリカのハンドシキン音楽協会が管理していたんだけど」

「アメリカの？」

「そうよ。ハンドシキンはロシア革命のときにアメリカにいてそのまま亡命したからね。それで今年は生誕百年を記念して、彼が弾いていたグァルネリをこれにふさわしい人間に貸与することにしたんだって。ヴァイオリンは飾ってあってもしょうがないからいいことだと私も思う。で、アンナはそのオーディションを受けて、見事、至宝を手に入れたってわけ。グァルネリがあるんだったら、もうほかにはなにもいらないわよ」

吉良は呆然としながら、アンナのヴァイオリンを取り出し、空になったケースの糸巻きを寝かせるあたりにある蓋を開けた。その凹《へこ》みにチューニングメーターはなかった。その代わりに音叉とUSBメモリーが入っていた。音叉のほうはわかるが、こいつはいったいなんだ。後藤先生はまだ喋っている。

「でも、その楽器からいきなりグァルネリ・デル・ジェスだもん、すごいよ」

これはそれほどのものではないんですか、と調弦しながら吉良が訊くと、プロが使うものとしてはね、と後藤先生は低く笑った。

「よくそれであそこまでキャリアが築けたなと感心するわ。いまごろ狂喜乱舞してるんじゃないのかな。ハンドシキンがロシア系だから、ロシア人がやっぱり有利だったなんて言ってる人がいるけれど、どうなんだろうね……」

六本木からなら赤坂のほうが近いのでこの日はホテルに戻るつもりだった。けれど、USBメモリーが気になった。ホテルにはパソコンを持ち込んでいないので中身を確認しようがない。そこでいったん新宿のアパートに戻ることにした。赤坂のホテルの部屋にはまだ着替えなどを置いてあったが、これは、明日早く出向いてから、チェックアウトすればいいと決めた。

ＵＳＢメモリーの中になにがある。プライベートなものかもしれないが、そうとわかったらすぐに閉じてしまえばいい。しかし、もし自分宛てのメッセージが残されているならば、是非とも開封しなければならない。と同時に、この記憶媒体は非常に危険なシロモノである。もしマルウェアが仕込まれていたら、接続したとたんにＰＣごと乗っ取られてしまう。

新宿駅地下の食堂街で、天ぷら定食を食べてからアパートに戻った。

部屋に入るとまず、Wi-Fiルーターの電源を落とした。そして文机の前でアンナのヴァイオリンケースを開き、中から問題の一物《いちぶつ》を取り出した。つまみあげ、ノートブックに挿し込もうとしたその手が止まる。防衛省で見たあの映画の冒頭、秋葉原で手渡されたＵＳＢメモリーで、まんまとコンピュータを感染させてしまったあの兄ちゃんみたいじゃないか、と苦笑した。そうでなくとも、これまでの流れで考えれば、マルウェアが仕込まれている可能性は高い。けれど、挿し込んでみなければ、中身は見られない。自宅のノートＰＣにはたいしたものは入っていないから、まずいと感じたら、こいつはお釈迦にしてしまおう。ままよ、と思い挿した。そしてダブルクリック。写真が現れた。幼い少女がヴァイオリンを構えて微笑んでいる。それはアンナに似ていた。いやアンナだった。

他にもあった。おそらくロシアの音楽学校の教室で楽友と一緒に撮ったもの。ドレスを着てオーケストラで弾いているもの（指揮者のすぐそばのバイオリン隊の最前列にいた）。弦楽四重奏団の仲間と一緒に、弓を大きく振り上げ、おどけているもの。リハーサルの最中にお茶を飲んでいるもの、等々等々……。

どうやら完全にプライベートなものを開封してしまったようだと思ったその時、画像ファイルに混じって音声ファイルがひとつあるのを見つけた。聞かねばならない。昔やつが作ってくれたヘッドフォンアンプにPCをつなぐ。そして、イヤパッドで頭を挟み、ファイルを開いた。

——宇宙どころか、カモメより低いところを飛んでたわね。

アンナの声だった。あれ、この台詞どこかで聞いたことあるぞ、と思うと同時に、初台のマンションへと連れて行かれた。

目の前にアンナが聳えるように立っている。ヴァイオリンを顎に挟み、Aの開放弦に弓を当てながら、左手で糸巻きを握って締めている。その美しい立ち姿のまま、アンナがこちらを見る。さてと、行ってみましょうか。どこまで行けるかわからないけれど。ヨハン・セバスティアン・バッハ先生の宇宙へ……。

バッハの無伴奏ヴァイオリンソナタとパルティータ。作品目録一〇〇一から一〇〇六までの演奏時間はゆうに二時間を超えた。吉良は、すこし身構えるように、距離を保つようにして音楽を眺めようとしたけれど、やはりあっという間に魂を摑まれ揺すぶられ、さんざん感情をかき乱された挙げ句に、最後のパルティータ第三番のジグの終焉《しゅうえん》を聴くはめになった。華麗でさみしげな舞曲は、もう終わらなくていい、永遠に舞い続けて欲しいという未練を聞き手の胸中に宿しつつ、永遠の中に溶けていき、旅は見事に、完璧に、終わった。

最後の音の余韻《よいん》までもが静寂の中に消えたその刹那《せつな》に、たったひとりの観客の熱狂的な拍手が起こる。ブラボーと叫ぶ熱烈なファンの声はまさに自分のものだ。それは涙に濡れていて、いま聞くと少々決まりが悪い。

――ダイスケのブラボーは私に？　それともバッハ御大《おんたい》へのもの？

笑いまじりのアンナの声を最後に音声は途絶えた。

ヘッドフォンを外した。青梅《おうめ》街道を走る車の音が遠い嵐のように忍び寄っている。

ひょっとして、アンナが録音したぞと言って吉良を脅かしたものはこれなのか？　それとも、自分がいま聞いたものは編集版で、この先が続くものをアンナは持っているのだろうか。

吉良はスマホを取り出し、英語で検索をかけた。ハンドシキンが生前弾いていたグァルネリが、アンナ・ノヴァコフスカヤというヴァイオリニストに貸与されることになったと告げる小さな記事がいくつかあった。内容はどれもほとんど同じだった。アンナについては簡単な略歴が書いてあるだけで、ハンドシキンの愛器のほうが記述が多かった。

しかし、吉良はこれらの記事で、彼女が有名な国際コンクールで銀賞を獲っていることを知った。一方、渡航先の日本で父親を殺され、ロシアの政権を告発したということに触れているものはひとつもなかった。

ともあれ、いまアメリカにいるのならば、ロシアに拉致されてはいないということになる。アンナは無事だ。アンナと寝てしまったことが今後どう転がって、事態がどう動くのかはまだわからないが、アンナの無事とオーディションでの勝利は吉良を喜ばせた。かわりばえのしない英文の記事を次から次へと読んでいると、手にしていたスマホが鳴った。ディスプレイには三波という文字が浮かんでいる。

――どこにいる。

「自宅に戻っております」

――いまから出てこれるか。北島情報官が会いたいと言ってきた。

「私も伺っていいんですか」

――そうだ。というか、口ぶりから察するにお前に会いたいらしい。おそらくお前が脅かした例の件についてだろう。

吉良は時計を見た。間もなく日付が変わる。首相との話し合いはもう終わっているはずだ。こんな時間に呼びつけるのは、切羽詰まっている証拠である。

「信濃町の病院に伺えばいいですか」

——いや、内調だ。情報官が病院を抜け出して来るそうだ。仮病だからな。三十分で来れるか。

「タクシーなら」

——じゃあ、そうしてくれ。

いったん部屋着に着替えていたが、もういちどワイシャツを羽織り、スーツに袖と足を通して、急いで部屋を出た。タクシーを捕まえ、新宿通りを飛ばしてもらった。途中で、三波から連絡が入り、DASPAの第二会議室で会おうということになった。どうやら、この時間にこのメンバーで会っていることを内調の人間にも知られたくないらしい。

二十分もかからないうちに着いた。内閣府本府庁舎の裏口で、IDカードを見せて中に入り、地下に降りてDASPAの第二会議室のドアを開けると、すでにふたりは座っていた。三波はスーツ姿だったが、北島は薄いスウェットの上下にスニーカーというでたちである。病院の前にタクシーを呼んでそれに飛び乗ってきたのだろう。

「早かったな。住まいはどこだ」北島が言った。

「西新宿のほうです」

情報官はそうか、と返しただけで、なんの講釈も加えなかった。もともと訊きたくて発した質問でもなかったのだろう。

首相に話したよ。しばしの沈黙のあと、北島が口を切った。

「愛甲さんはびっくりしていた。見舞いに来たら、入院中の俺が、スパイ防止法は変な手加減を加えないで、そのまま通しましょうなんて言い出したもんだから」

北島は笑ってそう言うと一息ついた。しかし、吉良も三波もクスリともしなかったので、

「今更そんなことをアメリカ大統領には言えない、愛甲さんははっきりそう言ったよ」

と結論を一気に吐き出した。

そうですか、と三波がうなずいた。

場の雰囲気から察するに、スパイ防止法のあるべき姿について吉良から三鷹で弁舌を振るわれた件については、すでに北島から三波のほうに伝えたようである。ただし、どんなネタを突きつけられたかについては話していないな、と吉良は踏んだ。

「それでも俺は粘った。すると、だったら俺のほうから掛け合ってみてくれと言われた」

「北島情報官が、誰に」

DNI。と北島はそう言った。アメリカ合衆国国家情報長官。アメリカの十六の情報機関を統括する高級官僚だ。

「電話した時、長官は韓国からこちらに向かう政府専用機の中だった。国家情報院と話すために訪韓していたんだそうだが、ついでにCIAの日本支局に立ち寄るんだそうだ。この時間だともうこちらに着いているだろう。会いたいと言ったら、時間を取ってくれたよ」

「いつですか」

「明日だ。午後一時」

「なんのために会うのかは話しているのですね」

このクラスの人間が、ちょっと話したいことがあるからといって会見の約束だけをして、その場で用件を切り出すなどということはまずない。

「ああ、大体のところはな」

「場所はどちらになります」

「ニュー山王だ」

ここはただのホテルではない。アメリカ海軍の施設だ。つまり北島情報官は敵陣に乗り込む形になる。そこでだ、と北島は改まった。

「一緒に行くのなら、ふたりとも秘書という形にして連れて行こう。なにせ相手はお前がよく知っているロバート・ゲーリックだからな」

そう言って北島は吉良を見た。

帝国ホテルのレストランの便座に仕込まれたプラスチック爆弾から吉良が救ったNSA長官は、いまはアメリカインテリジェンス・コミュニティのトップの座に収まっていた。

三波がタクシーで信濃町の病院まで北島を送り、そのまま千歳船橋《ちとせふなばし》の自宅まで乗っていくというので、本府庁舎の前でふたりを乗せて見送った。吉良は、赤坂のホテルのベッドで眠ることにして、坂を下りはじめた。

吉良がロバート・ゲーリックを凶行から救ったことは確かだが、そんなことでCIA長官がこの交渉に手心を加えるなどということはあり得ない。むしろ逆だろう。吉良と三波を引率して行こうという北島のプランはまさかそれを期待してのものではあるまい。だとしたら、北島のもくろみは、自分の交渉を目の当たりにさせて、俺もここまで頑張ったのだからもう許せ、というメッセージにするつもりなのか。

バスタブで体を伸ばしてぼんやりしていると、洗面台に置いてあったスマホが振動した。タオルで手を拭いて摑むと、見覚えのない番号がある。

――ダイスケ、久しぶりね。いまどこにいる?

その声を聞き違えることなどあり得ない。

「アンナ、君こそどこだ」

そう思わず叫び、甘い安堵を味わった。その快活な声の調子からして、ロシアにどうこうされたなどということはないようだ。

――アカサカはミナミアザブから遠い？　最寄りの駅はヒロオらしいけど。

南麻布。東京にいるのか。まてよ、ということは……。

「ひょっとして、ニュー山王ホテルに」

――鋭いね。いま地図を見ているけれど、赤坂からはそんなに遠くないみたい。いまからこっちに来られる？　ここのバーがまだ開いているみたいだから、そこでどう？

アメリカ軍の施設であるニュー山王ホテルを宿にしているのであれば、やはり彼女はアメリカの工作員、もしくは協力者ということだ。さっきまで胸を占拠していた安堵はたちまち警戒心に変わる。

「ニュー山王で？　それは無理だ。そこは実質的にはアメリカ領だから、僕は入れない」

――便宜を図ってもらった。ＩＤを見せれば大丈夫。

マジかよ。そんな権限がなぜアンナにあるんだ？

8　こどもの国ニッポン

入念にボディチェックされ、ヴァイオリンケースも中を開けて徹底的に調べられ、IDカードをとくと見られた挙げ句の果てに、パスポートはないのかと尋ねられた。ないと応えると、どこかに電話を入れられて、ようやく通された。

バーラウンジに足を踏み入れると、椅子が四つ囲む丸テーブルをひとりで占拠していたアンナが、吉良を認めて、手を挙げた。

ワイルドターキーをストレートで。近づいてきたボーイに吉良は告げた。アンナが顔をしかめた。

「アメリカ人みたいなものを飲むのね」

英語だった。

「バドワイザーにしようかとも思ったんだが。ともかく場所柄をわきまえて、だ。君はなにを？」

「白ワインよ」

「カリフォルニア産だろうな。君もアメリカ人みたいだ」

「そうね。ロシア人として生まれて、いまはベラルーシ人、そしてこれからロシア系アメリカ人になる」

ロシア系日本人になるつもりはなかったのか、と吉良は訊いた。アンナは首を振った。それは考えなかったわ。吉良の脳裏に、顔合わせの会議で、「日本の国籍って価値あるんやろか」と疑念を呈した田井中の関西弁が甦った。

アンナが手に入れたアメリカの市民権は今回の〝協力〟の見返りにちがいない。けれど、アンナほどの実績があるのなら、こんな危ない橋を渡らなくても、「どうぞアメリカ人になってください」と向こうから言ってきそうなものだ。彼女がアメリカの協力者となった理由はひとつしか思い浮かばない。運ばれてきたタンブラーを摑み、吉良がおめでとう、と言った。怪訝な表情のアンナの目の前に琥珀《こはく》色の酒精がゆれるグラスを持ち上げると、

「グァルネリに」と献《ささ》げた。

後藤先生に教えてもらったんだ、と吉良は明かした。アンナはワイングラスをつまんで持ち上げると、すこし首をかしげたあとで、

「あなたの国に」と微笑んだ。

わずかに甘みを含んだアメリカンウイスキーを口の中で転がしたあと、吉良は持って

きたヴァイオリンケースをアンナの足下へ寄せた。鈍いわね。置き忘れたんじゃないのよ。ひんやりした声が聞こえた。

「まだあのカラカラ音が鳴るやつ、直してないんでしょ」

くれるつもりなのか？　それを問い質す前に、ラウンジをゴルフシャツとスラックス姿の紳士がこちらに向かって来るのが見えたので、腰を上げなければならなかった。お久しぶりですと吉良は手を差し出した。

「覚えておられないかもしれませんが」

軍人の面影を残す屈強な体つきの紳士は吉良の手を強く握った。

「君のことは忘れられないさ、忘れたくてもね。あの時は大変世話になったな」

「とんでもない。昇進おめでとうございます、ミスター・ゲーリック」

「ありがとう。君の活躍も聞いているよ」

国家情報長官はそう言って、アンナからねとつけ足した。そして、吉良に椅子を薦め、自分もかけた。ふたりは気が合いそうね。ロバートもドイツ系らしくバッハが大好きだから。などとアンナが妙なことを言ったので、バッハが好きな人に悪い人はいませんね、と吉良も調子を合わせた。目の前の大男は愉快そうに体をゆすった。

「ところでミスター・ゲーリック、あなたはミハイル・ハンドシキン協会の顧問かなにかをやられていますか？」

「ああ、理事長だ」ゲーリックはあっさり認めたうえで、「オーディションで彼女が弾いたバッハのパルティータは素晴らしかったぞ」などと言って恬然《てんぜん》としている。

思った通りだ。アンナがこの工作の片棒を担いだのは、グァルネリという名器のためだ。ところで、とゲーリックが冷たい眼光を浴びせてきた。

「明日、キタジマに会うよ」

「ええ、聞いております。おそらく私も同席することになると思いますので、よろしくお願いします」

「そうか。それは気を引き締めてかからないとな」

注文を取りにやってきたボーイを手で制し、挨拶だけしたかったんだよ、あとはごゆっくり、そう言って大男は立ち上がった。

こちらの声が届かないところまでその背中が遠ざかるのを見届けて、吉良はアンナに向き直った。碧い眼を直視すると、「なに」とアンナは首をかしげた。

「大丈夫なのか」

そう言ってから吉良は、その先をつなぐ言葉に悩んだ。

アメリカに協力することによってアンナは、グァルネリを授けられた。それは祖国ロシアへの裏切りだ。ただ、裏切る理由はあった。そのひとつは祖国が父親を殺したからだ。しかし、アンナは知らないかもしれないが、この殺しをそそのかしたのはアメリカである。つまりアンナは、自分の父親を殺させたアメリカに加担して、至宝の名器を手に入れたことになる。

「俺に接近したのは、指示されてのことだったんだな」

アンナは首を振った。

「いや、それはちがう。あなたに逢わなくても、私はマスコミに出るはずだった。父を殺され、生活に困窮しながらも、日本で懸命に生計を立てようともがいている若い音楽家としてね。その手はずも整えられていた。最初がジャパン＝ヘラルド、その次が『週刊星霜』。そのあと数媒体が、これに続くはずだったのよ」

「それはCIAのアレンジによって？」

「まあ、そんなとこね」

ほうっておいても、アンナは徐々にメディアに登場し、悲劇のヒロインとしてロシア批判を重ね、スパイ防止法制定への後押しをすることになっていたのだ。三波の手はずを待たずに『星霜』が記事を出したのも、さらにそれが呆れるほど無内容だったのもこれで腑に落ちた。

「ところが私は偶然に、いや運命的にと言いたい気もするけれど、あなたと出会ってしまった。あなたは私に〝利益つきの友達〟にならないかと持ちかけた。ここでプランBが生まれたわけ。私がこのことを報告すると、アメリカで議論が起きた。プランBは従来のプランAよりもより強烈だろう、と彼らは判断した。ただ、仕掛けているのが吉良大介って警察官僚だってことは問題だった。あなたは、アメリカの情報局のブラックリストに載っていたから。ただ、結局ロバートがプランBで進めろって指示したの」

「ゲーリックが」

「そう。ロバートはあなたという不確定要素の副作用はあるだろうが、プランBのほうがより強烈に作用して、当初の目的を確実に達成できるって判断したわけ。そして、私はあなたの〝利益つきの友達〟になることに合意した」

「それで俺と寝たのか」

アンナは吉良を見つめたままゆっくりとワイングラスを口に当ててひとくち飲んだ。

「寝る機会を窺ってはいた」

「なんのために」

「そういう野暮な質問をするわけ」

そうだな、と吉良は首をすくめた。

「あなたは私にとって〝利益つきの友達〟だった。あなたにとって私がそうであったように。だけど、あの時の私は、あなたと寝てもいいかなと思っていた、利益抜きでね。あなたにとってどっちの動機が大切なのかはわからないけど」

「じゃあなぜ録音があるなんて、くだらないこと言ったんだ」

「寝ておきながらこういうこと言うのもなんだけど、あなたが怖かったから」

聞き覚えのある台詞だった。

「ゲーリックが警戒するくらいだから、相当なことをやるんだろうなと不安だった。だから、いちおう保険はかけさせてもらった。でも嘘は言ってない。録音はしたし、感極まったあなたの声も、私がダイスケって呼ぶ声も入っていたでしょ」

「あれがすべてか」

「ほかになにが必要？」

「だって、いざとなったらあの録音だけじゃ脅しに使えないだろう」

「あなたを脅すつもりはなかった。ただ牽制していただけ。とにかくあなたはゲーリックのブラックリストに載っているのだから。身に覚えはあるの？」

「ああ」

「どうして？　ゲーリックの話では、あなたは彼を救ったんだよね」

「そうだ」

「それなのになぜ彼があなたを敵視するわけ。正直言って悪いけど、同じ業界にいるにせよ、あなたとゲーリックではずいぶんとランクが違うんじゃない」

「そうだな。ヴァイオリン教室の生徒と先生くらいはちがうだろう。いやもっとだな」

「じゃあどうしてゲーリックはあなたごときを警戒するわけ？」

「憎まれ口を叩いたからだよ、たぶん」

「憎まれ口？　ゲーリックほどの大物を警戒させるなんてどんな憎まれ口なの」

「そもそもお前たちが悪い、と言ったんだ」

「お前たちが悪い？　どういうこと」

「あの時、ゲーリックは、アメリカにある日本の映画会社が北朝鮮からサイバー攻撃を受けたことについて話し合うために日本に来ていた。〝話し合い〟っていうのは建前で、有り体に言えば、なにやってるんだ、しっかりしろと叱りに来たわけだ。ところが、非公式な来日だったのでかなり無防備にホテルで食事していたところを、刺客に狙われた」

「それを助けたのがあなただということは聞いてる。助けてもらったゲーリックは、あなたに礼を言いたくて面会を求めたんでしょ」

「感謝してくれてたかもしれないが、もともと俺は彼の来日が気に入らなかった。叱りに来たアメリカにも、叱られないためにはどうすればいいのかをあたふた相談してる仲間にも、とにかくムカついていた。だからつい口が滑った」

「なんて」

「考えてみてくれよ。そもそもアタックを受けたとしてもダメージがなければそれでいいわけだろう」

「え、なんの話？」

「ダメージが出たのは、ウィンドウズなんてアメリカ製のポンコツOSを我々が使わされているからなんだ」

「そう言ったわけ？」

「言ったんだ」

「ウィンドウズはプーチンだって使ってるわよ」

「おそらく渋々だろ。けれど日本にはかつてトロンというOSがあった。俺の身内にコンピュータにやたらと詳しいやつがいるんだが、そいつに言わせてもウィンドウズなんかよりも断然すぐれてたらしい」

「じゃあどうして使ってないの」

「アメリカに潰されたんだよ。あいつらの利益を損なうからと言って」

「それをゲーリックに言ったわけ」

「言った。そして、今回の反省を生かし、我々は独自のOSをもういちど開発して、サイバー空間においても真の独立国家となるべく努力します、とつけ加えた」

それは危険人物かもね、とアンナは首を振った。

「でもね、正直言うと、あなたがそこまで困っていうものにこだわる理由は私にはよくわからない。今日はそのことを話したくてあなたに来てもらったわけ。あなたは言ったでしょ。国に向き合って人は真に人となる。つまり国に向き合っていない人間は人間未満だってことよね。『国なんてものはクソ食らえ、俺は俺として生きる』なんて言ってるのはまともな人間じゃないって言いたいわけでしょ。ちがう?」

「いや、そうだ」

「でもさ、なんて言ったらいいんだろう、つまり、人が出会うその国が、国として大人じゃなかったらどうなるわけ。——なんだか私、自分で言ってることがよくわからないんだけど」

「いや、よくわかる」

「わかるんだ。じゃこのまま続けるよ。私は自分が生まれたロシアをどうしても好きになれない。その理由はもう知っているよね」

　吉良はうなずいた。

「だけど、日本と比べたらロシアはやっぱり大人だと思う。例えば日本とロシアが、なにか複雑で難しい問題について話し合ったとして、その場面を思い描いてみても、大人と大人の対話になる気がしない」

「わかる」

「認めるの」

「ああ」

「だったら矛盾してるんじゃない？　人は国家というものに出会って一人前になるってあなたは言った。だけど、日本は出会うべき国たり得ているのか、これはどう？」

吉良は黙ってグラスを舐めるしかなかった。

「私は国を捨てた。そんな私を、国を守る職業に就いているあなたは軽蔑《けいべつ》のまなざしで見ているのかもしれない。だけど、あなたにとって日本は守るに足る国なの？　さっきも言ったけど、私はあなたが怖い。守る価値のないものを守るがむしゃらさが。バッハを愛するあなたはチャーミングだけれど、国を守ると粋がっているあなたは危険な子供に思えちゃうな」

別れ際にふたりが交わしたのは、ハグではなく握手だった。アンナは吉良の手を握りながら、彼のもう片方の手にぶら下がっているヴァイオリンに目をやって、ちゃんと練習しなきゃだめだよ、と諭した。吉良はやってみるとうなずいて、エントランスを抜けて外に出た。

赤坂のホテルに戻り、ベッドにもぐりこんで、ヘッドボードにあるスイッチを回して灯りを消した。あとに残ったのは白々しい闇だった。締まりのない黒を見つめながら、吉良は考えた。

奇しくも、アンナと水野は同意見だった。心惹かれたふたりの女にともに怖いと評された。国なんていう幻想に必死でしがみつこうとしているのが不気味なんだそうだ。さらに、アンナのパンチは、同僚としての手加減が加えられていないだけ、水野のものよりはるかに強烈で、吉良の弱いボディをぞんぶんに痛めつけた。

負けたかな、と思った。

しかし、明日は負けるわけにはいかない。必ず勝つ。日本のための法律をアメリカに勝手に指導されてたまるものか。

明くる朝、一週間後のスタートを控え、地下のフロアには人が溢れていた。多くのスタッフがそれぞれの席で、自分のパソコンに向かっていた。インテリジェンス班のチェアマン席には三波が座って、コンビニから買ってきたアイスコーヒーを飲みながら、約四十名の班員が作業するのを黙って眺めていた。班員たちはそれぞれデスクトップを立ち上げて、警備局、公安調査庁、外務省、内閣情報調査室、内閣官房へのネットワークを確認していた。

吉良もそれに倣った。北島情報官のスケジュールを見ると、〝15時より出勤〟となっていた。今日のゲーリックとの交渉はあくまでも非公式な扱いとするらしい。

秋山がやってきて、アンナから連絡があったと知らせてきた。アメリカで急にオーディションが決まったんだそうです。それに、これからは向こうに活動の場を移したいと言われて。バタバタしていて連絡できずに申し訳なかったとも言ってました。でも、協力者としての自分の役割はもう終えたと思うから問題ないでしょ、ですって。マンションの鍵は管理人に預けておいたそうです。そう言う秋山の口調は少々ばつが悪そうだった。肩透かしの決着を迎え、喧嘩腰でひとり相撲を取ってしまった、と後悔しているようだった。

とにかく、ロシアに攫《さら》われたとかそういうことではなかったので我々の心配は杞憂に終わりました、と秋山は報告を締めくくった。

三波チェアマンにも知らせておいてくれ、とだけ吉良は伝えた。わかりました、と秋山は言った。それからアンナさんから吉良さんによろしくとのことでした。去りぎわに秋山がつけ加えた。吉良はこれにはなんの返答も与えずに、机の上の受話器を取った。アンナとは昨日の夜が最後になるだろう。しかし、感傷に浸る余裕はない。発信音が途切れ、北島の秘書が出た。ニュー山王ホテルへの入館を許可するQRコードが入ったメールがアメリカ大使館から届いていないか、と訊いた。届いていた。取りに行くのでプリントアウトしておいて欲しい、と伝えた。それから、公用車の手配も頼みたい。三波チェアマンと一緒に、北島情報官を信濃町の病院でピックアップしてそちらに向かうのだと説明した。北島からすでに連絡が入っていたので、段取りはつつがなく進んだ。

いちど机の上の電話が鳴って、取ると相手は涼森だった。

「ニュー山王決戦だな」

言葉遣いは冗談めかしているが、声の調子ははなはだ深刻である。そうだ、と吉良は言った。

「勝てそうか」

「それをずっと考えていた」

リングに上がるのは北島で、吉良と三波はいわばセコンド、もしくはカットマンに過ぎない。ゲーリックが繰り出す最も強烈なパンチを想像し、これに北島が耐えられるかどうかを想像した。おそらく無理だ。けれど、何回ダウンしたってタオルは投入しない。そう言うと、涼森は呆れた。なんだよそりゃ、まるで勝てっこないと言ってるようなもんじゃないか。いや、本来は勝てないはずはないんだ。自分たちの国を守る法律を自分たちで決められないはずはないんだから。

「とりあえず、結果はなるべく早く教えてくれ」

涼森は最後にそう言って電話を切った。

信濃町で北島をピックアップし、南麻布へ向かった。アメリカ大使館から送ってもらったQRコードを入口で見ると、この日はすんなり通された。フロントで来意を告げ、ボーイに案内されて三階へあがり、Octagon Roomとサインがかかっている部屋に通された。誰もいない部屋の中には、八角形のテーブルを八つの椅子が囲んでいる。

入口に向かい、北島を挟むようにして、三波とかけた。

ノックの音に続いてボーイが入ってきた。三人の前にコーヒーカップを並べ、その向かいにもう一客置いた。それぞれの白磁のカップに黒いコーヒーを注ぎ、ポットを真ん中に置いてボーイが出ていくと、ほどなく、またノックの音がして、今度はスーツを着た大男が現れた。

三人の日本人は立ち上がり、次々と手を差し伸べた。ゲーリックの手を握りながら、北島は、儀礼的でフランクな挨拶を交わし、三波は自分は北島の部下である、とだけ告げて手を振った。吉良は無言で手を握り、ゲーリックもなにも言わずに握り返した。

さて、天気の話でもしようかと思ったが、それも時間の無駄なのですぐに本題に入ろう。腰を下ろすなりゲーリックはそう言った。

「スパイ防止法は成立するんだね」

「するだろう」と北島は答えた。

「それを大統領に伝えてもかまわないのかな」

「かまわない」

「そうか、それはよかった。大統領も喜ぶだろう。それで、新たに制定されるスパイ防止法は我々同盟国にも適用するものになりそうだということなんだね」

「そうだ」

「なぜだろう。我々の観察によれば、反米的な左派勢力がそれほど台頭しているように見えないんだが」

「いや、法律としては形だけでもそうしないと政府として顔が立たないんだ」

「しかし、ということは、日本の意志としてそうするということだね」

「そうだ」

「我々は日本と同盟を結んでいる。その我々に対して無期刑という厳しい刑罰をもって臨むということになるが」

しょうがないだろう、実際お前たちは、スパイ活動をやっているのだから。無期だろうが死刑だろうが、スパイをやらなきゃ問題ないんだよ、と北島に代わって吉良は毒づいてやりたかった。

「外交上、我々もバランスを取らなければならない。そのへんは理解を求めたい」

わかった。ゲーリックはうなずいた。

「そのように大統領に伝えよう」

その口元に穏やかな笑みをたたえながらアメリカ合衆国国家情報長官は言った。来たな、と吉良は緊張した。アウトボクシングをしているゲーリックはまもなく距離を詰めて打ってくる。そのパンチが吉良には予見できた。

「大統領はがっかりするだろうが。いや烈火のごとく怒るかもしれないが、それもまあ、しかたがない。君たちが決めることだ」

ものわかりのいいゲーリックの言葉に、北島が緊張しているのが伝わってくる。

「自分たちの法律を自分たちの意思に従って作る、当たり前の話だ。しかも自分たちの国を守るための法律ならば、なおさらだ。そうでないと真の独立国家とは言えないからね」

ゲーリックはそう言って目の前のコーヒーカップを取って口に運んだ。そして、ひとこと、薄いな、と言った。俺はもう少し濃いのが好きなんだ。日本による前に、韓国に行ってきたんだが、韓国のコーヒーには辟易《へきえき》した。スターバックスがあるので助かったが、などとつまらん世間話をした、その後だった。

「いまの韓国の大統領はミスター・アコウとちがってなかなか難しい人だからな、大変だよ。北朝鮮に迎合する路線に対して我が大統領もほとほと嫌気がさしていてね」

北島も三波も追従するようにうなずいた時、ゲーリックが強烈な一撃を見舞ってきた。

「米韓同盟をやめたいと言い出している」

隣の北島が息を呑むのがわかった。

「となると、韓国はますます中国に寄っていくだろうし、北朝鮮への融和路線を推進するだろう。少なくともいまの韓国大統領は、そうしたくてしょうがない。中国のほうに向いていたミサイルはもうありません。米韓軍事演習もやりませんって宣言したいんだよ」

チラと、隣の北島を見た。額にはうっすら汗がにじんでいる。

「米韓同盟が解消されれば、貴国は、狭い日本海を挟んで、中国大陸と朝鮮半島にシビアに向き合わなければならなくなるだろうが」

「我が国と貴国との同盟はどうなる」北島は言った。

「そこだ。とにかくいまの大統領は堪《こら》え性《しょう》がないというか、イスラエル以外は外交にあまり興味がなくてね、我々も困っているんだ。まるで遠く離れた東アジアのことなんかどうでもいいと言わんばかりの態度で。おまけに最近は、日米安保も見直したほうがいいとまで言い出している。これは大統領になる前から公言していたことなので、君らも覚えがあるだろう。我々の説得もあって、いったんは口にしなくなったんだが、最近また力説しはじめた。言葉にするだけならまだしも、うちの大統領はまさかと思うことを実際にやるから怖い。それを尻拭いするのはこちらなので、ほとほと困っているんだよ」

「韓国や我が国との同盟を解消したら、中国とはどう対抗するつもりなのか」と北島が尋ねた。

「中国とは別の場所でしのぎを削ることになるだろう。サイバー空間という新たな戦場で。実際にもう始まっている。サイバー攻撃や、世論の誘導という形でね。中国や我が国のような超大国が相手国にミサイルを撃ち込むなどということはもう不可能だ。そしてある意味、アメリカは中国や北朝鮮からは距離で守られている。かつて日本が西洋列強から距離で守られていたように。物理空間での戦争はあまり想定しなくてもいいんじゃないかという意見が徐々に強くなってきている。もっとも、日本にとって朝鮮半島と中国大陸は目と鼻の先だ。かつてのように距離による安全はもう期待できない。かなり厳しい緊張を強いられることになると思うが、むしろ日本にとってはそのほうがいいのではないかね」

いい、と吉良は心の中で叫んだ。

「だってそうだろう。自国の安全を他国の軍備に頼っていては、真の独立国家とは言えないからね」

そのとおり。

「もっとも貴国は我が国の軍備に頼らなければならない時期があった。戦後の焼け野原から再スタートしなければならなかった吉田茂《よしだしげる》内閣は、まずは国力を高めるために、安全保障は我が国に任せて、経済活動に邁進《まいしん》しようと決断し、そして見事に戦後復興を成し遂げた。それは意味あることだっただろう。しかし、戦後七十年以上も経ち、冷戦も終わったいま、そろそろ見直してもいいんじゃないか、という意見がどうして日本人の間でメジャーにならないのか不思議なくらいだ。そうだろう」

ゲーリックはふいに吉良を見た。うなずかざるを得なかった。それを見て、アメリカの国家情報長官はうっすらと口元に笑みを浮かべ、視線を北島に振り戻した。

「どうだろう、キタジマサン、もし、体を張って貴国を守っている我が国をスパイ防止法の対象とするのであれば、これをきっかけとして、日米同盟を解消する方向で大統領に働きかけてみようか。とりあえず、再来年に予定されているツー・プラス・ツーは中止だな。この会議で貴国は我が国のサイバーの傘の下に入ることが改めて確認されるはずだったんだが、少なくともいったん白紙に戻したほうがいいだろう」

そこまでの話なのかね。耐えかねたように北島が遮った。

「どこのスパイ防止法だってスパイ行為に対してはどの国であろうが厳罰で臨んでいるじゃないか」

「それは普通の独立国家の話だろう」

普通の独立国家。その意味を確かめるようにつぶやいた北島の声は、虚《うつ》ろだった。

「我が軍が撤退したほうが北方領土の交渉はやりやすくなるだろう。沖縄だって自衛隊が駐留するほうが県民との摩擦も少なくなるんじゃないか。防衛費は膨らむかもしれないが、愛甲首相の念願である改憲に弾みがつくことはまちがいない」

涼森が聞いたら泣いて喜ぶようなことをゲーリックは言ってくれた。しかし、北島の額《ひたい》は、吹き出した汗が天井からの光を照り返し、鈍く光っていた。

「同盟国のよしみで先に伝えておこう。間もなく我々はタリバンと直接協議し、アフガニスタンからも撤退する。現在その和平文書の作成を進めている」

永年関与してきた地域からの米軍の撤退は、実際に中東を中心に起こりはじめている。9・11を引き起こしたのはオサマ・ビンラディン率いるアルカイダだった。タリバンというアフガニスタンの反政府組織がビンラディンを匿《かくま》ったので、これを理由にアメリカはアフガニスタンに派兵した。しかし、ビンラディンを殺害したいまとなっては、タリバンはただの反政府組織である。実際そうであるかどうかは別として、そのように捉えることがいまは可能だ。だったらこの先の国内紛争については、アフガニスタンで勝手にやってくれと、アメリカは自分たちが据えつけた政権を見捨て、撤退しようとしている。アフガニスタン政府にとってこれは、死刑宣告とも取れる〝和平〟である。

これは「我々は引き上げるときは引き上げるぞ」という強烈な一撃だ。この方針を東アジアに適応するとどうなる。アメリカは、長距離弾道ミサイルを除いては、北朝鮮の核保有を事実上認めた上で、韓国との同盟を破棄し、日本からは米軍を引き揚げ、東アジアは東アジアの皆様でどうぞご自由にとほったらかしにする、ということになる。

——そういう決断をする可能性だってあるんだぞ、とゲーリックはほのめかしたわけだ。

しかも、ゲーリックが言うように現大統領は、まさかと思うような決断をすることがある。ゲーリックは最後にこう言い放った。

「しかし、いきなりそう言われても君たちも困るだろうからアフターケアはしてあげよう。F‐35をはじめ最新鋭の武器は売ろうじゃないか。もちろん使い方のレッスンとメンテナンスも付けるから安心してくれ」

ホテルを出た途端、北島はよろけた。両脇から吉良と三波がそれを支えた。額にはさらに激しく汗が噴き出ていた。

車寄せに公用車がやってくるまで、北島の体からどんどん力が抜けていくのがわかった。

後部座席になんとか座らせ、ふたりの部下が情報官を挟んで座った。

発進すると、北島は荒い息を吐いて、ポケットからピルケースを取り出し、運転士に向かって、水を、と言った。ペットボトルが後ろ手で差し出された。

行き先は？　当初の予定通り内閣情報調査室でよろしいですか。ハンドルを切りながら、運転手が訊いた。このニュー山王ホテルでの会談の後、北島は執務に復帰することになっていた。

「病院だ」と吉良が答えた。「できる限り急いでください」

「切り札を出されました」

吉良がそう言うと、腕組みをした涼森は深いため息をついた。

「たしかに魅力的な提案だが、ぜひそうしましょう、とはさすがの俺も言えないな。いずれはそうしたいが、一年や二年じゃ無理だろう」

吉良は悔しかった。あの場で賛成の意を表すことができなかった自分も含めて。一年や二年と言ったが、さしたる反省もなく、十年二十年と惰性で時は過ぎていくだろう。負けた。

「それで情報官はどうした」と蒼井が訊いた。「今日退院すると聞いていたが」

「再入院だ。虚血性心疾患が悪化して。しかも、今回は仮病じゃなくて本物だ」三波が説明した。

「明日の朝、首相がまた病院に見舞います。その時に今日のことは報告するでしょう」

と吉良が言った。

泡食って、アメリカの意向を汲んだものを通過させろと指示するんだろうな。涼森が苦々しく言い、そうだろう、と蒼井が同意する。三波もうなずいた。

「お伺いなど立てずに、先に通してしまえば、どうだっただろう」

防衛省の窓の外に広がる町並みに視線を投げながら、独り言のように吉良が言った。

「そういう強行突破を愛甲さんに求めるのはお門違いだよ」と涼森は首を振る。

たしかに。吉良は力なくうなずいた。

「しかし今回われわれは、『生意気言ってすいません、どうか見捨てないでください』と泣きついて事なきを得るのだろうが、こういったケースは近い将来また起きるだろう」と蒼井が言った。「日米安保が解消されれば、自衛隊は軍隊ではありませんなどと言ってはいられない。そうなる前に改憲しておかなければならない。そして、改憲に最も意欲を燃やしているのは、愛甲さんであることはまちがいない」

「ただし、愛甲さんにはアメリカに対して強く出るという気概はない。ここがつらいところだな」と三波が補足した。

愛甲首相は本当に改憲する気などあるのだろうか、と吉良が疑問を呈すと、そりゃあるさと蒼井は保証した。蒼井が弁護役を買って出ているのは、日頃から防衛省を引き立ててくれているからだろう。しかし、吉良は怪しんでいた。あの人は日本を真の独立国家にするために改憲を唱えているのだろうか。

吉良は頭の中に二つの顔を思い浮かべた。愛甲豪三と北島圭吾。答えはすぐに出た。

涼森と夕餉《ゆうげ》を共にして、アパートに戻った吉良はシャワーを浴びたあと、一眠りしてから、また外に出た。西新宿五丁目駅まで歩いて終電間近の大江戸線に乗り、国立競技場駅で降りた。地上に出ると目的地はすぐそこだ。

裏口で内調のＩＤカードを警備員に見せ、どうしても届けなければならない資料があるのでと断って、面会時間外なのを強引に通してもらった。

灯りが落とされた暗い通路を歩いて、〝北島圭吾〟と札がかかったドアをノックした。返事はない。ドアノブを回して勝手に入ると、ベッドはもぬけの殻である。

妙な胸騒ぎがして、廊下を引き返し、ナースステーションを覗いた。看護師たちはなにやら緊迫した面持ちで、せわしく体を動かしている。こんな時間に、と不吉な予感に襲われ、すみません、北島圭吾さんは、と看護師のひとりに声をかけたが、計器とパソコンを載せたワゴンを押して同僚ふたりと慌ただしく行ってしまった。ひょっとして、ひょっとしてと思い、そのあとを追おうとした時、

「なにをしている」

北島が薄い闇に白いパジャマを着て立っていた。

「お部屋を覗いたらおられなかったものですから」

近づいて、吉良はとりあえずそう言った。しかし、これは返事になっていないぞと滑稽にも感じた。

「こんな時間になんの用だ」

「情報官に折り入ってお話がありまして」

「俺に？　いまさらなんだ。いくら脅しても無駄だ。俺はもうなんの役にも立たないよ」

北島の顔は憔悴《しょうすい》しきっている。

「そんなことはありません」と吉良は言った。「お話だけでも聞いてください」

北島はくるりと背を向けた。あとを追うと、そこはデイルームと呼ばれている談話室である。

鍵はかかっていないらしく、するするとドアはスライドした。消灯時間だから電気はつけられないぞ。そう言って北島は木の椅子を引いた。吉良も座って、薄暗い闇の中で向かい合い、

「お体のほうは？」と尋ねた。

つまらなそうな笑い声が返事の代わりだった。

「身を退《ひ》くいい口実ができたってことだ」

「お辞めになるおつもりですか」

「ああ、明日、総理に話す」

「いけません」

「なんだって」

「まだ辞めてはいけません」

「まだこき使おうってのか。そういう脅しはもう通用しないよ、俺は辞める」

「なぜ辞めるのです?」

「なぜって、呆れるくらいボロ負けだったじゃないか。みっともないったらありゃしない」

「まだわかりません」

「無理だよ。今日のことは明日にでも報告する。愛甲さんはむしろほっとするだろう」

「そうでしょうね。ただ、北島情報官はちがう。あの『戦後外交史から見た岸田信介』を書いた北島さんといまの北島さんは考え方が変わっているかもしれない、しかし、変節しているわけではないと私は信じます」

「だからそれは買いかぶりすぎなんだよ」

「あなたは愛甲首相の祖父、岸田信介による安保改定についてこう書いている。——不平等条約を撤廃したという功績は認めてもいいが、日米関係の喉元に刺さったとげを抜くことで、安保体制を長期化させ、あたかも日米関係が対等であるかのような幻想を振りまいてしまった、と」

若いなあ。北島の笑い声が薄闇に漂う。

「我々はこの幻想を打ち砕く必要があります」

「そう思って、僕なりに頑張ったつもりだよ。けれど、負けた」

「ええ、今回は負けました。けれど負けっぱなしでいるわけにはいきません」

「どういうことだ」

「今回のスパイ防止法については、アメリカをその対象から外すしかありません。そのように首相に伝えましょう」

ぼんやりと北島は見つめ返してくる、それは当然じゃないか、という面持ちで。

「ただし、追加条項を入れる」と吉良は言った。

「どんな」

「文書公開に関する項目です」

パジャマ姿の北島は腕組みをして、続けてくれ、と言った。

「安全保障にかかわる特定秘密については、これを外国に報知したことを発見すれば、その事実を五年以内に公開する」

「同盟国のアメリカを含めて……」

「そうです。今回のスパイ防止法では、アメリカによるスパイ行為は日本の警察権力が暴いても、それを司法で裁くことはできないものになります。しかし、スパイ行為があった事実は公開する。アメリカによるスパイ行為があったということ、それも数多くあったということを国民が知れば、やがて幻想は崩れていく」

そう断言する吉良の心中には、果たしてそうだろうかという疑念もまたくすぶっていた。人は信じたいものを信じる。盗聴されようが文書を盗まれようが、最終的にアメリカが守ってくれるなら、それでいいじゃないか、と日本国民が思わないとは限らない。それを目の当たりにしたならば、それでも日本を守りたいという気持ちがはたして自分に残るだろうか。

わかった。北島の声が聞こえた。

「愛甲さんに進言してみよう」

「いや、北島さん、これだけは絶対に死守しなければいけないんです」

北島は訝しげな視線を吉良の顔に落とした。

「言うなと」

吉良はうなずいた。

「首相には、刑罰の対象から外し、アメリカの希望に沿うようにした、それだけをお伝えください。別にこれは嘘ではありません」

「ただし文書公開については言うな、と」

「言わないで、追加して通してしまいましょう。首相はそんな細かいところまでは見やしません。左派勢力については、彼らは情報公開を好むのでこれに反対する通理がない。むろん官僚だって歓迎するはずです。北島さん、いまみたいに官邸の都合のいいように、公文書をシュレッダーにかけさせていては、官僚からこの国が腐っていきますよ」

しかし……。そう言ったなり、北島は考え込んでいる。

コツコツと廊下を靴底が叩く音が大きくなって近くで止まった。

消灯時間ですよ。病室にお戻りください。ドアを薄くあけて、静かな声で若い看護師が言う。

わかりました。暗がりの中で北島が返事した。またコツコツ鳴って、靴音は廊下の向こうへ遠ざかっていく。やがて生まれた沈黙は、ふうと吐き出した北島のため息が埋めた。

「疲れた。部屋に戻るよ」

吉良の返事を待たず、北島は大儀そうに身を起こした。吉良も腰を上げざるを得なかった。

「眠れなくてな、さっきもここにいたんだ」

北島はゆっくりと引き戸を開けて、

「お前、さっき会ったとき、やたらと焦った顔していたぞ。ひょっとして、俺が思いあまってヘタなことをやらかしたんじゃないかって慌てたんじゃないのか」

「まさか……」

北島は笑いまじりのため息をついた。

「これで眠れそうだよ。それに色々わかった。三波がお前を手放さない理由もな」

吉良は頭を下げた。

「ロシアの協力者から連絡があったそうだな。九死に一生を得たつもりで、お前も頑張れよ」

北島はペタペタとスリッパを鳴らしながら暗い廊下を遠ざかっていった。

スパイ防止法は委員会で可決された。

これを知らせる涼森からの電話は、再び北島を見舞って帰る途中の駅舎で取った。改札口から吐き出された乗客はスマホを耳に当てている吉良の両脇を通り抜けて行った。青や黄色のメガホンを手にした彼らは、神宮《じんぐう》球場へ向かうようだ。彼らの試合はこれから始まる。しかし、自分は黒星を喫して帰る、この彼我《ひが》の対照が身に染みた。

それでだな、ちゃんと追加条項が忍ばせてあったぞ。声を潜ませ涼森が言った。そして最後に、よくやった、とひとことあって、切れた。

ボロ負けの試合で、敗戦処理のマウンドに立ち、最低限の仕事をしてダッグアウトに帰るピッチャーのような気分だった。その肩を涼森はポンポンと叩いてくれた。

ある晴れた日、吉良はまた公休を取った。

アンナがくれたヴァイオリンを提げて、近所の公園に出かけた。最初は課題曲をさらっていたが、ゆっくりとバッハを弾いてみた。すると、こちらに向かって手を振る者がある。妙齢の美女ではなく、年を食ったおっさんだ。誰かと思えば、あの真行寺という曲者の刑事である。どうしようかと思ったが、とりあえずやつのことは話さないと決めて、近づいた。

「真行寺さんの上司はいまはどなたですか」

他愛のない会話の後で、吉良は訊いた。

「水野玲子警視です」

そうだった、と思い出した。

「ああ、あの人はいい人です」

「ご存じですか？」

「先輩です。大学のゼミも同じでしたから。あの人はとても優秀です。警察は他の省庁よりもさらに男社会なので、苦労しているみたいですが」

そう言うと、相手はそんなことはどうでもいいのだがというような表情で、

「おふたりは東大の法科を出たわけですよね」と訊いてきた。

「ええ」

「俺はかねがねキャリアという人たちが不思議なんですが」

「どのへんがですか」

「そんな立派な卒業証書を持ってるのならどこへでも就職できたでしょう」

さあ、どうでしょうか。とりあえず吉良はそう言った。確かにたいていのところには就職できたろう。真行寺は、なんで警察を選んだんですか、などと同業のくせにしつこく追及してくる。俺みたいに、なにか食い扶持《ぶち》を見つけなきゃと焦ってなったわけでもないんでしょう、とかなんとか言いながら。

吉良は手にしていたヴァイオリンをケースに寝かせ、奇傑として知られるベテラン刑事に向き直った。

「企業に入ると、予算と売上ってものがあるでしょう。それがどうも嫌だったんですよ。まあ、商売には興味がなかったんですね。それに俺はわりとマジで日本を守りたいって気持ちが強いヘンな奴だったんです」

すると相手は意外な質問を重ねてきた。

「日本のなにを守るんです？」

なにを？　俺は日本のなにを守ろうとしてるのだろうか。守るべきなにかがこの国にあるのだろうか？

「真行寺さんは面白いですね」そう言って笑ってみせた。

こんどは真行寺が首をかしげた。

「警察官だったら、そこは日本をなにから守るのかって訊くんですよ、大抵はね。でも、日本のなにを守るのかって質問は実にナイスだなあ」ととりあえずはぐらかした。

「それで答えは？」相手はなおもまっすぐ向かってくる。

「わかりません」と吉良はついに白状した。

本当にわからないのだ。やつが言うとおりだ。俺は馬鹿だ。——そう思うと笑えてきた。

「そこがね、わかりにくいんですよ、本当に」

すると相手は藪から棒にまた妙な質問を発した。

「警視正、法的にはまちがってるけど、よいことってあるんですか」

どきりとした。

「難しいところですが、俺たち警察官にはないんです」

「ないんですか」

「ええ、警察官としては。俺たちは法を武器に社会を守っていますから」

「じゃあ、なんならあるんですか」

「まあ人間としてはあるかもしれない。——そのくらいは言ってもいいでしょう」

「人間としては」

「法的に間違っているけれど、よいことだと思う、それは感情の問題でしょう。我々が暮らす大規模定住社会を統治する方法は法しかないんですが、狩猟で暮らした先祖に思いを馳《は》せて、人がはたして法に縛られていいのかって疑問は常に抱いておくべきですよね、俺たち人間は」

どうしても我慢がならないとき、善きことのために、俺はまた法を微妙に踏み外すだろう。

簡単な別れの挨拶を交わし、吉良は公園を後にした。

自分の体験の中で語った俺の言葉を、あの刑事は自分がかかわった〝別の話〟の流れで解釈するのだろうか。まあいい。いつかまたその〝別の話〟を俺が聞くことがあるかもしれない。

吉良はそう思うことにした。

その週明け、DASPAは正式にスタートした。

本作品はフィクションです。
登場する人物、団体は、実在のものとは、いかなる関わりもありません。

【参考文献】
『ゼロデイ　米中露サイバー戦争が世界を破壊する』（山田敏弘著 文藝春秋）
『サイバー戦争の今』（山田敏弘著 ベスト新書）
『日本政治外交史』（五百旗頭薫・奈良岡聰智著 放送大学教育振興会）
『戦後日本外交史』（五百旗頭真編 有斐閣アルマ）
『近代とはいかなる時代か？』（アンソニー・ギデンズ著 松尾精文・小幡正敏訳 而立書房）
『インテリジェンス』（小谷賢著 ちくま学芸文庫）
『内閣情報調査室』（今井良著 幻冬舎新書）
『ロシアの政治と外交』（横手慎二著 放送大学教育振興会）
『「帝国」ロシアの地政学 「勢力圏」で読むユーラシア戦略』（小泉悠著 東京堂出版）
『ヴァイオリンと翔る』（諏訪内晶子著 ＮＨＫライブラリー）
『ストラディヴァリとグァルネリ』（中野雄著 文春新書）

あとがき

新シリーズ『ＤＡＳＰＡ 吉良大介』の第一作をお届けいたします。本作の主人公である吉良大介という名前に覚えのある読者もおられるかもしれません。『巡査長 真行寺弘道』シリーズの第一話で登場し、その後も折に触れて口に上っていた人物が主人公として難事件に向き合います。

真行寺が組織の束縛を嫌って気ままに振る舞うために、昇進試験を受けず、個人的な快楽の中に生きがいを見出そうとする（なかなかそうもいかないのでありますが）のに対し、吉良は積極的に組織に働きかけ、大きな仕事の中に人生の意味を求めるという対照的な人物です。しかし、両者ともに、〝人間であることとは〟という大きな問題意識を持ちながら、悪戦苦闘するという点では共通しているのかもしれません。

本作品で僕の小説と出会った方は是非「別の話」である『巡査長 真行寺弘道』もお手にとっていただければと存じます。真行寺シリーズの読者で、たまたまこの「あとがき」を先にパラパラとめくっておられる読者のかたは、なおいっそう本作品を楽しんでいただけることをお約束いたします。

読んでいただいてお判りのように、この二つのシリーズは、互いに影響し合いながら展開することになるでしょう。それをどこまで追求できるかは、作者の僕にもわかっていないのですが。

いつもながら僕の妄想に付き合ってくれた畏友 重枝義樹氏からは今回もまた刺激的な意見をいただきました。重枝氏との雑談を重ねながら、本作もまた僕の中で徐々に形をなしていきました。

MIDIによる自動演奏をプログラムすることの動機については、コンピュータプログラマーの庄司渉さんとの会話から着想を得ました。

ヴァイオリンについては、ヴィオラ奏者の安達真理さんから貴重な助言をいただきました。

冒頭のチャプターは、山田敏弘氏の『ゼロデイ 米中露サイバー戦争が世界を破壊する』のプロローグを大いに参考にさせていただきました。この場を借りて御礼申し上げます。

また、僕に小説を書くように勧めてくれ、デビュー時には編集を担当していただいた稲垣伸寿氏には、本シリーズのスタートにあたって御尽力いただきました。深く感謝申し上げます。

――本書のプロフィール――

本書は、小学館文庫における書き下ろし作品です。

小学館文庫

DASPA《ダスパ》 吉良《きら》大介《だいすけ》

著者　榎本《えのもと》憲《のり》男《お》

二〇二〇年七月十二日　初版第一刷発行

発行人　飯田昌宏
発行所　株式会社　小学館
〒一〇一-八〇〇一
東京都千代田区一ツ橋二-三-一
電話　編集〇三-三二三〇-五四三八
販売〇三-五二八一-三五五五
印刷所　――――図書印刷株式会社

この文庫の詳しい内容はインターネットで24時間ご覧になれます。
小学館公式ホームページ　https://www.shogakukan.co.jp

ISBN978-4-09-406793-4